AFFAIRE DE CŒUR

DU MÊME AUTEUR
CHEZ LE MÊME ÉDITEUR

Album de famille
La Fin de l'été
Il était une fois l'amour
Au nom du cœur
Secrets
Une autre vie
La Maison des jours heureux
La Ronde des souvenirs
Traversées
Les Promesses de la passion
La Vagabonde
Loving
La Belle Vie
Un parfait inconnu
Kaléidoscope
Zoya
Star
Cher Daddy
Souvenirs du Vietnam
Coups de cœur
Un si grand amour
Joyaux
Naissances
Disparu
Le Cadeau
Accident
Plein Ciel
L'Anneau de Cassandra
Cinq Jours à Paris
Palomino
La Foudre
Malveillance
Souvenirs d'amour
Honneur et Courage
Le Ranch
Renaissance
Le Fantôme
Un rayon de lumière

Un monde de rêve
Le Klone et moi
Un si long chemin
Une saison de passion
Double Reflet
Douce Amère
Maintenant et pour toujours
Forces irrésistibles
Le Mariage
Mamie Dau
Voyage
Le Baiser
Rue de l'Espoir
L'Aigle solitaire
Le Cottage
Courage
Vœux secrets
Coucher de soleil à Saint-Tropez
Rendez-vous
A bon port
L'Ange gardien
Rançon
Les Echos du passé
Seconde Chance
Impossible
Eternels Célibataires
La Clé du bonheur
Miracle
Princesse
Sœurs et amies
Le Bal
Villa numéro 2
Une grâce infinie
Paris retrouvé
Irrésistible
Une femme libre
Au jour le jour
Offrir l'espoir

Danielle Steel

AFFAIRE DE CŒUR

Roman

Traduit de l'anglais (Etats-Unis)
par Florence Bertrand

PRESSES
DE LA CITÉ

Titre original : *Matters of the Heart*

Retrouvez Danielle Steel sur son blog :
http://pressesdelacite.com/blogs/danielle-steel/

© Danielle Steel, 2009

Tous droits réservés, incluant tous les droits de reproduction d'une partie ou de toute l'œuvre sur tous types de supports

place
des
éditeurs

© Presses de la Cité, un département de place des éditeurs, 2010 pour la traduction française
ISBN 978-2-258-08227-4

Ce livre est particulier et je le dédie à mes merveilleux enfants : Beatrix, Trevor, Todd, Nick, Sam, Victoria, Vanessa, Maxx et Zara, qui ont partagé chaque instant de ma vie et de ma carrière d'auteur, et qui sont la plus grande joie de mon existence.

Il est particulier car, si je compte tous les livres que j'ai écrits, qu'il s'agisse de romans, de documents, publiés ou non, de poésie, d'albums pour enfants, celui-ci est mon centième ouvrage. C'est donc un moment marquant de ma vie d'écrivain et il est dû en grande partie au soutien constant, affectueux, loyal et patient de mes enfants. Jamais je n'aurais réussi sans eux. C'est pourquoi je leur dédie ce livre avec tout mon amour et toute ma reconnaissance, de tout mon cœur et de toute mon âme.

Je remercie également tous ceux qui m'ont aidée tout au long de ma carrière : Mort Janklow, mon agent qui est aussi un ami très cher ; Carole Baron, mon éditrice américaine et amie depuis de longues années ; Nancy Eisenbarth, qui effectue avec talent toutes les recherches nécessaires au succès de mes livres et qui est aussi une très bonne amie d'enfance ; tous mes éditeurs, et vous, mes fidèles lecteurs, sans qui ceci ne serait jamais arrivé.

Mais c'est surtout et toujours pour mes enfants que j'écris ces livres, pour eux que je vis et respire, eux dont la présence est le plus beau des cadeaux.

Avec toute mon affection
d.s.

Les pires crimes sont parfois commis au nom de l'amour.

Un psychopathe est un être dénué de cœur et de conscience, qui va vous détruire sans le moindre remords. Lorsque vous le rencontrez, tout paraît parfait, c'est trop beau pour être vrai. Et puis, il commence son œuvre de destruction, agissant comme un véritable chirurgien, vous arrachant le cœur, anéantissant toutes vos facultés, avec une technique parfaite. Et après avoir obtenu ce qu'il voulait, il vous abandonne, vous laissant traumatisé et hébété, pour aller infliger le même traitement à sa prochaine victime.

d.s.

1

Il était 19 heures, les magasins venaient de fermer et Hope Dunne remontait Prince Street sous la neige qui tombait dru. Elle vivait depuis deux ans à SoHo et se plaisait beaucoup dans ce quartier branché de New York, plus jeune et plus sympathique que d'autres plus chics. Il y avait toujours quelqu'un à qui parler, quelque chose à faire, des boutiques et des cafés ouverts lorsqu'elle sortait du loft où elle habitait pour aller se promener.

Le mois de décembre était la période qu'elle aimait le moins, surtout la semaine précédant Noël. Comme les autres années, elle s'efforçait de ne pas y penser et attendait que ce soit derrière elle. Ces deux derniers Noëls, elle avait travaillé comme bénévole dans un centre d'accueil pour les sans-abri. L'année d'avant, elle était en Inde, où on ne fêtait pas Noël.

Ce voyage en Inde avait changé sa vie et l'avait sans doute d'ailleurs sauvée. Partie sur une impulsion, elle y était restée plus de six mois. Après son séjour là-bas, revenir aux Etats-Unis avait été un choc. Tout lui avait alors semblé commercial et superficiel, et la réadaptation avait été dure. Finalement, elle avait récupéré ses affaires au garde-meuble et quitté Boston pour New York. Elle était photographe, ce qui lui permettait de s'installer et de travailler où bon lui semblait.

Les photos qu'elle avait prises en Inde et au Tibet étaient actuellement exposées dans une prestigieuse galerie du centre-ville. Certaines de ses œuvres avaient été acquises par des musées. On comparait son travail à celui de Diane Arbus. Elle était fascinée par les malheureux et les déshérités et, avec son appareil, elle avait réussi à restituer toute la détresse qu'on lisait dans leurs yeux. En regardant ses clichés, on était bouleversé, tout comme elle l'avait été en les photographiant.

Malgré sa notoriété, Hope était restée modeste. Rien chez elle ne laissait percevoir qu'elle était célèbre.

Elle passait sa vie à observer et à photographier les autres. Elle disait toujours que, pour réussir à refléter leur âme, il fallait être capable de disparaître, de se fondre dans le décor. Les clichés qu'elle avait réalisés en Inde et au Tibet en étaient la parfaite illustration. A bien des égards, Hope Dunne pouvait paraître invisible, et à d'autres, elle brillait, semblant habitée par une force extraordinaire.

Hope avançait en souriant dans Prince Street. Elle aurait eu envie de continuer à marcher sous la neige, et se promit de ressortir plus tard. Elle n'avait rien de prévu et vivait seule, ce qui lui donnait toute liberté d'agir à sa guise. Elle était heureuse de son indépendance et assumait parfaitement son existence de femme seule, qui lui permettait de se montrer extrêmement rigoureuse dans son travail. Elle n'hésitait pas à prendre le métro pour se rendre à Harlem, flânant au hasard des rues en jean et tee-shirt, photographiant des enfants. Elle était allée plusieurs fois en Amérique du Sud et en avait rapporté de très belles photos d'enfants et de personnes âgées. Elle voyageait où bon lui semblait, n'ayant plus besoin désormais de faire des reportages alimentaires. Certes, elle faisait toujours des photos de mode pour *Vogue* de temps à autre, lorsque le projet lui paraissait original. Mais son travail pour les magazines se limitait à quelques séances de portraits par an, avec des personnalités qui lui plaisaient et qui l'intéressaient. Elle avait déjà publié deux albums dont un de portraits d'enfants et en préparait un troisième sur son séjour en Inde.

Elle avait la chance de pouvoir choisir parmi les nombreuses propositions qu'elle recevait. Mais le plus souvent, à présent, elle travaillait en toute indépendance, faisant ses reportages dans les pays qu'elle traversait et immortalisant des instants de la vie quotidienne.

Hope possédait un teint de porcelaine et des cheveux noirs comme le jais. Lorsqu'elle était enfant, sa mère lui disait en plaisantant qu'elle ressemblait à Blanche-Neige, et en un sens, c'était vrai. Il y avait chez elle quelque chose de magique. Petite et menue, très souple, elle pouvait se glisser dans le plus minuscule recoin sans qu'on la remarque. Elle avait des yeux étonnants, d'un bleu très sombre, presque violet, qui rappelait les saphirs de Birmanie ou du Sri Lanka, et qui étaient empreints d'une profonde compassion. En la voyant, on sentait qu'elle avait souffert, mais qu'elle avait accepté sa peine. Elle semblait avoir trouvé la paix. Sans être bouddhiste, elle en était proche. Elle ne luttait pas contre les événements mais, au contraire, se laissait porter par eux. Cette profondeur et cette sagesse transparaissaient dans son œuvre. On y lisait une acceptation de la vie plutôt qu'un combat voué à l'échec pour la façonner à ses rêves et à ses désirs. Elle avait surmonté la plus dure des épreuves en renonçant à ce qu'elle aimait. Et plus elle apprenait, plus elle devenait humble. Un moine rencontré au Tibet l'avait reconnue comme une des leurs, ce qu'elle était d'une certaine façon, bien qu'elle ne se sente appartenir à aucune religion. Si elle croyait en quelque chose, c'était en la vie, et elle le prouvait avec douceur. Elle ressemblait à un roseau qui courbe sous le vent, mais résiste.

Il neigeait de plus en plus fort lorsqu'elle atteignit son immeuble. Elle portait un fourre-tout en bandoulière dans lequel se trouvaient ses appareils photo, ses clés et son portefeuille. Elle était habillée en noir comme presque toujours, et n'était pas maquillée. Elle ne mettait que très rarement du rouge à lèvres rouge vif, ce qui accentuait sa ressemblance avec Blanche-Neige. Ses cheveux étaient ramenés en arrière, en queue de cheval. Parfois, elle portait des tresses ou un chignon. Lorsqu'elle les laissait libres, ils lui arrivaient jusqu'à la taille. A quarante-quatre ans, elle possédait une allure de jeune fille et n'avait presque pas de rides. Il était difficile de lui donner un âge. Elle paraissait beaucoup plus jeune que ce qui était écrit sur son passeport. Comme les photographies qu'elle prenait, elle était intemporelle. Quand on la voyait, on avait envie de s'arrêter et de la contempler.

Elle ouvrit la porte et gagna le troisième étage d'un pas vif. Elle était transie et contente de rentrer dans son appartement, où il faisait nettement plus chaud qu'au-dehors, même si les plafonds étaient hauts et que le froid s'immisçait à travers les interstices des grandes fenêtres.

Elle alluma la lumière et fut heureuse comme toujours de retrouver son décor. Elle aimait le sol en ciment peint en noir, les canapés et les fauteuils couleur ivoire. Aucun objet n'attirait immédiatement l'attention. L'appartement était simple, reposant. Elle avait accroché aux murs ses photos préférées, en noir et blanc pour la plupart. Sur le plus grand, elle avait assemblé les clichés d'une jeune danseuse blonde, pleine de grâce, et d'une beauté exceptionnelle en plein mouvement. Sur les autres se trouvaient des photos d'enfants et de moines, prises dans l'ashram où elle avait vécu en Inde, ainsi que deux grands portraits de chefs d'Etat.

Son loft ressemblait à une galerie d'art. Ses appareils étaient alignés dans un ordre presque chirurgical sur une grande table blanche. Il lui arrivait de faire appel à des assistants free-lance pour certaines commandes, mais la plupart du temps elle préférait travailler en solo. Les assistants l'aidaient, mais leur présence nuisait à sa concentration. Son appareil favori était un vieux Leica qu'elle possédait depuis des années, même si elle se servait aussi d'un Hasselblad et d'un Mamiya lorsqu'elle était en studio. Elle avait découvert la photo à l'âge de neuf ans. A dix-sept, elle était entrée à l'université Brown et avait passé une licence en photographie qu'elle avait obtenue avec mention à vingt et un ans en réalisant un très beau reportage au Moyen-Orient. Elle s'était mariée peu après et avait travaillé un an comme photographe pour des entreprises commerciales avant de cesser ses activités pendant douze ans, n'acceptant que de rares commandes. Elle n'avait recommencé à travailler que dix ans plus tôt, et c'était durant cette décennie qu'elle s'était fait un nom et une réputation. Célèbre à trente-huit ans, elle avait vu son travail exposé au MoMA, le musée d'art moderne de New York. Cette période avait été l'une des plus heureuses de sa vie.

Hope alluma des bougies un peu partout dans la pièce et éteignit la plupart des lampes. Rentrer chez elle la réconfortait toujours. Elle avait un lit en mezzanine et, de là-haut, elle adorait la vue qu'elle avait de sa pièce. Elle avait l'impression de s'endormir en volant. Le loft était complètement différent de tous les endroits où elle avait vécu jusqu'alors, et c'était ce qui lui plaisait. Elle qui avait toujours redouté le changement s'y était cette fois entièrement abandonnée. Au lieu de fuir ses démons, elle avait appris à les affronter avec courage.

A l'extrémité de la pièce se trouvait une petite cuisine en granit noir. Elle s'y dirigea et réchauffa le contenu d'une boîte de soupe. La plupart du temps, elle ne se donnait pas la peine de cuisiner. Elle se nourrissait de soupes, d'œufs et de salades. Les rares fois où elle avait envie de manger correctement, elle allait au restaurant, mais ne s'y attardait pas. Elle n'avait jamais été très bonne cuisinière et ne prétendait pas l'être. Cela lui semblait une perte de temps, alors qu'une foule d'autres choses l'intéressaient davantage. Auparavant, sa famille, et maintenant, son travail. Au cours des trois dernières années, son travail était devenu sa vie. Elle y mettait toute son âme et cela se voyait.

Hope terminait sa soupe en regardant tomber la neige quand son téléphone portable sonna. Posant sa cuiller, elle alla fouiller dans son sac à la recherche de l'appareil. Elle n'attendait pas d'appels, mais sourit en entendant la voix familière de son agent, Mark Webber. Il ne lui avait pas téléphoné depuis un moment.

— Comment vas-tu ? demanda-t-il. Et où es-tu ? Je ne te réveille pas, au moins ?

Elle se mit à rire et se laissa aller contre le dossier du canapé. Mark était son agent depuis dix ans, depuis qu'elle avait recommencé à travailler. Il essayait généralement de l'encourager à accepter des propositions commerciales, mais il admirait ses recherches et son travail artistique. Il avait toujours prédit qu'elle deviendrait une des plus grandes photographes américaines de sa génération.

— Je suis à New York, répondit-elle amusée. Et tu ne me réveilles pas.

— Je suis déçu ! Je te croyais au Népal ou au Vietnam, ou je ne sais où.

Il savait combien elle détestait les fêtes et pourquoi. Elle avait de bonnes raisons pour cela. Hope était une femme remarquable – une survivante – et une amie très chère. Il avait énormément d'affection et d'admiration pour elle.

— Je me suis dit que j'allais rester un peu ici. J'étais en train de regarder la neige. Je vais peut-être sortir prendre des photos tout à l'heure. Faire des paysages à l'ancienne.

— Il gèle, dehors, l'avertit-il. Ne va pas attraper un rhume.

Il était une des rares personnes à s'inquiéter pour elle, et sa sollicitude la touchait. Après ses déménagements successifs, elle avait perdu le contact avec la plupart de ses amis. Elle avait toujours été solitaire et l'était encore davantage à présent. Cela préoccupait Mark, mais elle était satisfaite de sa vie.

— Je viens de rentrer, expliqua-t-elle d'un ton rassurant, et je me suis préparé un potage au poulet.

— Ma grand-mère approuverait, commenta-t-il en riant. Dis-moi, qu'as-tu de prévu dans l'immédiat ?

— Pas grand-chose. Je songeais à aller à Cape Cod pour les fêtes. C'est joli à cette époque de l'année.

Elle y possédait une maison et y passait ses étés depuis des années. Elle adorait cet endroit.

— Tu es bien la seule à le dire ! N'importe qui aurait des envies de suicide là-bas, à cette saison. J'ai une meilleure idée.

Il avait parlé du ton qu'il prenait pour lui annoncer qu'il avait une mission à lui proposer, et elle ne put s'empêcher de rire. Elle le connaissait bien et l'aimait beaucoup.

— Ah oui ? Quel contrat farfelu veux-tu essayer de me convaincre d'accepter, Mark ? Me rendre à Las Vegas pour le réveillon ?

Ils éclatèrent de rire en même temps. Il lui arrivait de proposer à Hope des projets insensés, qu'elle refusait presque toujours. Au moins essayait-il, s'acquittant ainsi de son devoir vis-à-vis de ses clients.

— Non, encore que ça me paraisse plutôt sympa.

Elle n'ignorait pas qu'il adorait jouer et qu'il allait de temps en temps faire un saut à Las Vegas ou à Atlantic City.

— A vrai dire, ma proposition est tout ce qu'il y a de sérieux. Nous avons reçu un appel d'une grande maison d'édition aujourd'hui. Ils veulent mettre la photo de leur auteur phare sur la couverture de son prochain livre. Il n'a pas encore remis l'ouvrage, mais il va le faire d'un moment à l'autre, et l'éditeur a besoin de sa photo dès maintenant pour son catalogue et la campagne de publicité. Le problème, c'est qu'ils sont pressés. Ils auraient dû y penser plus tôt.

— Pressés à quel point ? demanda Hope en s'étirant sur le canapé blanc.

17

— Pour respecter leurs délais, ils ont besoin des photos la semaine prochaine, c'est-à-dire juste avant Noël. C'est toi que l'auteur demande. Il a dit qu'il refuserait tout autre photographe. Au moins, il a bon goût. Et le tarif est très intéressant. C'est un auteur connu, ça peut être bien pour toi.

— Qui est-ce ?

Mark hésita un instant, sachant que le nom influerait sur sa décision. Il s'agissait d'un écrivain important qui avait déjà reçu des prix et figurait régulièrement en tête des listes des meilleures ventes, mais qui passait pour un excentrique, faisant fréquemment la une des journaux au bras de diverses conquêtes. Mark ne savait pas comment Hope réagirait avec lui, surtout s'il se conduisait mal, ce qui n'était pas exclu. En règle générale, elle préférait travailler avec des gens sérieux.

— Finn O'Neill, lâcha-t-il sans ajouter de commentaire, curieux de voir ce qu'elle dirait.

Il ne voulait pas faire pression sur elle, ni dans un sens ni dans l'autre. C'était à elle de décider, et il comprendrait tout à fait qu'elle refuse puisque cette proposition arrivait à la dernière minute, et la semaine de Noël de surcroît.

— J'ai lu son dernier livre, répondit-elle d'un ton intéressé. Plutôt effrayant, mais remarquable.

Elle était intriguée.

— Tu le connais ?

— Pas vraiment, non. Je l'ai croisé lors de soirées, ici et à Londres. Il a l'air d'un type assez sympathique, avec un faible pour les jeunes et jolies femmes.

— Dans ce cas, je n'ai rien à craindre, dit-elle en riant, cherchant en vain à se remémorer le portrait qu'elle avait vu sur la couverture du roman.

— N'en sois pas si sûre. Tu ne fais pas ton âge. Mais tu es de taille à te défendre et je ne m'inquiète pas. C'est juste que je me demandais si tu voulais aller à Londres à cette époque de l'année. Ce serait moins déprimant que Cape Cod. C'est peut-être une bonne chose pour toi. Ils t'offrent un vol en classe affaires, le remboursement de tous tes frais et une suite au Claridge. Il vit en Irlande, mais il a un appartement à Londres où il se trouve en ce moment.

— Dommage ! s'exclama-t-elle d'un ton déçu. J'aurais préféré le photographier en Irlande. Ç'aurait été plus original.

— Je ne crois pas que ce soit envisageable. Il veut que vous vous retrouviez à Londres. Cela ne devrait pas te prendre plus d'une journée. Tu seras de retour à temps pour aller à Cape Cod. Pour le jour de l'an, peut-être.

Tout en réfléchissant, elle ne put s'empêcher de rire. A vrai dire, elle était tentée. Photographier Finn O'Neill devait être intéressant. Elle était agacée de ne pas se souvenir de son visage.

— Qu'en penses-tu ? reprit Mark avec espoir.

Il avait craint qu'elle ne refuse tout net. Un changement d'air lui ferait du bien, surtout si elle n'avait pas d'autre projet que d'aller à Cape Cod toute seule.

— Qu'en penses-tu, toi ?

Même si elle ne suivait pas forcément ses conseils, elle les sollicitait toujours, ce qui n'était pas le cas de tous ses clients.

— Je crois que tu devrais accepter. Cela fait longtemps que tu n'as pas réalisé de portrait. Tu ne peux pas passer tout ton temps à photographier des moines et des mendiants, ajouta-t-il d'un ton léger.

— Tu as peut-être raison, répondit-elle, songeuse. Tu pourrais me trouver un assistant sur place ? Cela m'éviterait d'emmener quelqu'un.

— Bien sûr. Ne t'inquiète pas pour ça.

Il espérait qu'elle allait dire oui. Il savait que, comme toujours, elle appréhendait l'arrivée des fêtes. Un voyage à Londres lui permettrait de se changer les idées.

— Bon, c'est d'accord. Quand devrai-je partir, à ton avis ?

— Assez vite, je pense, si tu veux être de retour pour Noël, répondit-il avant de se souvenir que cela n'avait aucune importance pour elle.

— Demain soir, ça irait ? J'ai quelques détails à régler ici, et j'ai promis d'appeler le conservateur du MoMA. Je pourrais prendre un vol de nuit et dormir dans l'avion.

— Parfait. Je vais avertir la maison d'édition pour qu'elle s'occupe du vol et de la réservation au Claridge. Quant à moi, je me charge de te trouver un assistant.

Cela lui était facile, car les jeunes photographes rêvaient tous de travailler avec Hope Dunne. Non seulement elle avait la réputation – bien méritée – d'être agréable et facile à vivre, mais ils appréciaient son professionnalisme et apprenaient énormément à son contact. En outre, le fait d'avoir travaillé pour elle constituait un atout sur leur CV.

— Combien de temps comptes-tu rester ?

— Je ne sais pas, répondit-elle, pensive. Je ne veux pas être bousculée. J'ignore comment cela se passera avec lui. Il pourrait lui falloir un jour ou deux pour se détendre. Disons qu'il me faudra quatre jours pour tout boucler. Je repartirai dès que j'aurai fini.

— Entendu. Je suis content que tu aies accepté, affirmat-il avec chaleur. Londres est superbe à cette époque de l'année. Tout est décoré et illuminé pour Noël.

— Et j'adore le Claridge ! commenta-t-elle gaiement, avant de redevenir grave. J'essaierai peut-être de voir Paul, s'il est là-bas. Cela fait un bon moment que je ne lui ai pas parlé.

Il était étrange de songer qu'ils avaient été mariés pendant vingt et un ans et que maintenant, elle ne savait pas où il se trouvait. Sa vie lui rappelait toujours un proverbe chinois qui disait quelque chose comme « le passé est passé, et le présent présent ».

— Comment va-t-il ? demanda Mark avec sollicitude.

Il savait que c'était un sujet sensible, même si, étant donné tout ce qui s'était passé, elle avait remarquablement bien remonté la pente. A ses yeux, Hope était quelqu'un d'extraordinaire. Peu de gens auraient été capables de surmonter ce qu'elle avait traversé.

— Comme d'habitude, je crois. Il suit un traitement expérimental à Harvard. Il semble être en assez bonne forme.

— Je vais appeler la maison d'édition pour leur dire que tu acceptes, conclut Mark, désireux de changer de sujet.

Il ne savait jamais quoi dire à propos de Paul. Hope aimait toujours son ex-mari et elle avait accepté ce que le destin lui avait imposé. Jamais elle ne se montrait amère ou en colère, ce qui étonnait toujours Mark.

— Je te téléphonerai demain pour te donner plus de détails, promit-il avant de raccrocher.

Hope mit son bol dans le lave-vaisselle et alla regarder par la fenêtre la neige qui continuait à tomber. Une épaisse couche blanche recouvrait le sol et cela lui rappela Londres. La dernière fois qu'elle y était allée, il neigeait aussi, et le paysage ressemblait à une carte de Noël. Elle se demanda si Paul était là-bas, mais décida de ne l'appeler qu'une fois sur place. Inutile de lui donner rendez-vous avant de savoir si elle aurait du temps libre. Elle ne voulait pas le voir le jour de Noël et risquer que l'un ou l'autre cède à la mélancolie. Il fallait éviter cela à tout prix. Ils étaient amis à présent. Il savait qu'elle serait toujours là pour lui et elle savait qu'il serait trop fier pour l'appeler. Lorsqu'ils se voyaient, l'un comme l'autre prenait soin de ne pas aborder de sujets sérieux ; c'était ce qui fonctionnait le mieux désormais. Il était trop difficile de parler du reste, et cela n'aurait servi à rien.

Debout devant la fenêtre, Hope regarda les empreintes qu'un homme laissait dans la neige et les efforts qu'une femme âgée faisait pour éviter de glisser et de déraper en promenant son chien. Bientôt, elle ne put résister davantage. Elle enfila son manteau et ses bottes, et ressortit, le Leica dans sa poche. Non pas le modèle dernier cri que tout le monde voulait et qu'elle possédait aussi, mais l'ancien, celui qu'elle préférait, celui qui l'accompagnait depuis longtemps.

Quelques instants plus tard, elle se retrouva dans la rue, cherchant des idées de photos. Sans y faire attention, elle arriva à l'entrée du métro et s'y engouffra, sachant soudain où elle voulait aller. Elle avait envie de prendre des clichés de Central Park la nuit, puis de se promener dans le West Side. La neige adoucissait mystérieusement tout. Pour Hope, la soirée ne faisait que commencer. Si elle en avait envie, elle pourrait passer la nuit dehors. Personne ne l'attendait à la maison.

Il était 3 heures du matin quand elle remonta Prince Street en souriant, contente d'elle. Il cessa de neiger au moment où elle entrait dans son immeuble. Elle grimpa les marches qui menaient à son loft, retira son manteau humide et le laissa dans la cuisine, se souvenant qu'elle devait faire ses bagages le lendemain matin. Cinq minutes plus tard, elle était en chemise de nuit et se glissait dans son lit.

Elle s'endormit dès que sa tête toucha l'oreiller. La soirée avait été agréable et fructueuse.

2

Lorsque Hope arriva à l'aéroport, elle apprit que le vol à destination de Londres avait deux heures de retard. Elle s'installa dans la salle d'attente de la classe affaires et lut en attendant que son avion soit annoncé. Elle avait acheté un autre roman de Finn O'Neill pour le lire durant le voyage. Il avait recommencé à neiger et l'avion partit finalement avec quatre heures de retard. Hope ne s'en souciait guère, car elle dormait toujours pendant les vols long-courriers. Elle prévint l'hôtesse qu'elle ne mangerait pas et lui indiqua qu'elle désirait être réveillée quarante minutes avant d'atterrir à Heathrow. Cela lui donnerait le temps de boire un café, de manger un croissant et de faire un brin de toilette avant qu'ils entament la descente. C'était tout ce dont elle avait besoin pour avoir l'air présentable à la douane et à l'hôtel.

Comme toujours, Hope dormit à poings fermés et fut soulagée de constater que l'atterrissage se déroulait sans problème malgré le brouillard matinal. Finalement, leur retard avait été une bonne chose, car le mauvais temps s'était dissipé. Comme convenu, une voiture du Claridge l'attendait. Elle avait loué le matériel qui lui serait nécessaire pour réaliser les prises de vue et on devait le lui livrer à l'hôtel dans l'après-midi. Elle rencontrerait Finn O'Neill chez lui le lendemain matin. Elle voulait avoir le temps de faire sa connaissance avant la séance photo qui aurait lieu le lendemain dans l'après-midi.

Jusque-là, tout se déroulait comme prévu. Elle était en pleine forme en arrivant à l'hôtel. Sa suite, une des plus jolies du Claridge, lui plut aussitôt ; murs crème, tissus à fleurs, tableaux et meubles de style anglais créaient un décor intime et chaleureux. Elle se fit aussitôt couler un bain. Elle songea à appeler Paul, mais décida d'attendre d'avoir vu Finn et organisé son emploi du temps. S'il était à Londres, elle pourrait toujours le retrouver le dernier jour. Elle se glissa dans la baignore et ferma les yeux, s'interdisant de penser aux moments qu'ils avaient partagés autrefois. Elle résolut d'aller se balader dès qu'elle serait habillée et qu'elle aurait grignoté quelque chose, mais il était déjà 14 heures quand elle demanda au service de chambre qu'on lui monte un potage et une omelette. Ensuite, son matériel fut livré, puis l'assistante qui devait la seconder l'appela, et il était plus de 16 heures quand elle put enfin quitter l'hôtel.

Elle fit une longue promenade jusqu'à New Bond Street, admirant les magasins décorés où les clients se bousculaient. Les courses de Noël allaient bon train. Pour sa part, elle n'avait personne à qui offrir un cadeau. Elle avait déjà envoyé à Paul une photographie encadrée de New York et à Mark une caisse de bon vin. Elle regagna l'hôtel vers 18 heures et venait à peine de rentrer quand elle reçut un appel de Finn O'Neill. Sa voix grave était un peu enrouée, et il fut pris d'une quinte de toux dès qu'il commença à lui parler.

— Je suis pratiquement à l'article de la mort, annonça-t-il dès qu'il eut recouvré l'usage de la parole. Je ne pourrai pas vous recevoir demain matin. Et en plus, je ne voudrais pas vous contaminer.

Hope apprécia sa sollicitude. Elle n'avait aucune envie de tomber malade, même si elle regrettait de perdre une journée. Elle n'avait rien à faire à Londres, à part voir Paul.

— Vous n'avez pas l'air en forme, remarqua-t-elle gentiment. Avez-vous consulté un médecin ?

— Il a promis de venir, mais je ne l'ai pas encore vu. Je suis vraiment désolé que vous ayez fait ce long voyage et que je vous fasse attendre. Peut-être que si je passe une journée au lit, j'irai mieux après-demain. Etes-vous pressée de rentrer ?

Il paraissait inquiet et Hope sourit.

— Il n'y a pas de problème, le rassura-t-elle. Je peux rester aussi longtemps que ce sera nécessaire.

— J'espère que vous avez une bonne maquilleuse. J'ai une mine de déterré, se plaignit-il avec une voix de petit garçon qui s'apitoyait sur lui-même.

— Ne vous inquiétez pas pour ça. Tout est dans l'éclairage. Soignez-vous bien. Prenez un bon bouillon bien chaud !

Sa recommandation le fit rire.

— Je ne veux pas ressembler à un vieux débris sur la couverture du livre, soupira-t-il.

— Cela ne se produira pas.

Elle l'avait cherché sur Internet, avait appris qu'il avait quarante-six ans et l'avait reconnu en voyant sa photo. C'était un homme séduisant. Et sa voix était jeune et pleine d'énergie, bien qu'il soit souffrant.

— L'hôtel vous convient ? demanda-t-il.

— Très bien.

— J'apprécie vraiment que vous soyez venue aussi vite. Je ne sais pas où mon éditeur avait la tête. Il avait oublié qu'il fallait une photo pour le livre et il ne me l'a rappelé que cette semaine. C'est un peu dingue, avec Noël et tout. Je leur ai demandé de vous contacter, mais je n'y croyais guère.

— Je n'avais pas de projets particuliers. Je serais allée à Cape Cod si je n'étais pas venue, mais Londres est plus agréable.

— En effet, acquiesça-t-il. Je vis en Irlande, mais c'est un peu déprimant là-bas aussi, à cette époque de l'année.

Etes-vous déjà allée en Irlande ? demanda-t-il avec un intérêt soudain, avant d'être pris d'une nouvelle quinte de toux.

— Pas depuis longtemps, reconnut-elle. C'est très beau, mais je n'y suis pas retournée depuis des années. Je préférerais y aller l'été.

— Je suis d'accord avec vous, mais les hivers humides et lugubres sont excellents pour l'inspiration, dit-il en riant. Et en Irlande, les auteurs ne paient pas d'impôts sur le revenu, ce qui est un avantage. J'ai pris la nationalité irlandaise il y a deux ans et cela me convient très bien.

Elle eut un petit rire.

— Votre famille est irlandaise ?

A en juger par son nom, ce devait être le cas. Elle prenait plaisir à bavarder avec lui. Cela lui permettait de le connaître un peu mieux. Plus ils parlaient, plus il serait à l'aise lorsqu'ils se rencontreraient pour les photos.

— Mes parents étaient originaires d'Irlande, mais je suis né à New York. Le fait qu'ils étaient irlandais m'a facilité la tâche. J'avais la double nationalité. J'ai fini par renoncer à mon passeport américain. C'était plus logique puisque j'ai choisi de vivre ici. Il y a des maisons fabuleuses en Irlande et la campagne est splendide malgré le mauvais temps. Il faudra que vous veniez m'y rendre visite un jour.

C'était une invitation de pure forme, bien sûr, et elle ne la prenait pas au sérieux. Une fois les photos prises, il était peu probable qu'ils se revoient, à moins qu'elle n'ait à faire son portrait à nouveau. Mais l'intention était gentille.

Ils bavardèrent encore un moment. Il lui parla de son roman qui traitait d'un tueur en série et se déroulait en Ecosse. Le sujet semblait effrayant, mais l'intrigue était passionnante et il promit de lui en donner un exemplaire lorsqu'il l'aurait terminé. Il était en train d'y apporter les dernières touches. Elle lui souhaita un prompt rétablissement et ils se mirent d'accord pour se voir deux jours plus tard, lorsqu'il serait remis.

Hope décida alors de téléphoner à Paul, au cas où il serait à Londres. Il répondit à la deuxième sonnerie et parut content et surpris de l'entendre. Elle décela un tremblement désormais familier dans sa voix. Son élocution s'était détériorée au fil du temps et il s'exprimait parfois de manière indistincte.

— Quelle bonne surprise ! Où es-tu ? A New York ?

— Non. Je suis à Londres pour des photos avec un auteur.

— Je croyais que tu ne faisais plus ce genre de choses, depuis que tu exposes, s'exclama-t-il avec chaleur.

Il avait toujours été fier de son travail.

— Il m'arrive encore d'accepter des propositions commerciales, histoire de ne pas perdre la main. Cela fait du bien de toucher un peu à tout. Je dois photographier Finn O'Neill.

— J'aime bien ses livres, observa Paul.

— Moi aussi. Mais il a un mauvais rhume, si bien que nous avons reporté la séance d'une journée. Je me demandais si tu voudrais déjeuner avec moi demain.

— J'en serai ravi, répondit-il aussitôt. Je pars après-demain pour les Bahamas. Il fait trop froid ici.

Il possédait un superbe yacht qui mouillait dans les Caraïbes en hiver. Il y passait le plus de temps possible. C'était son refuge.

— J'ai de la chance, alors !

— Et moi aussi.

Ils convinrent de se retrouver à l'hôtel le lendemain. Elle ne lui avait pas demandé de ses nouvelles. Il n'aimait pas parler de sa maladie et, d'ailleurs, elle se rendrait compte par elle-même de son état de santé lorsqu'elle le verrait.

Paul avait eu soixante ans à l'automne et luttait depuis dix ans contre la maladie de Parkinson. Il avait commencé

27

à souffrir de tremblements juste après son cinquantième anniversaire. Tout d'abord, il s'était refusé à l'admettre, mais en tant que chirurgien cardio-thoracique il n'avait pu se voiler la face très longtemps. Au bout de six mois, il n'avait eu d'autre choix que de prendre sa retraite. Il avait continué à enseigner à Harvard pendant cinq ans, puis cela lui était également devenu impossible. A cinquante-cinq ans, il avait dû cesser toute activité, et c'était alors qu'il s'était mis à boire. Durant deux ans, il l'avait dissimulé à tous, sauf à elle.

Le seul point positif de ces années sombres était les excellents investissements qu'il avait faits dans deux sociétés qui fabriquaient des instruments chirurgicaux. Il avait d'ailleurs été consultant dans l'une d'elles. Ses placements lui avaient été extrêmement profitables, car la vente de ses actions, deux ans après sa retraite, lui avait rapporté une fortune qui lui avait permis d'acquérir son premier yacht. Cependant, sa dépendance à l'alcool était devenue une source constante de tension entre eux, et à mesure que la maladie progressait, il lui avait été quasiment impossible de mener une vie normale. Il était soit malade, soit ivre, soit les deux à la fois. Finalement, il avait suivi une cure de désintoxication dans un établissement recommandé par un de ses collègues d'Harvard. Mais c'est alors que leur univers s'était effondré. Il ne leur restait plus rien, plus aucune raison de rester ensemble, et Paul avait pris la décision de demander le divorce. Hope aurait été prête à rester avec lui jusqu'à la fin de ses jours, mais il ne l'avait pas voulu.

En tant que médecin, il savait mieux que personne ce qui l'attendait et il s'était refusé à l'entraîner dans cette épreuve. Il ne lui avait pas donné le choix. Leur divorce avait été prononcé deux ans plus tôt, après le retour de Hope de son voyage en Inde. Désormais, ils s'efforçaient de ne plus évoquer l'époque de leur mariage. Le sujet leur était trop douloureux. Leurs épreuves avaient eu raison de leur relation. Ils s'aimaient encore et étaient proches l'un de l'autre, mais il ne voulait plus qu'elle fasse partie de sa vie. Il mourrait sans bruit, seul. Cependant, son geste, généreux en apparence, avait laissé Hope complètement seule, désemparée, avec son travail pour unique réconfort.

Elle s'inquiétait pour lui, mais elle savait que, sur le plan médical, il était entre de bonnes mains. Il passait des mois entiers sur son yacht. Le reste du temps, il vivait à Londres ou retournait à Harvard se faire soigner. Cependant, il n'existait pas de traitement réellement efficace. La maladie le rongeait peu à peu. Pour le moment, il parvenait encore à se déplacer, bien qu'avec difficulté. La vie lui était plus facile à bord de son yacht, quand il était entouré de son équipage.

Hope avait vingt et un ans lorsqu'ils s'étaient mariés ; elle venait d'obtenir sa licence. Paul en avait trente-sept. Déjà chirurgien et professeur à Harvard, il était venu enseigner à Brown pendant un semestre, durant la première année d'études de Hope. Ils étaient tombés immédiatement amoureux l'un de l'autre et leur amour avait été intense et passionné jusqu'à leur mariage. Et même au cours des deux années qui s'étaient écoulées depuis leur divorce, elle n'avait pas aimé d'autre homme que Paul Forrest. Elle lui était encore très attachée. Il avait réussi à lui faire accepter le divorce, mais il n'avait pas pu l'obliger à cesser de l'aimer. Et elle acceptait que leur vie soit ainsi.

La fin prématurée de sa carrière avait failli le détruire, et à de nombreux points de vue, c'était un homme diminué, mais pas aux yeux de Hope. Pour elle, ses tremblements et sa démarche hésitante ne changeaient rien. Malgré la maladie, elle voyait toujours en lui le même homme merveilleux, le même esprit brillant.

Elle passa une soirée tranquille dans sa chambre d'hôtel, à lire le livre de Finn O'Neill, s'efforçant de ne pas penser à Paul et à leur vie d'autrefois. C'était une porte qu'ils n'osaient plus ouvrir ni l'un ni l'autre, car cela aurait fait surgir trop de fantômes. Il était largement préférable qu'ils se contentent de parler du présent plutôt que du passé.

Le lendemain, elle l'attendait dans le hall de l'hôtel et alla à sa rencontre en souriant. Il avançait d'un pas hésitant, marchant à l'aide d'une canne. Les épreuves l'avaient vieilli, mais il était toujours grand et séduisant. Il se tenait droit en dépit du tremblement ; ses yeux étaient vifs et il avait bonne mine.

Lui aussi parut heureux de la voir. Il la serra contre lui et l'embrassa sur la joue.

— Tu es splendide ! s'exclama-t-il avec un sourire.

Elle portait un pantalon noir, des talons, un manteau rouge vif, et ses cheveux étaient rassemblés en chignon. Elle le dévisagea avec attention, songeant que son état ne semblait pas s'être aggravé. Peut-être même y avait-il une légère amélioration. Le traitement expérimental qu'il suivait devait agir. Pourtant, lorsqu'elle lui prit le bras pour entrer dans la salle à manger, elle sentit tout son corps trembler.

Le maître d'hôtel les conduisit à leur table et ils bavardèrent tranquillement, échangeant des nouvelles et discutant du menu. Elle était toujours à l'aise avec lui. Ils se connaissaient si bien, si intimement. Elle l'aimait depuis l'âge de dix-neuf ans et il lui semblait parfois étrange de ne plus être son épouse. Mais il n'avait pas voulu qu'elle se retrouve avec un vieillard malade sur le dos et il s'était montré intraitable sur ce point. Elle avait seize ans de moins que lui, et cela ne leur avait posé aucun problème jusque-là. Mais lorsqu'il était tombé malade, il avait décidé de sortir de la vie de Hope, bien qu'ils fussent toujours amoureux l'un de l'autre et heureux d'être ensemble.

Elle lui raconta ses dernières expositions, ses voyages, lui parla de son travail. Elle ne l'avait pas vu depuis six mois, mais ils se parlaient régulièrement au téléphone. Elle ne pouvait imaginer sa vie sans lui.

— Je me suis renseigné sur ton auteur, lui annonça Paul.

Ses mains tremblaient. Il avait beaucoup de mal à manger seul, mais il y tenait, et elle ne tenta pas de l'aider. C'était une question de dignité. Aller au restaurant était une véritable épreuve pour lui, et elle ne l'en admirait que davantage. La maladie lui avait tout pris, le privant de sa carrière et de la femme qu'il aimait. Le seul plaisir qu'il lui restait pour le moment était la voile, mais son état de santé se détériorait. Il n'était plus que l'ombre de l'homme qu'il avait été, même s'il s'efforçait de le cacher. A soixante ans, il aurait dû être encore plein d'allant et au sommet de sa carrière. Au lieu de quoi, il était entré dans l'hiver de sa vie, seul à présent, comme elle. Il s'en allait tout doucement. Hope s'en rendait compte et chacune de leurs rencontres la bouleversait. Il faisait bonne figure, mais la réalité était là.

— O'Neill est un type intéressant, poursuivit-il. Il est né aux Etats-Unis. Ses parents étaient issus de la noblesse irlandaise, et il a récemment repris possession du domaine ancestral. J'ai vu une photo de la maison sur Internet, et je dois dire qu'elle a de l'allure. Un peu décrépie, mais immense et pleine de charme. Quant à lui, il a fréquenté une université américaine ordinaire, mais il a un doctorat d'Oxford et il a été anobli par la reine après avoir reçu un prix littéraire aux Etats-Unis. C'est donc sir Finn O'Neill.

Ses paroles éveillèrent un écho dans la mémoire de Hope.

— Je l'avais oublié, avoua-t-elle, songeant que Paul était toujours une mine d'informations.

Elle prit un air penaud.

— Je ne l'ai pas appelé sir Finn quand il a téléphoné. Mais il n'a pas eu l'air de s'en émouvoir.

— C'est une sorte de play-boy, reprit Paul, renonçant à manger.

Certains jours, la tâche était plus ardue que d'autres.

— Il a eu des liaisons avec pas mal de femmes connues, héritières, princesses, actrices, mannequins. Il a l'air assez imprévisible et capable de tout, mais il a du talent, c'est certain. Au moins tu ne vas pas t'ennuyer. Il va sans doute essayer de te séduire, conclut Paul avec un sourire empreint de tristesse.

Il avait renoncé à tout droit sur elle et ne l'interrogeait jamais sur sa vie sentimentale. Il ne voulait pas savoir. Et elle se gardait de lui dire qu'elle continuait à l'aimer pour ne pas lui imposer une souffrance supplémentaire. Cela faisait partie des sujets qu'ils n'abordaient jamais. Ils se contentaient de déjeuner ou de dîner de temps en temps et de s'appeler. Et ils s'accrochaient à cet ultime lien entre eux.

— Ça m'étonnerait, répondit Hope, sûre d'elle. S'il mène une vie aussi dissolue que tu le dis, j'ai probablement deux fois l'âge des filles avec qui il sort !

Elle n'était ni intéressée ni inquiète. Finn O'Neill n'était qu'un rendez-vous de travail, rien de plus.

— N'en sois pas si sûre, affirma Paul.

— S'il essaie quoi que ce soit, je l'assommerai avec mon trépied, rétorqua-t-elle fermement, ce qui les fit rire tous les deux. D'ailleurs, je ne serai pas seule. Une assistante m'accompagnera. Peut-être qu'elle lui plaira. Et puis, il est malade. Ça devrait calmer ses élans.

Ils continuèrent à bavarder et s'attardèrent après le dessert. Paul tenta à deux reprises de boire le thé qu'il avait commandé, mais n'y parvint pas, et Hope n'osa pas lui proposer de tenir sa tasse, même si elle aurait aimé le faire. Lorsqu'ils quittèrent le restaurant, elle resta avec lui en attendant l'arrivée du taxi que le portier hélait pour le ramener à son appartement.

— Vas-tu venir à New York un de ces jours ? demanda-t-elle avec espoir.

Il avait conservé à l'hôtel Carlyle une suite qu'il utilisait rarement. Et il évitait complètement Boston à présent, sauf pour s'y faire soigner. Rendre visite à ses anciens collègues encore en activité le déprimait trop.

— Je compte passer l'hiver aux Caraïbes. Ensuite, je reviendrai sans doute ici.

Il aimait l'anonymat qu'il avait trouvé à Londres. Il lui était douloureux de lire la compassion dans les yeux de Hope. C'était une des raisons pour lesquelles il avait tenu à divorcer. Il avait préféré la solitude plutôt que de devenir un fardeau pour la femme qu'il aimait. Et Hope avait fini par accepter qu'il ait choisi de vivre ses dernières années sans elle.

— Tu me raconteras comment ça s'est passé avec O'Neill, demanda Paul alors que le taxi se garait.

Il lui sourit et l'attira dans ses bras. Elle se blottit contre lui et il ferma les yeux.

— Fais attention à toi, Hope, murmura-t-il, la gorge serrée.

Elle acquiesça. Parfois, il s'en voulait de l'avoir quittée, mais il restait convaincu d'avoir agi pour le mieux et dans son intérêt. Il n'avait pas le droit de gâcher la vie de Hope.

— Toi aussi, répondit-elle en l'embrassant sur la joue avant de l'aider à prendre place dans le taxi.

Un instant plus tard, le véhicule s'éloigna, tandis qu'elle agitait la main, debout dans le froid, luttant contre une vague de tristesse à la pensée qu'elle n'avait plus que lui. Elle se rendit compte en rentrant à l'hôtel qu'elle avait oublié de lui souhaiter un joyeux Noël, puis s'en félicita. Cela n'aurait fait que réveiller des souvenirs trop douloureux pour eux deux.

Elle monta dans sa chambre, échangea ses talons contre des chaussures plates et enfila un manteau plus chaud. Puis elle sortit discrètement de l'hôtel pour aller faire une longue promenade solitaire.

3

Fiona Casey, l'assistante engagée par Mark Webber, arriva à l'hôtel à 9 heures le lendemain matin. C'était une jeune fille rousse, vive et drôle, très intimidée par Hope. Elle venait d'obtenir son diplôme de photographe et faisait des missions en free-lance. Elle était très impressionnée à la perspective de photographier Finn O'Neill et faillit tomber de tout son long en transportant le matériel jusqu'à la camionnette de location. Elles avaient rendez-vous chez l'écrivain à 10 heures. Hope n'avait pas eu d'autres nouvelles de lui et supposait donc qu'il était suffisamment rétabli pour la séance.

Le chauffeur de la camionnette les conduisit dans un quartier à la mode situé non loin de là et s'arrêta devant une maison élégante mais petite, comme toutes les autres dans cette rue étroite. Dès que Hope eut frappé avec le heurtoir de cuivre, une employée en uniforme vint leur ouvrir et les fit entrer dans un salon plein à craquer de vieux meubles. La bibliothèque débordait et le sol était jonché de piles de livres. Beaucoup d'entre eux étaient anciens. Certains avaient une reliure en cuir et, en y regardant de plus près, Hope constata que d'autres étaient des premières éditions. Il était évident que Finn O'Neill adorait les livres. Les canapés en cuir étaient usagés et confortables, et un feu pétillait gaiement dans l'âtre, apparemment l'unique source de chauffage dans la pièce. Il fallait rester près de la cheminée pour ne pas avoir froid. A côté du salon se trouvait une salle à manger aux murs vert foncé, et au-delà une cuisine. Toutes les pièces étaient petites mais pleines de charme.

Elles attendirent pendant près d'une demi-heure, debout près du feu, et bavardèrent en chuchotant. Dans cette maison de poupée, il aurait semblé gênant de parler fort et d'être entendues. Alors que Hope commençait à se demander si Finn O'Neill n'allait pas se décommander, un homme de haute taille aux cheveux bruns et aux yeux d'un bleu électrique fit irruption dans la pièce, qui parut soudain absurdement exiguë pour un homme de sa stature. On avait l'impression que, s'il étendait les bras, il allait toucher les murs. Cela parut d'autant plus incongru à Hope qu'elle avait vu sur Internet, après que Paul lui en avait parlé, sa demeure en Irlande.

— Excusez-moi de vous avoir fait attendre.

Hope ne savait pas pourquoi, mais après tout ce qu'elle avait lu sur lui et ses liens avec l'Irlande, elle était presque surprise qu'il n'ait pas l'accent irlandais. Pourtant, au téléphone, il s'était exprimé comme un parfait New-Yorkais. Quelle que soit l'origine de ses ancêtres, il semblait aussi américain qu'elle. Apparemment, il n'était plus enrhumé. Il toussait encore un peu mais paraissait en pleine forme. Son sourire fit aussitôt fondre Fiona, et il pria la domestique de servir un café à la jeune fille pendant qu'il invitait Hope à le suivre au premier étage. Il s'excusa auprès de Fiona de la laisser seule, mais il souhaitait faire plus ample connaissance avec Hope.

Celle-ci monta un étroit escalier en colimaçon et se retrouva dans un salon tout aussi agréable que le premier mais plus spacieux. Là aussi, un beau feu crépitait dans la cheminée. On avait envie de se pelotonner dans un des fauteuils en cuir. Chaque objet semblait avoir son histoire. Certains étaient des souvenirs de voyage, d'autres des trésors que Finn chérissait depuis de longues années. La pièce était pleine de personnalité et de chaleur, et, en dépit de sa stature, Finn O'Neill y semblait parfaitement à sa place. Il s'assit dans un vieux canapé et étendit ses longues jambes devant le feu. Il portait d'élégantes bottes d'équitation en cuir noir.

— J'espère ne pas avoir été impoli avec votre assistante, s'excusa-t-il. J'ai pensé que ce serait utile de bavarder un peu avant de nous mettre au travail. Je n'aime pas beaucoup être photographié. En tant qu'auteur, je suis habitué à observer les autres, et non l'inverse. Je ne suis pas à l'aise sous les feux des projecteurs.

Il prononça ces mots avec un petit sourire en coin absolument irrésistible, qui conquit Hope sur-le-champ. Il possédait énormément de charme.

— Je suis comme vous, avoua-t-elle. Je préfère de loin être derrière l'objectif.

Elle songeait déjà au meilleur endroit pour le photographier. Pourquoi pas là où il était, confortablement installé devant le feu, la tête légèrement inclinée en arrière ?

— Vous allez mieux ?

Elle avait peine à croire qu'il venait d'être malade tant il semblait respirer la santé. Sa voix était encore un peu enrouée, mais ses yeux bleus pétillaient quand il souriait. Il lui rappelait les contes de fées de son enfance. Il avait tout d'un prince charmant ou d'un héros de roman – mais pas un des siens, qu'elle jugeait plutôt sombres.

— Je vais bien à présent, merci.

Il s'interrompit pour tousser de nouveau.

— Merci d'être venue, reprit-il avec reconnaissance. Je sais que cette maison est très petite, j'ai d'ailleurs toujours l'impression d'être trop grand ici, mais elle est confortable, pratique, et je l'adore. J'y habite depuis des années. C'est ici que j'ai écrit certains de mes meilleurs livres.

Il se tourna pour désigner le splendide bureau qui trônait derrière lui, expliquant qu'il venait d'un bateau. Le meuble dominait tout un coin du salon et l'ordinateur qui s'y trouvait paraissait curieusement déplacé.

L'employée de maison entra, apportant un plateau en argent avec deux tasses de thé, qu'elle posa sur un vieux tambour qui servait de table basse.

— Je sais que ce n'était pas le bon moment pour vous demander de faire ce travail, mais l'éditeur avait besoin d'urgence de la photo. Je termine un livre la semaine prochaine et aussitôt après je repartirai à Dublin pour en commencer un autre. C'était plus facile de vous rencontrer à Londres.

— A vrai dire, ça ne m'a pas ennuyée, répondit Hope en prenant sa tasse.

Finn prit l'autre et l'employée s'éclipsa.

— Je n'avais rien d'autre à faire, ajouta-t-elle.

Il la considéra avec attention. Elle était plus jeune qu'il ne l'avait imaginé, et plus jolie. Il était frappé par sa minceur, sa délicatesse, par l'éclat de ses yeux violets.

— C'est quand même gentil d'avoir accepté, commentat-il tandis qu'elle étudiait le jeu d'ombre et de lumière sur son visage.

Il allait être facile à photographier. Il était très expressif et extrêmement séduisant.

— Londres est très agréable à cette période, répondit Hope avec un sourire.

Elle reposa sa tasse sur le tambour et remarqua plusieurs magnifiques valises en crocodile empilées près de la cheminée. Partout où elle regardait, il y avait quelque chose à admirer.

— Je n'accorde aucune importance aux fêtes, aussi je suis contente que vous m'ayez demandé de venir. Cette commande est plutôt bien tombée pour moi. Et vous ? Allez-vous passer Noël en Irlande ?

Avant de commencer à travailler, elle aimait créer des liens avec ceux qu'elle allait photographier. De plus, O'Neill semblait sympathique, décontracté et sans prétention. Il lui sourit par-dessus sa tasse de thé.

— Non, je reste ici. Mon fils arrivera le lendemain de Noël. Il est étudiant en informatique et est très brillant.

Sa mère est morte quand il avait sept ans et je l'ai élevé. Il me manque beaucoup depuis qu'il est parti aux Etats-Unis. Nous sommes très proches. Avez-vous des enfants ?

Elle secoua la tête.

— Non.

Sa réponse le surprit. Elle n'avait pas l'air d'être une de ces femmes qui font passer leur carrière avant tout. Elle semblait plutôt maternelle, au contraire. Il émanait d'elle beaucoup de douceur et de chaleur.

— Vous êtes mariée ? demanda-t-il en jetant un coup d'œil à sa main gauche, dépourvue d'alliance.

— Non.

Puis elle s'ouvrit un peu.

— Je l'ai été. Mon mari était chirurgien à Harvard, spécialisé dans les transplantations du cœur et des poumons. Il a pris sa retraite il y a dix ans. Nous sommes divorcés à présent.

— Je pense que la retraite détruit les gens, remarqua-t-il. Personnellement, je compte ne jamais m'arrêter d'écrire. De toute façon, je ne saurais pas quoi faire d'autre. Il n'a pas eu trop de mal à s'y habituer ?

— Il n'a pas eu le choix. Il était malade, murmura-t-elle.

— Dans ce cas, c'est encore pire. Je suis désolé. Un cancer ?

Tout en bavardant, elle observait les mouvements de son visage et le bleu de ses yeux. Elle était contente qu'ils fassent des photos en couleurs – il aurait été dommage de ne pas les montrer, c'étaient les yeux les plus bleus qu'elle avait jamais vus.

— Non. La maladie de Parkinson. Il a cessé d'opérer dès qu'il l'a appris et a enseigné pendant plusieurs années. Mais il a dû renoncer à cela aussi. Ça a été très dur pour lui.

— Et sans doute pour vous aussi. C'est difficile pour un homme au sommet de sa carrière. D'où le divorce ?

— Ça et d'autres choses, répondit-elle évasive, en parcourant la pièce du regard.

Elle remarqua une photographie de Finn à côté d'un jeune garçon aux cheveux blonds, qu'elle devina être son fils. Il s'en aperçut et hocha la tête.

— C'est mon fils, Michael. J'ai du mal à accepter qu'il soit loin de moi.

— Il a grandi en Irlande ? demanda-t-elle en souriant, songeant que l'enfant était beau comme son père.

— Nous avons vécu à New York et à Londres quand il était petit. Je me suis installé en Irlande deux ans après son départ pour l'université. Contrairement à moi, il est américain jusqu'au bout des ongles. Je me suis toujours senti différent, peut-être parce que mes parents n'étaient pas nés aux Etats-Unis. Ils parlaient toujours de rentrer au pays, si bien que j'ai fini par le faire à leur place.

— Et vous vous sentez chez vous là-bas ? s'enquit-elle en rencontrant son regard.

— Maintenant, oui. J'ai récupéré la propriété de mes ancêtres. Il va me falloir au moins un siècle pour la restaurer. Elle tombait en ruine quand je l'ai achetée et c'est encore le cas de certaines parties. Elle date du début du dix-huitième siècle. Malheureusement, mes parents sont morts avant que je la rachète, et Michael est persuadé que je suis fou d'entreprendre une tâche pareille.

Il prit un cadre sur le manteau de la cheminée et le lui tendit. C'était une photo de lui devant une imposante bâtisse de style classique, dotée d'un monumental escalier en pierre et d'ailes arrondies à colonnades. Monté sur un beau cheval noir, il incarnait le châtelain par excellence.

— C'est une magnifique demeure ! s'exclama Hope avec admiration. La restaurer ne doit pas être un mince projet.

— En effet, mais il me tient à cœur. Un jour, je la léguerai à Michael. J'espère qu'alors elle sera tout à fait habitable. Mais pour cela, il faut que je vive encore un certain temps ! conclut-il en riant.

Hope lui rendit la photo, regrettant de ne pas le photographier là-bas. Comparée à ce splendide manoir, sa maison de Londres semblait ridicule. Elle se consola en se rappelant que l'éditeur ne voulait qu'un portrait. Pour cela, la pièce où ils se trouvaient ferait parfaitement l'affaire.

— Il est temps que je demande à mon assistante d'installer le matériel, déclara-t-elle en se levant. Il va nous falloir un petit moment. Où préférez-vous que je vous photographie ?

Elle regarda à nouveau autour d'elle. Elle l'avait trouvé très bien lorsqu'il était dans le canapé et qu'il lui parlait de sa propriété à Dublin. Elle souhaitait aussi le prendre à son bureau, et peut-être debout près de la bibliothèque. Il était toujours difficile de savoir quand et où la magie se produirait. Il avait l'air ouvert et détendu. Elle sentait que c'était le genre d'homme en qui on pouvait avoir confiance, sur qui on pouvait compter. On devinait dans ses yeux rieurs une chaleur et un sens de l'humour attachants, comme s'il comprenait les excentricités des gens et les caprices de la vie. Il était séduisant, mais d'une manière distinguée, aristocratique. Il n'avait rien de vulgaire, bien que son agent l'ait avertie qu'il était amateur de jolies femmes, ce qui ne l'étonnait pas. Il était viril, attentionné, extraordinairement attirant. Il devait être difficile de lui résister s'il décidait d'user de son charme. Elle était heureuse de ne pas être dans cette situation. Elle était là pour le travail, rien de plus. Il l'avait d'ailleurs félicitée et s'était montré très élogieux. Il était clair qu'il s'était renseigné car il semblait être au courant de toutes les expositions qu'elle avait faites, même celles dont elle se souvenait à peine.

Hope regagna le rez-de-chaussée et aida Fiona à trier le matériel. Elle lui expliqua ce qu'elle voulait, puis la conduisit au premier afin de lui montrer où installer les projecteurs dont elle aurait besoin. Elle commencerait par le photographier sur le canapé, puis à son bureau. Pendant qu'elle s'occupait de tout mettre en place avec Fiona, Finn se retira dans sa chambre. Il réapparut une heure plus tard, lorsque Hope demanda à l'employée de maison de le prévenir qu'elles étaient prêtes. Il s'était rasé de près et avait mis un pull bleu en cachemire qui faisait ressortir la couleur de ses yeux.

— Prêt ? demanda-t-elle en souriant.

Elle lui proposa de s'asseoir sur le canapé. Fiona mesura alors la lumière des flashs sous le parapluie, puis Hope prit un Polaroid afin de montrer à Finn la pose et le décor. Lorsqu'il vit le résultat, cela lui parut très bien et Hope commença les prises, utilisant tour à tour le Mamiya, le Leica et le Hasselblad. Elle fit surtout des portraits en couleur, mais aussi quelques-uns en noir et blanc. Elle adorait le noir et blanc, mais l'éditeur souhaitait un portrait en couleurs et Finn était d'accord avec lui. Il était d'avis que la couleur le rendait plus réel, plus proche de ses lecteurs qu'une photo en noir et blanc même très réussie sur la quatrième de couverture.

— C'est vous le chef, commenta Hope en regardant de nouveau dans le viseur.

Il se mit à rire.

— Non, c'est vous l'artiste.

Il semblait parfaitement à l'aise devant l'appareil, bougeant la tête et changeant imperceptiblement d'expression comme s'il avait fait cela des milliers de fois auparavant, ce qui était le cas. La photo était destinée à son onzième livre en une vingtaine d'années. Tous avaient été des best-sellers et, à quarante-six ans, il était une star de la littérature américaine, tout comme elle l'était dans le monde de la photographie. Dans leurs domaines, tous deux étaient célèbres et respectés, et leur talent reconnu.

La séance se poursuivit pendant près d'une heure. Hope était presque sûre d'avoir déjà réalisé le meilleur cliché, mais elle était trop expérimentée pour s'en tenir là. Elle suggéra une brève pause, demanda à Fiona de modifier l'éclairage et pria Finn de mettre une chemise blanche, en laissant le col ouvert. Il lui demanda si elle désirait s'arrêter pour déjeuner, mais elle lui répondit que, s'il n'y voyait pas d'inconvénient, elle aimait mieux continuer à travailler. Quand tout se passait bien, elle préférait éviter les interruptions. Un déjeuner prolongé aurait risqué de rompre le charme, ce qui aurait été dommage. Elle était ravie de son travail. Photographier Finn O'Neill était un vrai plaisir et, en plus, il était d'agréable compagnie. Le temps filait à toute allure.

Très vite, il fut de retour dans le salon, portant la chemise blanche que Hope avait demandée, et il alla s'asseoir à son bureau. Hope retira l'ordinateur si incongru dans ce décor. Finn plaisantait, racontait des anecdotes sur des artistes connus, sur sa maison en Irlande et les tours pendables qu'il avait joués durant sa jeunesse. A un moment, il parla de son fils, qu'il avait élevé seul après la mort de son épouse, et les larmes lui montèrent aux yeux. Il y eut tant de moments magiques que Hope sut qu'elle n'aurait que l'embarras du choix. Presque toutes les photos qu'elle avait prises étaient réussies.

Enfin, la séance s'acheva après quelques clichés de lui debout devant la bibliothèque. Quand elle le lui annonça, il fut ravi et une expression de soulagement se peignit sur ses traits tandis qu'il se mettait à rire. Hope le photographia à cet instant, quasiment certaine que cette dernière photo se révélerait la meilleure de toutes, comme c'était parfois le cas. Il l'étreignit avec chaleur alors qu'elle tendait son Leica à Fiona. Celle-ci le posa avec soin sur la table, près des autres appareils, puis débrancha les projecteurs et se mit à ranger le matériel, pendant que Finn entraînait Hope dans la cuisine.

— C'est trop dur ! se plaignit-il en ouvrant le réfrigérateur. Je meurs de faim.

Il se tourna vers elle.

— Voulez-vous des pâtes ou une salade ? Pas étonnant que vous soyez si menue. Vous ne mangez jamais, j'imagine !

— Pas quand je travaille, c'est vrai, admit-elle. Je suis trop absorbée par ce que je fais pour y songer. Faire des photos est tellement passionnant !

Elle lui adressa un sourire timide et il se mit à rire.

— La plupart du temps, c'est ce que je ressens quand j'écris, mais parfois il m'arrive aussi de détester ça. Surtout quand il faut retravailler le texte. J'ai un éditeur exigeant, que j'adore et déteste à la fois, mais il connaît son métier. C'est un mal nécessaire. Evidemment, vous n'avez pas ce genre de problème, constata-t-il avec envie.

— Je suis indépendante, mais je dois composer avec mes clients et avec des directeurs d'expositions qui peuvent être très exigeants aussi. J'ai toujours eu envie d'écrire, lui confia-t-elle. Malheureusement, je suis à peine capable de rédiger une carte postale – pour moi, tout est visuel. Je vois le monde et les gens à travers mon objectif.

Il eut un petit rire.

— Je sais, c'est ce que j'adore chez vous, et c'est justement pourquoi j'ai demandé à mon éditeur de vous contacter.

Il s'affairait dans la cuisine. Tout en bavardant, il avait déjà préparé la salade et battait les œufs pour faire une omelette.

— J'espère que mon âme ne paraîtra pas trop noire dans les photos que vous avez prises, reprit-il, feignant l'inquiétude.

Elle le dévisagea avec intensité.

— Pourquoi serait-ce le cas ? Je n'ai remarqué aucune noirceur chez vous. Quelque chose m'a échappé ?

— Peut-être un brin de folie, mais pas méchante. C'est de famille. D'après ce que j'ai lu sur mes ancêtres irlandais, certains étaient plutôt fous. Mais ils n'étaient pas dangereux, surtout excentriques, expliqua-t-il en souriant.

— Il n'y a pas de mal à ça, commenta Hope tandis qu'il faisait glisser l'omelette dans les assiettes. On a tous un côté un peu fou. Juste après mon divorce, je suis partie en Inde et au Tibet pour essayer de mettre de l'ordre dans mes idées. Je suppose que certains trouveraient ça bizarre aussi, ajouta-t-elle en s'asseyant à la superbe table en acajou de la petite salle à manger.

Il y avait aux murs des tableaux représentant des scènes de chasse, ainsi qu'une toile d'un peintre allemand célèbre, représentant des oiseaux.

— Comment était-ce ? demanda Finn d'un ton intéressé. Je ne suis jamais allé en Inde, mais j'en ai souvent eu envie.

— C'était fantastique, répondit Hope tandis que son regard s'illuminait. Ça a été l'expérience la plus fascinante, la plus épanouissante de ma vie. Elle m'a changée à jamais. Je viens d'inaugurer une exposition des meilleures photos que j'ai prises là-bas.

— Il me semble en avoir vu quelques-unes dans un magazine, observa Finn en terminant son omelette. Des photos d'enfants et de mendiants, et un splendide coucher de soleil sur le Taj Mahal.

— Je suis allée dans des endroits extraordinaires, des plus romantiques aux plus durs. J'ai passé un mois à l'hôpital de mère Teresa ; j'ai vécu dans un monastère au Tibet, et dans un ashram en Inde, où je me suis retrouvée. Je crois que j'aurais pu rester là-bas jusqu'à la fin de mes jours.

Lorsqu'il plongea son regard dans le sien, il y vit une paix profonde, mais aussi, derrière cela, un insondable puits de douleur. Il était évident que Hope avait souffert. Il se demanda si c'était à cause du divorce et de la maladie de son mari. Quoi qu'il en soit, il devinait qu'elle était passée par des moments terribles. Pourtant, assise en face de lui, un doux sourire aux lèvres, elle semblait remarquablement équilibrée et sereine.

— J'ai toujours voulu faire quelque chose dans ce genre, admit-il, mais je n'en ai jamais eu le courage. Je crois que j'ai trop peur de me regarder en face. Je préférerais affronter un millier de démons.

— Au monastère, nous devions faire vœu de silence. Ce fut une expérience incroyablement apaisante. Elle m'a fait un bien extraordinaire. J'aimerais y retourner un jour.

— Peut-être devriez-vous plutôt prendre du bon temps, répondit Finn d'un air soudain espiègle. Jusqu'à quand restez-vous à Londres ?

Il se laissa aller en arrière sur sa chaise et lui sourit. Il y avait chez Hope un côté mystérieux qui l'intriguait.

— Je rentre à New York demain.

— C'est trop court. Vous avez des projets pour ce soir ?

— Je vais sans doute me coucher de bonne heure, après avoir commandé un potage à l'hôtel, avoua-t-elle avec un sourire.

— C'est ridicule, fit-il, désapprobateur. Accepteriez-vous de dîner avec moi ?

Après une brève hésitation, elle acquiesça. Elle n'avait rien d'autre à faire et sa compagnie était agréable.

— Je n'ai pas apporté de tenue habillée, précisa-t-elle d'un ton d'excuse.

— Vous n'en avez pas besoin. Vous pouvez porter un jean et un pull. Vous êtes Hope Dunne, vous pouvez faire ce qui vous plaît. Si nous allions au Harry's Bar ? A mon avis, c'est là qu'on trouve les meilleures spécialités italiennes au monde.

Elle le connaissait bien, mais n'y allait pas souvent. C'était un des lieux les plus chics de Londres et tout le gratin de la société serait là. Les femmes porteraient des robes de soirée, les hommes des costumes sombres. Et il avait raison, la cuisine y était délicieuse.

— J'en serais ravie. Vous êtes sûr que cela ne vous gêne pas que je n'aie rien apporté d'élégant ?

Elle se sentait un peu embarrassée, mais contente à l'idée de dîner avec lui. Il était intelligent, spirituel, cultivé. Elle ne s'était pas ennuyée une seconde en sa compagnie et se réjouissait donc de passer quelques heures avec lui afin de faire plus ample connaissance. Elle était venue à Londres pour cela, après tout. Et Paul était parti à présent.

— Je serai très honoré de dîner avec vous, Hope, déclara Finn.

Il était sincère. Hope était la femme la plus fascinante qu'il ait rencontrée depuis des années.

— Vous pourrez me parler de l'Inde et moi je vous parlerai de l'Irlande, ajouta-t-il en souriant. Et de ce qu'il en est de rénover une demeure vieille de trois cents ans.

Il promit de passer la prendre à l'hôtel à 20 h 30. Quelques minutes plus tard, Fiona et elle s'en allèrent.

De retour à l'hôtel, Fiona se chargea de ranger le matériel. Il était 17 heures lorsqu'elle partit. Hope s'allongea alors un peu, songeant à sa conversation avec Finn et à l'invitation qu'il lui avait faite pour ce soir-là. C'était un des aspects les plus agréables de son métier. Les personnalités qu'elle photographiait étaient fascinantes. Elle admirait l'œuvre de Finn et il était passionnant de découvrir l'homme qui en était l'auteur ; il écrivait des livres étranges, effrayants, et elle brûlait de lui poser plus de questions sur son travail. Tout comme lui semblait intéressé par le sien.

Elle dormit deux heures et s'éveilla juste à temps pour prendre une douche et s'habiller pour le dîner. Comme elle l'en avait averti, elle enfila un pantalon noir et un pull, et l'unique paire de talons qu'elle avait apportée. Elle se félicita d'avoir pris un manteau de fourrure. Au moins, elle ne lui ferait pas honte au Harry's Bar. Elle ne pouvait rivaliser avec les femmes habillées à la dernière mode, mais sa tenue était simple, sobre et de bon goût. Elle coiffa ses cheveux en chignon, se maquilla discrètement et mit du rouge à lèvres avant de quitter la suite pour l'attendre en bas.

Finn arriva cinq minutes plus tard, très séduisant dans un complet bleu foncé et un manteau en cachemire noir parfaitement coupé. Il avait beaucoup d'allure et on se retourna sur leur passage. Quelques personnes le reconnurent tandis qu'il la guidait vers la Jaguar qu'il avait garée le long du trottoir. En venant à Londres, elle n'avait pas imaginé qu'elle passerait une soirée de ce genre avec lui, mais cela la distrayait, songea-t-elle en souriant.

— Je vous remercie de votre invitation, Finn, dit-elle sincèrement.

Il se tourna et lui rendit son sourire.

— Je suis très content que vous l'ayez acceptée. Et je vous félicite. Vous êtes superbe, et très chic ! Vous n'aviez aucune raison de vous inquiéter.

Il y avait une éternité qu'elle n'était pas allée dans un restaurant aussi réputé. Elle sortait rarement le soir hormis pour aller à des vernissages ou à ses propres expositions. Le Harry's Bar avait fait partie de l'univers de Paul, et ce n'était plus le sien. Elle fréquentait désormais les milieux artistiques, ceux liés à son travail. Avec ses amis, elle dînait dans de petits bistrots de Chelsea ou de SoHo, jamais dans les restaurants à la mode.

Le maître d'hôtel connaissait Finn et le salua avec chaleur avant de les conduire à une table tranquille au fond de la salle. Ils étaient entourés de clients élégants venus des quatre coins du monde et Hope saisit des bribes de conversation dans différentes langues.

Quand ils furent assis, Finn commanda un Martini et Hope une coupe de champagne, puis elle promena un regard autour d'elle. Rien n'avait changé depuis qu'elle venait là avec Paul, des années auparavant. Les mêmes caricatures ornaient les murs.

— Racontez-moi comment vous avez commencé à faire de la photo, demanda Finn alors qu'on leur apportait leurs verres.

Hope se mit à rire et but une gorgée de champagne.

— J'avais neuf ans. Mon père était professeur à Dartmouth College, ma mère artiste peintre. Ma grand-mère m'a offert un appareil photo pour mon anniversaire, et ça a été le coup de foudre. J'étais fille unique et je devais m'occuper toute seule. La vie était très calme dans le New Hampshire, à l'époque. Avec un appareil photo entre les mains, je ne m'ennuyais jamais. Et vous ? Quand avez-vous commencé à écrire ?

— Exactement comme vous. Quand j'étais petit. Moi aussi j'étais enfant unique, alors je lisais tout le temps. C'était un moyen de m'évader.

— De quoi ? demanda-t-elle avec intérêt.

Dans des genres différents, tous deux étaient des artistes et cela les rapprochait.

— De ma solitude. Mes parents étaient très proches l'un de l'autre et je me sentais souvent exclu. Il n'y avait pas beaucoup de place pour un enfant dans leur vie. Ils étaient assez âgés. Mon père était médecin et ma mère avait été célèbre pour sa beauté en Irlande. Elle était fascinée par mon père, et beaucoup moins par moi. Je m'étais donc inventé un monde imaginaire, et je passais tout mon temps à lire. J'ai toujours su que je voulais écrire. J'ai écrit mon premier livre à dix-huit ans.

— Il a été publié ? demanda-t-elle, impressionnée.

Il éclata de rire et secoua la tête.

— Non. J'en ai écrit trois qui n'ont jamais été publiés. C'est le quatrième qui a été édité. Je venais de terminer mes études.

Elle savait qu'il était allé à Columbia, puis à Oxford.

— Le succès n'est venu que bien plus tard, ajouta-t-il.

— Qu'avez-vous fait en attendant ?

— J'ai étudié, lu, continué à écrire. Travaillé comme serveur et comme menuisier. Pas mal bu aussi, admit-il en riant. Couru après les femmes. Je me suis marié assez jeune, juste après la sortie de mon deuxième livre. J'avais vingt-cinq ans. La mère de Michael était mannequin à New York.

Il lui adressa un sourire d'excuse.

— J'ai toujours eu un faible pour les jolies femmes. Elle était fabuleuse. Gâtée, difficile, narcissique, mais une des plus belles femmes que j'aie connues. Nous étions jeunes et les choses se sont détériorées très vite quand nous avons eu Michael. Je crois que ni elle ni moi n'étions prêts à avoir un enfant. Elle a arrêté de travailler et nous faisions beaucoup la fête. Mais je ne roulais pas sur l'or et nous n'étions pas très heureux.

— Comment est-elle morte ? demanda Hope avec douceur.

A en juger par ses paroles, ils semblaient proches du divorce. La mort de sa femme n'avait peut-être pas été pour lui une perte aussi tragique qu'elle aurait pu l'être.

— Elle a été renversée par un automobiliste ivre alors qu'elle rentrait d'une soirée dans les Hamptons. Nous menions des vies séparées et, Dieu merci, elle me laissait toujours Michael quand elle sortait. Elle avait vingt-huit ans, et moi trente-trois. Nous aurions sans doute fini par divorcer, mais j'ai été anéanti quand elle est morte. Je me suis brusquement retrouvé seul avec mon fils. Ça a été une période difficile. Heureusement, il est génial et il semble m'avoir pardonné la plupart de mes erreurs. Et Dieu sait qu'il y en a eu ! A l'époque, j'avais déjà perdu mes parents et je n'avais personne pour m'aider, mais nous nous sommes débrouillés. Cela nous a fait mûrir tous les deux.

Il esquissa un sourire à faire fondre le cœur de toutes les femmes. Il était facile de comprendre pourquoi il était irrésistible. Il y avait chez lui un mélange d'honnêteté, de franchise et d'innocence, et il ne cherchait pas à dissimuler ses craintes et ses faiblesses.

— Vous ne vous êtes jamais remarié ? demanda Hope.

— J'étais trop occupé à élever mon fils, et maintenant j'ai l'impression qu'il est trop tard. Je suis trop égoïste, trop attaché à mes petites habitudes. Lorsque Michael est parti, je me suis retrouvé seul pour la première fois. J'ai voulu en profiter un peu. Mais j'ai conscience qu'être marié à un auteur n'est guère amusant. Je passe le plus clair de mon temps à mon bureau. Il arrive que je ne quitte pas la maison pendant des mois. Je ne pourrais pas demander à une femme d'accepter cela, et écrire est ce que j'aime par-dessus tout.

— J'ai le même sentiment envers mon travail, acquiesça-t-elle. Il m'absorbe parfois entièrement. Mon mari était très compréhensif et me soutenait beaucoup. D'ailleurs, il était lui-même extrêmement pris, lorsqu'il était en activité. J'aurais pu me sentir très seule alors, mais ça n'a pas été le cas.

Elle hésita une minute, puis détourna les yeux avant d'esquisser un sourire un peu triste.

— J'avais mes propres occupations.

Elle faisait certainement allusion à son travail, songea Finn. C'était logique, avec l'énorme quantité de photos qu'elle avait réalisées au fil des années.

— Qu'a-t-il fait après avoir cessé d'exercer ?

— Il a enseigné à Harvard et a participé à la création de deux sociétés fabriquant des instruments chirurgicaux. Il s'est beaucoup investi et cela a très bien marché. Je crois que c'est ce qui l'a sauvé pendant les premières années. Cela l'a aidé à passer le cap, au moins pendant un temps. Ensuite, sa santé s'est détériorée. C'est affreux de le voir si malade à son âge. Il est encore relativement jeune.

Son visage s'était assombri. Elle se souvenait du déjeuner de la veille, des difficultés que Paul avait eues à marcher et à porter les aliments à sa bouche, de la dignité et de la force dont il faisait preuve malgré sa faiblesse.

— Que fait-il à présent ? Il vous manque ?

— Oui. Mais il n'a pas voulu que je le soigne. Il est très fier. Tout a changé pour nous après sa maladie... et d'autres événements. Quelquefois, la vie vous maltraite, et l'amour n'est pas toujours suffisant pour qu'on reste ensemble...

Elle marqua une brève pause.

— Il passe beaucoup de temps en mer, à bord du yacht qu'il a acheté il y a trois ans. Il séjourne aussi à Londres et, lorsqu'il va à Boston pour son traitement, il en profite pour faire un saut à New York. Mais il a de plus en plus de mal à se déplacer seul, c'est pourquoi il préfère rester sur le bateau, où son équipage prend soin de lui. Il est parti aujourd'hui pour les Caraïbes.

— C'est très triste, observa Finn songeur.

Il avait du mal à comprendre que Paul ait pu lui rendre sa liberté. A en juger par la manière dont Hope parlait de lui, il était évident qu'elle l'aimait toujours et qu'elle se faisait du souci pour lui.

— S'il était en bonne santé, c'est une vie que beaucoup lui envieraient, constata-t-il. Malheureusement, quand on est malade, rien n'est agréable.

— C'est vrai, murmura Hope. Il suit un traitement expérimental à Harvard. Et jusqu'à récemment les résultats étaient encourageants.

— Et maintenant ?

— Ça va moins bien.

Elle n'entra pas dans les détails, et Finn se contenta de hocher la tête.

— Et vous, que faites-vous quand vous n'êtes pas au Tibet ou en Inde, à vivre dans des monastères ? demanda-t-il en souriant.

— J'ai un appartement à New York, mais je voyage beaucoup pour mon travail. Et je vais à Cape Cod quand j'en ai la possibilité, c'est-à-dire pas très souvent. La plupart du temps, je suis entre deux avions ou je prépare des expositions.

— Qu'y a-t-il à Cape Cod ?

— Mes parents y avaient une maison et ils me l'ont laissée. Nous y allions chaque été quand j'étais enfant, et je l'adore. Elle se trouve à Wellfleet, une jolie petite ville

51

tranquille, sans rien d'exceptionnel. La maison est très simple, mais elle a une vue magnifique sur l'océan. Je m'y sens bien. Quand j'étais mariée et que nous vivions à Boston, nous y passions nos vacances. J'ai déménagé à New York il y a deux ans. J'ai un loft à SoHo.

— Et personne avec qui le partager ?

Elle secoua la tête en souriant.

— Je suis très bien comme ça. A vrai dire, ma situation est un peu la même que la vôtre. Ce serait difficile pour un homme d'être marié à une photographe qui n'est jamais là. Je suis toujours par monts et par vaux, une valise à la main. Je fais le contraire de vous, qui êtes enfermé dans un bureau en train d'écrire, mais le résultat est le même : ce ne serait pas très drôle pour mon conjoint. De toute manière, la question ne se pose pas et je suis heureuse ainsi. Je n'ai de comptes à rendre à personne et je suis totalement libre de mes mouvements.

Il la comprenait parfaitement et lui sourit d'un air entendu. Ils se plongèrent alors dans le menu et choisirent tous les deux des pâtes, après avoir décidé de se passer d'entrée. Ils s'intéressaient l'un à l'autre et prenaient plaisir à en savoir davantage sur leurs vies respectives. Finn parla avec enthousiasme de sa maison en Irlande. Il était facile de voir combien il l'aimait et ce qu'elle signifiait pour lui. Elle faisait partie de son histoire. Elle était gravée dans son être et dans son âme.

— Il faudra que vous veniez la voir un jour, suggéra-t-il.

Hope était curieuse, en effet.

— Quel genre de médecin était votre père ? s'enquit-elle alors qu'ils dégustaient leurs pâtes, aussi délicieuses que dans son souvenir.

— Il était généraliste. Mon grand-père s'était contenté de vivre de ses rentes, mais mon père était ambitieux. Il est parti étudier aux Etats-Unis, et c'est là qu'il a épousé ma mère. Elle est morte assez jeune et il l'a suivie de peu. J'étais étudiant à l'époque. C'est à cause d'eux que j'ai toujours été fasciné par l'Irlande. Et comme je vous l'ai dit, il était plus avantageux pour moi, sur le plan fiscal, de renoncer à la nationalité américaine. Maintenant que j'ai racheté la maison de mon grand-père, j'imagine que je vais y rester jusqu'à la fin de mes jours, bien que je doute de pouvoir persuader Michael de s'y installer.

Il eut un sourire de regret, et Hope hocha la tête, compréhensive.

— Après sa licence, il veut faire carrière dans les nouvelles technologies. Il y a de nombreuses opportunités à Dublin, mais il préfère aller travailler dans la Silicon Valley ou à Boston. C'est un Américain pur jus. Et c'est à lui de trouver sa voie. Je ne veux pas l'influencer, même s'il me manque énormément. Enfin, il pourra toujours changer d'avis un jour.

Il se demandait pourquoi elle n'avait jamais eu d'enfant, mais n'osa pas lui poser la question. Peut-être son mari avait-il été trop absorbé par sa carrière à Harvard pour en désirer, à moins qu'elle n'ait voulu se consacrer entièrement à lui. Elle semblait si douce et si maternelle que cela semblait possible.

La soirée passa très rapidement et c'est à regret qu'ils quittèrent le restaurant. Hope se laissa tenter par les bonbons et les chocolats qu'on leur offrit avant de partir. Finn lui avoua alors qu'il avait toujours eu envie de voler un des cendriers vénitiens aux couleurs vives, à l'époque où ils se trouvaient encore sur les tables, avant l'interdiction de fumer. Elle rit en l'imaginant en train d'en glisser un dans la poche de son complet parfaitement coupé. Elle avait du mal à l'en croire capable. Elle aussi avait eu un faible pour ces cendriers. Apparemment, ils étaient devenus des objets de collection.

Ils remontèrent en voiture et il s'apprêtait à la ramener au Claridge, quand il se ravisa.

— Ne voudriez-vous pas venir prendre un dernier verre ? Vous ne pouvez pas quitter Londres sans aller chez Annabel. On est presque à Noël, ce sera très animé, suggéra-t-il d'un air plein d'espoir.

Sur le point de refuser, Hope changea d'avis. Elle était fatiguée mais ne voulait pas blesser Finn. Pourquoi ne pas aller boire une dernière coupe de champagne, après tout ? Bavarder avec lui était un plaisir. Il y avait des années qu'elle n'avait pas passé une aussi bonne soirée et cela ne se produirait sans doute plus de sitôt. Sa vie à New York, calme et solitaire, n'incluait ni dîners ni sorties avec des hommes aussi séduisants que Finn.

— Entendu, un seul verre, alors.

Le club était bondé, et l'ambiance aussi festive qu'il l'avait assuré. Ils s'assirent au bar, burent du champagne et dansèrent un peu ensemble avant de s'en aller.

— Après une soirée comme celle-ci, je me demande pourquoi je vis en ermite à Dublin, déclara Finn. Vous me donnez envie de revenir m'installer ici.

Arrivé au Claridge, il coupa le moteur et se tourna vers elle.

— Je me rends compte que Londres me manque. Je ne sors pas souvent. Mais de toute manière, si c'était le cas, vous ne seriez pas là, et ce ne serait donc pas aussi drôle.

Ses paroles la firent rire. Il y avait chez lui un côté enfantin qui l'attendrissait et un côté sophistiqué qui l'éblouissait un peu. Le cocktail était enivrant.

Finn ressentait la même chose à son égard. Il appréciait sa douceur, son intelligence, son sens de l'humour.

— J'ai passé une soirée fantastique, Finn. Merci.

— Moi aussi. C'est vraiment dommage que vous partiez demain, dit-il avec tristesse.

— C'est vrai, remarqua-t-elle. J'oublie toujours à quel point j'aime Londres.

La vie nocturne y était fabuleuse et elle adorait les musées, bien qu'elle n'ait pas eu le temps d'en profiter durant ce séjour.

— Vous ne voudriez pas rester une journée de plus ? demanda-t-il avec espoir.

A regret, elle secoua la tête.

— Je ne peux pas. Il faut vraiment que je rentre et que je développe vos photos. Les délais sont très courts.

— Je comprends, mais je le regrette, affirma-t-il, l'air déçu. Je vous téléphonerai la prochaine fois que je serai à New York. Je ne sais pas quand, mais j'irai un de ces jours.

— J'aurai du mal à vous faire passer une soirée aussi réussie que celle-ci !

— Il y a des endroits agréables à New York aussi. J'en connais.

Elle n'en doutait pas. Comme certainement à Dublin. Et probablement partout où il allait. Finn ne semblait pas du genre bonnet de nuit, sauf peut-être quand il écrivait.

— Merci d'avoir accepté de dîner avec moi ce soir, Hope, dit-il alors qu'ils descendaient de voiture.

Il faisait un froid glacial, et elle resserra son manteau tandis qu'il la raccompagnait jusqu'à l'entrée de l'hôtel.

— Je vous appellerai bientôt, promit-il. Bon retour.

— Passez de bonnes vacances avec votre fils, lui souhaita-t-elle en souriant.

— Il ne restera que quelques jours et partira ensuite faire du ski avec des amis. C'est tout juste si je l'aperçois à présent. Enfin, c'est de son âge. Il n'a plus besoin de moi.

— Profitez du présent, lui conseilla-t-elle.

Il l'embrassa sur la joue.

— Faites bon voyage, Hope. J'ai passé une merveilleuse journée.

— Merci, Finn. Moi aussi. Je vous enverrai les épreuves des photos dès que possible.

Il la remercia et lui adressa un dernier signe alors qu'elle s'engouffrait dans l'entrée, seule et songeuse. La soirée avait été excellente, bien meilleure qu'elle ne s'y attendait. Elle monta dans l'ascenseur, regrettant de partir le lendemain. Après Londres, la perspective d'un Noël solitaire à Cape Cod lui semblait bien triste.

4

Il neigeait quand Hope arriva à New York. Et lorsque le lendemain matin elle regarda par la fenêtre et vit qu'une épaisse couche de neige recouvrait la rue, elle décida de ne pas aller à Cape Cod. Son séjour à Londres lui avait rappelé tout ce qu'on pouvait faire en restant en ville. Cet après-midi-là, le 23 décembre, pendant que tout le monde faisait des courses de dernière minute, Hope alla au Metropolitan Museum. Quand elle rentra chez elle, la neige tombait toujours aussi dru et se transformait même en tempête.

La ville était presque paralysée. Il n'y avait pratiquement plus de voitures dans les rues, les taxis étaient introuvables et seuls quelques irréductibles rentraient à pied chez eux, luttant contre la neige. Les bureaux avaient fermé de bonne heure et les écoliers étaient déjà en vacances. De retour dans son loft, les joues rouges et les mains gelées, elle mit la bouilloire à chauffer. Marcher avait été vivifiant et elle avait passé un excellent après-midi. Elle venait de s'asseoir et s'apprêtait à boire son thé, quand Mark Webber l'appela de chez lui. Son bureau était fermé jusqu'au Nouvel An.

— Alors ? demanda-t-il, curieux.

— Il a été génial. Intéressant, sympathique, séduisant. Très différent de ses livres qui sont si compliqués et si sombres ! Je n'ai pas encore commencé à développer les photos, mais je sais qu'il y en a d'excellentes.

— Il n'a pas tenté de te violer ? plaisanta Mark.

— Non. Il m'a invitée à dîner au Harry's Bar et ensuite il m'a emmenée boire un verre chez Annabel. Il m'a traitée comme une vieille tante en visite.

— Sûrement pas. Il n'irait pas dans le restaurant le plus huppé et le club le plus branché de Londres avec sa vieille tante !

— Il a été très correct, assura Hope, et j'ai pris beaucoup de plaisir à bavarder avec lui. Il s'intéresse à des tas de choses. Je regrette un peu de ne pas être allée le photographier à Dublin, parce que j'ai l'impression qu'il est plus dans son élément là-bas. Mais je suis quasi certaine d'avoir des clichés qui plairont à son éditeur. J'en ai pris largement assez. Il s'est montré coopératif et très agréable.

Elle s'abstint d'ajouter qu'il avait des airs de star de cinéma.

— Sa maison à Londres est minuscule, et ça a été un vrai casse-tête d'installer le matériel, mais nous y sommes arrivées. En revanche, celle qu'il possède près de Dublin a l'air de ressembler à Buckingham Palace. J'aurais aimé la voir.

— En tout cas, merci d'avoir accepté de prendre ces photos au pied levé. Que vas-tu faire les jours prochains, Hope ? Tu vas aller à Cape Cod, malgré le temps ?

C'était tout sauf raisonnable et il espéra qu'elle s'était ravisée.

Elle regarda par la fenêtre et sourit à la vue des flocons qui tourbillonnaient toujours. Il y avait presque trente centimètres de neige sur le sol à présent ; des congères se formaient ici et là, accumulées par le vent. Et la météo n'était pas optimiste pour le lendemain.

— Non, répondit-elle. Je ne suis pas stupide à ce point, même si je sais que c'est superbe là-bas.

Depuis le début de l'après-midi, la plupart des routes étaient impraticables. Le voyage aurait été un cauchemar.

— Je reste ici.

Finn lui avait offert son dernier livre, elle avait ses clichés à développer et devait aussi trier des photos en vue d'une exposition dans une galerie de San Francisco.

— Appelle-moi si tu t'ennuies, proposa-t-il gentiment.

Mais il ne se faisait pas d'illusions. Hope était farouchement indépendante et menait une vie solitaire depuis plusieurs années. Cependant il tenait à ce qu'elle sache qu'il se souciait d'elle. Il s'inquiétait pour elle parfois, même si elle affirmait qu'elle avait toujours de quoi s'occuper. Il lui arrivait, la veille de Noël, de prendre des photos dans les rues de Harlem ou dans un bistrot pour routiers de la Dixième Avenue à 4 heures du matin. Et il l'admirait pour cela.

— Tout ira bien, ne t'inquiète pas, fit-elle d'un ton convaincu.

Quand ils eurent raccroché, elle alluma des bougies, éteignit les lampes et contempla la neige qui tombait à travers ses grandes fenêtres sans rideaux. Elle adorait la lumière du jour et n'avait jamais pris la peine d'installer des stores.

Elle était allongée sur le canapé, admirant le paysage hivernal, quand le téléphone sonna de nouveau. Elle se demanda qui pouvait l'appeler la veille de Noël. Les seuls appels qu'elle recevait étaient liés au travail et n'avaient lieu que pendant les heures ouvrables. Quand elle décrocha, elle ne reconnut pas la voix à l'autre bout du fil.

— Hope ?

— Oui.

Elle n'ajouta rien, attendant que son interlocuteur se présente.

— C'est Finn. Je voulais savoir si vous étiez bien rentrée. J'ai entendu dire qu'il y avait une tempête de neige à New York.

Agréablement surprise, Hope reconnut alors le timbre amical, chaleureux de sa voix.

— C'est vrai, répondit-elle. J'ai passé l'après-midi au Metropolitan Museum et j'ai dû rentrer à pied. C'était génial.

— Vous avez du courage, observa-t-il en riant. Vous seriez dans votre élément dans les collines près de chez moi. On doit marcher des kilomètres pour aller d'un village à l'autre. Je le fais souvent, quoique rarement sous la neige. J'ai essayé d'appeler mon éditeur aujourd'hui, mais les bureaux étaient fermés.

— Tout est fermé pour les fêtes à présent, qu'il neige ou pas.

— Et que faites-vous pour Noël, Hope ?

— Je vais sans doute rester ici et prendre des photos. J'ai quelques idées. Et je veux développer vos clichés.

— Vous n'avez personne avec qui passer les fêtes ? s'étonna-t-il avec tristesse.

— Non. J'aime être seule ces jours-là.

Ce n'était pas tout à fait vrai, mais les choses étaient ainsi. Elle avait appris à l'accepter, après son séjour en Inde et au Tibet.

— C'est une journée comme les autres, après tout. Comment va votre fils ? demanda-t-elle, désireuse de changer de sujet.

— Il va bien. Il est sorti dîner avec un ami.

Elle jeta un coup d'œil à sa montre et se rendit compte qu'il était 23 heures à Londres. Cela lui rappela alors l'agréable soirée qu'ils avaient passée ensemble.

— Il part en Suisse dans deux jours, ajouta-t-il. Je ne le verrai pas longtemps cette fois, mais je ne peux pas lui en vouloir. J'ai fait pareil à son âge. A l'époque, l'idée d'aller rendre visite à mes parents me donnait des boutons. Il est beaucoup plus gentil que je ne l'étais. Sa petite amie arrive demain et je passerai Noël avec eux avant qu'ils s'en aillent.

— Que ferez-vous ensuite ? demanda-t-elle, curieuse.

Par certains côtés, il semblait aussi solitaire qu'elle, bien qu'il ait un fils et une vie mondaine nettement plus importante. Mais son existence à Dublin paraissait semblable à celle qu'elle menait à SoHo et à Cape Cod. En dépit de leurs différences de style, ils avaient de nombreux points communs.

— Je crois que je partirai pour Dublin demain soir. J'ai un livre à terminer et je travaille sur le plan du prochain. D'ailleurs, en ce moment, tout le monde quitte Londres pour la campagne. Alors, autant rentrer à Russborough.

C'était le nom de la petite ville la plus proche de chez lui. Durant leur dîner, il lui avait d'ailleurs expliqué qu'à Russborough, il y avait une autre propriété du même style que la sienne, mais en bien meilleur état. Cependant, Hope était sûre que sa maison était très belle, malgré les travaux qu'elle nécessitait.

— Comptez-vous aller à Cape Cod, lorsque la tempête sera terminée ?

— Oui. Je l'espère, bien qu'il fasse très froid au bord de l'océan. Je vais attendre que les routes soient dégagées.

— Eh bien, passez un bon Noël, Hope, dit-il gentiment, une pointe de regret dans la voix.

Il n'avait plus de véritable raison de l'appeler avant d'avoir vu ses photos et il avait hâte de les recevoir pour lui parler de nouveau. Sans savoir au juste pourquoi, il avait l'étrange impression qu'un lien s'était noué entre eux. Hope était très réservée, et pourtant elle était douce, chaleureuse et pleine de compassion. Il aurait voulu en savoir davantage à son sujet. Elle lui avait parlé de sa vie avec Paul et de son divorce, mais il sentait qu'elle avait dressé une barrière autour d'elle depuis longtemps et que personne n'était autorisé à la franchir. Elle avait un côté mystérieux, tout comme lui en avait un aux yeux de Hope. Les questions sans réponse les intriguaient autant l'un que l'autre. Ils avaient l'habitude de lire dans le cœur et l'âme des gens mais n'aimaient guère se révéler eux-mêmes.

— Vous aussi. Passez un joyeux Noël avec votre fils, souhaita-t-elle doucement.

Quand ils eurent raccroché, elle demeura un instant immobile, fixant l'appareil, encore surprise.

Rien ne l'avait obligé à lui téléphoner. C'était gentil de sa part et cela la fit songer à la soirée qu'elle avait passée avec lui. Elle lui semblait remonter à une éternité. Maintenant qu'elle était de retour à New York, Londres lui paraissait être sur une autre planète. C'est pourquoi elle fut d'autant plus étonnée de recevoir un e-mail de sa part, plus tard dans la soirée.

« J'ai été content de vous parler tout à l'heure. Je suis hanté par les mystères que j'ai lus dans vos yeux. J'espère que nous nous reverrons bientôt. Je pense à vous. Joyeux Noël. Finn. »

Légèrement mal à l'aise, elle se souvint subitement des mises en garde de son agent concernant les conquêtes féminines de Finn. Essayait-il de la séduire ? Pourtant, il s'était montré tout à fait correct avec elle à Londres. Et à quels mystères faisait-il allusion ? Que voyait-il ? Jouait-il avec elle ? Pourtant, le ton du message et la conversation qu'ils avaient eue ce soir-là lui semblaient sincères. C'était peut-être un coureur, mais elle n'avait pas l'impression qu'il agissait ainsi avec elle. Et elle était frappée par le mot « hanté ».

Elle remit la réponse au lendemain. Elle ne voulait pas paraître impatiente, et ne l'était pas. Elle espérait qu'ils deviendraient amis, comme c'était souvent le cas avec ceux dont elle faisait le portrait. Elle les voyait rarement, mais ils échangeaient de leurs nouvelles de temps en temps.

Le 24 décembre, elle s'assit donc à son bureau, une tasse de thé à la main, pour répondre au message de Finn. Tout était silencieux, recouvert de neige vierge. C'était l'après-midi à Londres.

« Merci pour votre message. Moi aussi, j'ai été contente de vous parler. Le paysage est magnifique ici aujourd'hui, cela semble magique avec ce blanc immaculé. Je vais aller à Central Park photographier les enfants en train de faire de la luge. C'est banal, mais c'est ce qui me tente. Soyez rassuré, je ne cache rien. Il n'y a pas de mystères, seulement des questions sans réponse, et le souvenir de ceux qui traversent notre vie et y restent le temps qu'en décide le destin. Nous ne pouvons rien changer aux règles de l'existence, seulement nous y soumettre de bonne grâce. Que votre Noël soit heureux et réussi. Hope. »

A sa grande surprise, il lui répondit moins d'une heure plus tard, au moment où elle s'apprêtait à sortir, chaudement vêtue, l'appareil photo en bandoulière. Elle entendit l'ordinateur annoncer qu'elle avait un message, retira ses gants et appuya sur la touche. Il venait de Finn.

« Vous êtes la femme la plus charmante que j'aie jamais connue. Je regrette de ne pas être avec vous aujourd'hui. Je voudrais aller faire de la luge avec les enfants à Central Park. Emmenez-moi. Finn. »

Elle sourit, amusée par son côté enfantin. Elle ne répondit pas, mais remit ses gants et quitta la maison. Elle ne savait pas vraiment quoi lui dire et elle hésitait à s'engager plus avant. Elle ne voulait pas jouer avec lui, ni l'encourager d'aucune manière.

Elle trouva assez rapidement un taxi, qui mit une demi-heure pour atteindre Central Park. Certaines rues étaient dégagées, d'autres pas, et il était obligé de rouler lentement. Le chauffeur la laissa à l'extrémité sud du parc. Elle passa près du zoo et marcha un petit moment avant de découvrir les enfants qui dévalaient les pentes, certains sur des luges, d'autres sur des disques en plastique, et d'autres encore glissés dans des sacs-poubelle. Les mères les regardaient, piétinant pour se réchauffer, et les pères couraient derrière eux, les aidant à se relever en cas de chute. Les enfants ravis poussaient des cris, et Hope les photographiait, zoomant sur leurs visages pleins d'excitation. Soudain, sans qu'elle s'y attende, la scène la ramena des années en arrière et lui broya le cœur. Les larmes lui montèrent aux yeux, et le froid n'y était pour rien. Pour se changer les idées, elle prit des photos du paysage et des branches recouvertes de givre, mais rien n'y fit. La douleur était si aiguë qu'elle en avait le souffle coupé. Finalement, en s'efforçant de retenir ses larmes, elle rangea son appareil photo et partit en courant. Elle sortit rapidement du parc, tentant de fuir ses fantômes, et ne ralentit le pas qu'en atteignant la Cinquième Avenue. Cela faisait très longtemps qu'elle ne s'était pas sentie aussi désemparée et elle était encore bouleversée lorsqu'elle arriva chez elle.

Elle retira son manteau et resta debout à la fenêtre un long moment, essayant de se calmer.

Lorsqu'elle se tourna enfin, elle remarqua le message de Finn resté sur l'écran et le relut. Elle n'avait ni le cœur ni la force de lui répondre. Elle prit soudain conscience que c'était Noël, ce qui aggravait encore les choses. Elle faisait toujours de son mieux pour être occupée à cette époque de l'année, surtout depuis son divorce. Mais là, en voyant les enfants faire de la luge dans le parc, elle avait été submergée par tout ce qu'elle cherchait à éviter. Elle se sentait assommée. Elle alluma la télévision pour ne plus y penser et se retrouva devant des enfants qui chantaient des cantiques de Noël. Elle éteignit aussitôt l'appareil et s'assit devant l'ordinateur, espérant que répondre à Finn la distrairait. Elle ne voyait pas quoi faire d'autre. La soirée à venir lui semblait triste et interminable.

« Bonsoir. C'est Noël et je suis totalement déprimée, écrivit-elle rapidement. Je déteste les fêtes. Je viens d'avoir la visite d'un fantôme de mon passé et cela a failli me tuer. J'espère que vous passez de bons moments avec Michael. Joyeux Noël. Hope. »

Il était minuit à Londres et elle n'attendait pas de message de sa part avant le lendemain, à supposer qu'il y en ait un. Aussi fut-elle stupéfaite qu'il lui réponde immédiatement.

« Dites au fantôme de déguerpir et fermez la porte à clé derrière lui. La vie, c'est l'avenir et non le passé. Je n'aime pas beaucoup Noël non plus. J'ai envie de vous revoir. Très vite. Finn. »

C'était bref, direct et un peu effrayant. Pourquoi voulait-il la revoir ? Pourquoi échangeaient-ils des messages ? Et surtout, pourquoi lui écrivait-elle ? Elle ne connaissait pas la réponse et ne savait pas davantage ce qu'elle espérait de lui.

Elle vivait à New York et lui à Dublin. Ils avaient chacun leur vie et n'avaient pas les mêmes centres d'intérêt. Elle l'avait photographié, rien de plus. Et pourtant, elle ne pouvait s'empêcher de penser à ce qu'il lui avait dit au cours du dîner, et à l'expression de ses yeux quand il la regardait. Elle commençait elle aussi à se sentir hantée par lui, comme il avait dit l'être par elle. Cette pensée la troublait, mais elle lui répondit néanmoins, s'obligeant à adopter un ton positif et professionnel. Elle ne voulait pas entamer une relation personnelle avec lui sous prétexte que c'était Noël et qu'elle se sentait seule. Elle était parfaitement consciente que ce serait une grosse erreur. Ils n'étaient pas du même monde. Il faisait partie de la jet-set et avait toutes les femmes à ses pieds. Elle n'avait aucune envie de rivaliser avec elles.

« Merci. Désolée pour ce message larmoyant. Je vais bien. Juste un petit coup de cafard. Je me sentirai mieux après un bain chaud et une bonne nuit de sommeil. Meilleurs vœux. Hope. »

La réponse de Finn fut rapide, et un tantinet agacée.

« Les coups de cafard arrivent à tout le monde. Qu'est-ce que c'est que ces « meilleurs vœux » ? Ne craignez rien. Je ne vais pas vous dévorer et je ne suis pas un fantôme. Au diable toutes ces sottises ! Buvez une coupe de champagne. Ça aide toujours. Je vous embrasse, Finn. »

— Flûte ! s'exclama-t-elle, se sentant encore plus nerveuse. « Je vous embrasse », et quoi encore ! Tu vois ce que tu as fait ?

Elle décida de ne pas répondre, mais suivit son conseil et se servit un verre de vin. Le message resta sur son écran toute la soirée, et elle l'ignora. Elle le relut avant d'aller se coucher, se persuadant qu'il ne voulait rien dire. Malgré tout, elle jugea préférable d'en rester là et monta à sa mezzanine, songeant qu'elle irait mieux le lendemain. Comme elle se tournait pour éteindre la lumière, son regard tomba sur les photos de la jeune danseuse. Elle les fixa pendant un long moment avant d'appuyer sur l'interrupteur et d'enfouir sa tête dans les oreillers.

5

Comme elle l'avait espéré, Hope se sentit mieux au réveil. C'était le jour de Noël, mais il n'y avait aucune raison de le traiter différemment d'un autre. Elle téléphona à Paul sur son bateau. Il semblait aller bien, mais il avait contracté un rhume dans l'avion, ce qui était dangereux dans son état. Ils se souhaitèrent un joyeux Noël, évitèrent les sujets sensibles et raccrochèrent. Elle sortit alors des photos qu'elle devait retoucher pour sa prochaine exposition et y travailla pendant plusieurs heures. Quand elle leva les yeux, il était 14 heures et elle décida d'aller faire une promenade. Elle jeta un coup d'œil au message de Finn et éteignit l'ordinateur. Elle ne voulait pas l'encourager ni commencer quelque chose qu'elle n'avait nulle intention de poursuivre.

Dehors, l'air était frais. Elle croisa des gens qui sortaient du restaurant. Elle marcha dans SoHo et dans le Village. L'après-midi était ensoleillé et la neige de la veille se transformait en boue. De retour dans son loft, d'humeur plus gaie, elle se remit au travail. Vers 20 heures, elle se rendit compte qu'elle n'avait rien à manger. Elle envisagea de ne pas dîner, mais elle avait faim et elle décida d'aller acheter de la soupe et un sandwich. La journée s'était révélée plus facile à supporter que la veille et le lendemain elle avait prévu de se rendre à la galerie qui exposait ses photos. Elle enfila son manteau, soulagée de constater qu'elle avait survécu. Elle appréhendait toujours Noël, mais à part l'incident à Central Park, celui-ci n'avait pas été trop pénible.

Elle acheta un sandwich et un grand gobelet de potage au poulet tout chaud. L'employé la connaissait et lui demanda si elle avait passé un bon Noël.

— Ça a été, répondit-elle en souriant tandis qu'il la regardait gentiment.

Etant donné ses achats, il savait qu'elle vivait seule. Mais elle était si mince qu'il avait l'impression qu'elle ne mangeait pas grand-chose.

— Un morceau de tarte ? suggéra-t-il, songeant qu'elle avait bien besoin de prendre quelques kilos. Aux pommes ? Aux abricots ?

Elle secoua la tête mais acheta tout de même de la glace. Elle paya, le remercia, lui souhaita un joyeux Noël et s'en alla, emportant ses provisions dans un sac en papier. Elle espérait ne pas renverser la soupe et rentrer avant que la glace, posée tout près du carton chaud, ne se mette à fondre. Elle montait avec précaution les marches de son immeuble lorsqu'elle aperçut un homme de dos, qui semblait chercher un nom sur la liste. Il était penché en avant pour mieux voir dans la pénombre. Elle se tenait derrière lui, sa clé à la main, attendant qu'il ait terminé, lorsqu'il se retourna. Elle le fixa, stupéfaite. C'était Finn, vêtu d'un jean et d'un gros manteau, un bonnet noir sur la tête. Il baissa les yeux vers elle, sourit, et son visage tout entier sembla s'illuminer.

— Ah, quelle bonne surprise ! Vous allez me faciliter la tâche. Je n'arrivais pas à déchiffrer les noms. J'ai perdu mes lunettes dans l'avion.

Hope était sidérée.

— Que faites-vous ici ?

— Vous n'avez pas répondu à mon dernier e-mail, alors j'ai décidé de venir et de découvrir pourquoi.

L'air détendu et parfaitement à l'aise, il la débarrassa de son sac en papier. Hope ne savait pas pourquoi il était venu, mais elle était décontenancée et même un peu effrayée par son audace.

— Faites attention de ne pas le renverser. C'est de la soupe, expliqua-t-elle, ne sachant que dire. Voulez-vous monter ?

Elle n'avait guère le choix. Elle ne pouvait pas rentrer chez elle en le laissant sur le pas de la porte.

— Avec plaisir, répondit-il en souriant, ce qui n'était pas le cas de Hope.

Elle se sentait paniquée de le voir ici. Il entrait dans son univers comme un intrus sans y être invité et sans avoir prévenu. Finn comprit qu'elle était contrariée et la regarda avec douceur.

— Vous êtes fâchée que je sois venu ? demanda-t-il d'un air inquiet.

— Non. Mais je ne comprends pas pourquoi vous êtes là.

— Il fallait que je parle à mon agent et à mon éditeur. Et pour être franc, je voulais vous revoir. Je ne pense qu'à vous depuis que vous êtes partie. Je n'arrive pas à vous sortir de ma tête.

Elle sourit alors et ouvrit la porte d'entrée, tout en se demandant si elle ne devait pas retourner faire des courses. Elle ne savait pas si elle était flattée ou fâchée par son intrusion. Finn était quelqu'un d'impulsif, mais il avait un charme fou. Il était difficile de lui en vouloir longtemps. Elle se mit à monter l'escalier, sans rien dire, ses craintes initiales se dissipant peu à peu.

Lorsqu'elle arriva à son appartement, elle ouvrit la porte et il se dépêcha d'aller mettre la glace au congélateur. Lorsqu'elle se tourna vers lui, il fixait les photos.

— C'est la plus belle danseuse que j'aie jamais vue, s'exclama-t-il, observant chacun des clichés avec attention et fronçant les sourcils d'un air perplexe. Elle vous ressemble. C'est vous plus jeune ?

Elle secoua la tête, puis l'invita à s'asseoir. Elle lui offrit un verre de vin, mais il refusa, promenant son regard sur le décor sobre et paisible. Elle alluma des bougies, puis s'assit en face de lui, une expression sérieuse sur le visage.

— J'espère n'avoir rien dit qui ait pu vous inciter à venir, murmura-t-elle, encore mal à l'aise.

Elle ne croyait pas l'avoir encouragé, mais ne pouvait s'empêcher de se faire des reproches.

— Vous sembliez abattue. Et vous me manquiez, même si je ne sais pas pourquoi, répondit-il honnête-ment. Comme il fallait que je vienne à New York, j'ai décidé de le faire maintenant, avant de finir mon livre et d'en commencer un nouveau. Après, je serai bloqué pendant plusieurs mois. Et puis, j'étais moi aussi un peu déprimé quand Michael est parti ce matin, plus tôt que prévu. Ne soyez pas fâchée. Je ne suis pas là pour vous pousser à quoi que ce soit.

Hope ne parvenait pas à comprendre pourquoi elle l'intéressait à ce point. Il y avait quantité d'autres femmes qui n'auraient pas demandé mieux. Elle ne savait pas si elle était flattée ou effrayée. Les deux à la fois, sans doute. Elle lui offrit la moitié de son sandwich, mais il refusa en souriant.

— Non, merci. J'ai déjeuné dans l'avion.

Cela la gênait de manger devant lui, aussi posa-t-elle le sandwich de côté et le persuada-t-elle de partager la soupe. Il se mit à lui raconter des anecdotes amusantes et elle ne tarda pas à rire de bon cœur. Quand ils en arri-vèrent à la glace, elle commençait à se détendre et à apprécier cette visite inattendue d'un homme qu'elle connaissait à peine. Cela lui faisait un drôle d'effet de le voir assis là, confortablement installé sur le canapé, par-faitement à l'aise chez elle.

Ils terminaient leur dessert quand il reparla de la dan-seuse.

— Pourquoi ai-je l'impression que c'est vous ?

C'était particulièrement étrange parce que la jeune fille des photos était aussi blonde que Hope était brune. Pourtant, il y avait une ressemblance entre elles deux, comme un air de famille. Hope prit une profonde inspiration et lui révéla ce qu'elle n'avait pas prévu de lui confier.

— C'est ma fille, Camille.

Il parut sidéré.

— Vous m'avez menti, accusa-t-il d'un air blessé. Vous m'avez dit que vous n'aviez pas d'enfants.

— Je n'en ai pas, murmura Hope. Elle est morte il y a trois ans, à dix-neuf ans.

Il demeura silencieux un long moment, et elle n'ajouta rien.

— Je suis vraiment désolé, assura-t-il enfin.

Il paraissait bouleversé et lui prit doucement la main. Elle affronta son regard, se répétant silencieusement ce que les moines lui avaient appris au Tibet : « Le passé est le passé ; le présent est le présent. »

— Ça va, affirma-t-elle. Au bout d'un certain temps, on apprend à vivre avec.

— Elle était très belle, constata-t-il en jetant un coup d'œil aux photos avant de se tourner vers Hope. Que s'est-il passé ?

— Elle était étudiante à Dartmouth College, où mon père avait enseigné. Il était déjà mort à l'époque. Un matin, elle m'a téléphoné. Elle avait la grippe et elle semblait très mal. Sa camarade de chambre l'a emmenée à l'infirmerie. On m'a appelée une heure plus tard pour m'annoncer qu'elle avait une méningite. Je lui ai parlé et elle avait l'air très malade. J'ai tout de suite pris la voiture pour aller à Boston, et Paul est venu avec moi. Malheureusement, elle est morte une demi-heure avant notre arrivée. Les médecins n'ont rien pu faire pour la sauver.

Des larmes roulaient sur ses joues tandis qu'elle parlait, mais son expression était paisible.

— L'été, elle dansait avec le New York City Ballet. A un moment, elle avait envisagé de renoncer à ses études pour se consacrer entièrement à la danse, mais elle réussissait à mener les deux de front. Il était prévu qu'elle serait engagée dès qu'elle aurait sa licence, ou même avant, si elle le désirait. C'était une danseuse extraordinaire.

Elle marqua une courte pause.

— Nous l'appelions Mimi, ajouta-t-elle dans un murmure. Elle me manque terriblement. Et sa mort a anéanti son père. Ça a été la goutte qui a fait déborder le vase pour lui. Il était déjà malade depuis longtemps et il buvait en secret. Quand elle est morte, il a été ivre pendant trois mois. On a dû l'hospitaliser et il a suivi une cure de désintoxication. Il a arrêté de boire, mais lorsqu'il est sorti, il a décidé qu'il ne pouvait plus rester avec moi. Peut-être que je lui rappelais trop Mimi. Il a vendu sa société, acheté un bateau, et il m'a quittée. Il a prétendu qu'il ne voulait pas que j'attende de le voir mourir, que je méritais mieux. Mais la vérité, c'est que perdre Mimi a été si dur pour nous deux que notre mariage n'y a pas résisté. Quand elle est morte, d'une certaine manière, nous sommes morts avec elle. Nous ne pouvons pas nous revoir sans penser à elle. Nous sommes toujours bons amis, en un sens nous nous aimons encore, mais je suppose que nous l'aimions davantage. Paul n'est plus le même et peut-être ai-je changé aussi. C'est difficile de survivre à une telle épreuve. C'est tout, constata-t-elle tristement. Je ne voulais pas vous le dire. Je ne parle jamais d'elle. C'est trop douloureux. Je n'ai plus que mon travail à présent. Rien d'autre. Heureusement, j'aime ce que je fais. Ça m'aide.

— Oh, mon Dieu, murmura Finn, les larmes aux yeux.

Hope devina qu'il pensait à son propre fils.

— Je n'ose même pas imaginer ce que vous devez ressentir. Ça me tuerait.

— Ça a failli me tuer, avoua-t-elle tandis qu'il s'asseyait à côté d'elle sur le canapé et passait un bras autour de ses épaules.

Hope ne protesta pas. Sa présence était réconfortante. Elle détestait parler de Mimi et le faisait rarement, même si elle pensait constamment à sa fille.

— Mon séjour en Inde et au Tibet m'a fait beaucoup de bien. J'ai trouvé un monastère merveilleux et un maître extraordinaire. C'est lui qui m'a aidée à accepter. De toute manière, il n'y a pas d'autre choix.

— Et votre ex-mari ? A-t-il recommencé à boire ?

— Non. Il est resté sobre. Il a beaucoup vieilli ces trois dernières années, mais il est difficile de dire si c'est à cause de la mort de Mimi ou de sa maladie. C'est quand il est sur son yacht qu'il va le mieux. Moi, j'ai acheté ce loft à mon retour d'Inde, mais je voyage beaucoup. Je n'ai pas besoin de grand-chose maintenant que Mimi n'est plus là.

Les malheurs qu'elle avait vécus se reflétaient dans son œuvre. Il se dégageait de ses photos une profonde compréhension de la nature humaine.

— Vous vous remarierez peut-être et aurez un autre enfant, murmura Finn doucement, ne sachant que dire.

Comment consoler une femme qui a perdu son unique enfant ? Ce qu'elle venait de lui confier était si terrible qu'il était encore sous le choc.

Hope s'essuya les yeux et sourit.

— En théorie, c'est possible, mais il est peu probable que cela arrive. Je ne me vois pas me remarier. Je ne suis pas sortie avec un homme depuis mon divorce il y a deux ans. Je n'ai rencontré personne qui me plaise suffisamment. Je suppose que je ne suis pas prête. Et si jamais cela arrivait, je serais trop vieille pour avoir un autre enfant. J'ai quarante-quatre ans, vous savez. Et puis, ce ne serait pas pareil.

— Non, bien sûr que non, mais vous êtes encore jeune. Vous ne resterez pas seule toute votre vie, en tout cas vous ne devriez pas. Vous êtes belle, Hope, et vous avez encore de belles années devant vous avant de fermer la porte à tout cela.

— A vrai dire, je n'y pense guère. Je me réveille chaque matin et je vis chaque jour comme il vient. C'est déjà beaucoup. Et je mets toute mon énergie dans mon travail.

Sans un mot, il l'entoura de ses bras et la serra contre lui, comme pour lui faire oublier toutes les souffrances que le sort lui avait infligées. Cette étreinte silencieuse la réconforta étrangement. Il y avait des années qu'on ne l'avait pas tenue ainsi. Elle ne se souvenait même pas de la dernière fois que c'était arrivé. Soudain, elle fut heureuse qu'il soit venu. Elle le connaissait à peine, mais sa présence semblait être un don du ciel.

Ils restèrent ainsi pendant un long moment, puis elle lui sourit. Cela lui faisait du bien d'être assise près de lui sans parler. Enfin, elle se leva et alla dans la cuisine faire du thé. Il la suivit, reprit de la glace et lui en proposa. Elle refusa, mais réalisa brusquement qu'il avait peut-être faim. Il était très tard pour lui, c'était le milieu de la nuit à Londres.

— Voulez-vous que je vous prépare des œufs au plat ? C'est tout ce que j'ai.

— Je sais que ça va vous paraître bizarre, répondit-il d'un air penaud, mais j'adorerais manger chinois. Je meurs de faim. Il y a quelque chose d'ouvert par ici ?

Presque tout était fermé le jour de Noël, mais Hope connaissait justement un restaurant chinois dans le quartier qui restait souvent ouvert très tard. Elle leur téléphona. Ils étaient ouverts, mais ne livraient pas.

— Vous voulez y aller ? demanda-t-elle.

Il acquiesça.

— Cela ne vous ennuie pas ? Si vous êtes fatiguée, je peux y aller seul, mais je serais ravi que vous veniez.

Elle lui sourit et il l'entoura de son bras, songeant qu'il s'était passé quelque chose d'important entre eux ce soir. Hope éprouvait le même sentiment.

Quelques minutes plus tard, ils enfilèrent leurs manteaux et sortirent. Il était presque 23 heures et il faisait un froid glacial. Ils se hâtèrent vers le restaurant. En y entrant, ils furent surpris par le monde qui s'y trouvait encore. L'endroit était bruyant, éclairé par une lumière crue et dégageait une forte odeur de cuisine chinoise. Finn s'assit en souriant.

— C'est exactement ce que je voulais.

Il semblait heureux, détendu, et Hope se rendit compte qu'elle l'était aussi.

Elle connaissait leurs spécialités et commanda pour eux deux. On les servit peu après et ils mangèrent avec appétit. Hope s'aperçut avec stupéfaction qu'elle aussi mourait de faim. Ils discutèrent de sujets plus légers que ceux qu'ils avaient abordés durant la soirée. Ni l'un ni l'autre ne fit à nouveau allusion à Mimi, même si elle était dans leurs pensées. Ils bavardèrent tranquillement, au milieu des autres clients venus là pour bien terminer la journée de Noël.

Hope acheva son plat, tandis que Finn avalait ses dernières crevettes.

— C'est plus drôle que de manger de la dinde, remarqua-t-elle.

— Oui. Merci de m'avoir accompagné.

Il la regarda avec douceur, encore ému par le récit qu'elle lui avait fait. Elle lui semblait vulnérable, et si seule.

— Où êtes-vous descendu, au fait ? demanda-t-elle, curieuse.

— D'habitude, je prends une chambre au Pierre, répondit-il en se calant sur sa chaise. Mais cette fois, j'ai réservé au Mercer, parce que c'est plus près de chez vous.

Ainsi, il était bel et bien venu à New York pour la voir ! Cela la rendit un peu nerveuse, sans toutefois l'ennuyer. En fait, elle était ravie de le voir. Etre avec lui semblait naturel. Ils se connaissaient à peine, mais un lien fort et particulier s'était créé entre eux maintenant qu'elle lui avait parlé de Mimi.

— C'est un très bel hôtel, commenta-t-elle en s'efforçant de dissimuler sa surprise.

— La chambre n'a pas d'importance, rétorqua-t-il en souriant d'un air gêné. La vérité, c'est que je voulais vous voir. Merci de ne pas être fâchée que je sois venu.

— Je dois dire que c'était inattendu.

Elle se souvint du choc qu'elle avait éprouvé en le voyant et sourit en retour.

— Mais gentil aussi. Je crois que c'est la première fois que quelqu'un prend l'avion pour venir me voir.

Le serveur leur apporta l'addition et les traditionnels *fortune cookies,* ces petits gâteaux renfermant une maxime ou une prédiction. Elle rit en voyant la sienne et la lui tendit.

« Attendez-vous à la visite d'un ami. »

Il éclata de rire.

— A mon tour ! « Vous allez recevoir de bonnes nouvelles ou avoir de la chance ce soir. » En général, j'ai des messages du genre « Un professeur est un sage » ou « N'oubliez pas d'aller chercher votre linge au pressing ».

— Oui, moi aussi, acquiesça-t-elle en riant.

Ils retournèrent lentement à son appartement et s'arrêtèrent devant la porte d'entrée. Finn avait déposé ses bagages à l'hôtel avant de venir la voir. Il était presque 1 heure du matin à présent, 6 heures à Londres, et il tombait de fatigue.

— Merci d'être venu, Finn, murmura-t-elle doucement.

Il lui sourit, puis l'embrassa sur la joue.

— Cela m'a fait plaisir et j'ai beaucoup apprécié notre dîner de Noël. Il faudra que nous prenions l'habitude de manger chinois à la place de la dinde, le jour de Noël. Je vous appellerai demain, promit-il.

Elle entra dans l'immeuble, lui adressa un dernier signe et le suivit des yeux tandis qu'il descendait la rue en direction de l'hôtel. Elle entra chez elle en pensant à lui. Elle venait de passer une soirée qui sortait de l'ordinaire.

Elle était en train de se déshabiller quand elle entendit l'ordinateur annoncer qu'elle avait un message. Il venait de Finn.

« Merci pour cette merveilleuse soirée. Le meilleur Noël de ma vie, et notre premier ensemble. Faites de beaux rêves. »

Elle s'assit et lui répondit. Tout allait si vite qu'elle se sentait étourdie et ne savait plus où elle en était.

« Ce fut merveilleux pour moi aussi. A demain. »

Elle regarda les photos de Mimi, heureuse d'avoir parlé d'elle à Finn. Curieusement, c'était comme si, l'espace de quelques instants au moins, elle était revenue parmi eux. Elle aurait eu vingt-deux ans à présent, et Hope avait encore du mal à croire qu'elle était partie. La vie était étrange. Tandis que certains entraient dans votre vie puis en ressortaient, d'autres y arrivaient alors qu'on ne les attendait pas. Finn était un cadeau inespéré. Et, quoi que l'avenir lui réserve, elle était heureuse d'avoir passé le soir de Noël avec lui. Elle était encore stupéfaite qu'il soit venu, mais elle décida de ne pas se poser de questions et de savourer le présent.

6

Finn lui téléphona le lendemain matin pour l'inviter à prendre le petit déjeuner au Mercer et Hope accepta avec plaisir. Il l'attendait dans le hall, toujours aussi séduisant. Il portait un jean et un col roulé noir et semblait reposé. Il lui avoua qu'il était debout depuis l'aube et qu'il s'était promené dans le quartier. Il était toujours à l'heure de Londres.

Hope commanda des œufs et Finn des gaufres. Il lui expliqua qu'elles n'avaient pas le même goût en Europe. Selon lui, la pâte était différente. En France, on les saupoudrait de sucre, lui noya les siennes de sirop d'érable, ce qui fit rire Hope, mais il parut se régaler quand il en prit une bouchée.

— Qu'avez-vous prévu pour aujourd'hui ? demanda-t-il alors qu'ils buvaient leur café.

— Je comptais me rendre à la galerie qui expose les photos que j'ai prises en Inde. Voulez-vous m'accompagner ?

— Avec plaisir.

Ils prirent donc un taxi après le petit déjeuner. Finn fut très impressionné par les photos de Hope, superbement mises en valeur dans la vaste et prestigieuse galerie. Ensuite, ils remontèrent Madison Avenue pour aller se promener dans Central Park pendant que la neige était encore vierge. Il lui posa des questions sur l'Inde et sur ses voyages au Tibet et au Népal. A l'entrée du parc, ils s'arrêtèrent devant l'étalage d'un bouquiniste, et trouvèrent un des premiers livres de Finn. Hope voulut l'acheter, mais il le lui déconseilla, affirmant que ce n'était pas un de ceux qu'il préférait. Ils se mirent alors à parler de son travail d'écrivain, de leurs carrières et de leurs agents respectifs. Il était impressionné par toutes les expositions qui lui étaient consacrées et elle par le prix littéraire qu'on lui avait décerné. Ils s'admiraient mutuellement et semblaient avoir de nombreux points communs.

Après avoir quitté le parc, il l'emmena faire un tour en calèche. Cela les amusa beaucoup même s'ils trouvaient cela un peu bête, et ils remontèrent la couverture sur leurs genoux en riant comme deux enfants.

Quand la promenade se termina, il était l'heure de déjeuner et ils allèrent à la Grenouille, un restaurant très chic. Finn était de toute évidence un gourmet, contrairement à Hope qui n'attachait guère d'importance à la cuisine. Après avoir redescendu la Cinquième Avenue, ils retournèrent à SoHo à pied comme elle le faisait souvent. Ils étaient fatigués, mais heureux d'avoir passé la matinée ensemble. Lorsqu'ils furent devant son appartement, elle l'invita à monter. Il déclina son offre, expliquant qu'il avait besoin de rentrer à l'hôtel pour faire une petite sieste.

— Accepteriez-vous de dîner avec moi, ou êtes-vous déjà prise ? Je ne veux pas abuser de votre temps, s'excusa-t-il.

— J'en serais ravie, si vous n'êtes pas lassé de ma compagnie, répondit-elle avec un petit sourire. Vous aimez la cuisine thaïlandaise ?

Il hocha la tête avec enthousiasme et elle proposa un restaurant qu'elle connaissait dans l'East Village.

— Je passerai vous prendre à 20 heures, promit-il avant de déposer un baiser sur sa joue.

Ils se quittèrent et elle monta chez elle tandis qu'il regagnait son hôtel. Durant les heures suivantes, elle ne put s'empêcher de penser à lui. Elle l'appréciait beaucoup. Il était fascinant. Soudain, sa présence avait pris une énorme importance pour elle. Elle ne savait pas comment interpréter cela, ni même si elle devait chercher à comprendre.

Quand il arriva, elle s'était changée et portait un pantalon en toile gris et un pull rose. Ils prirent un verre de vin avant de partir. Cette fois, il ne parla pas des photos de Mimi, mais admira d'autres photos de Hope. Il déclara vouloir aller au MoMA le lendemain, afin de voir certaines de ses photos plus anciennes.

— Vous êtes la seule photographe que je connaisse à être exposée dans les musées.

— Et vous êtes le seul auteur que je connaisse à avoir reçu le plus grand prix littéraire américain et à avoir été anobli, rétorqua-t-elle avec une égale fierté. Au fait, peut-être faudrait-il que je vous appelle sir Finn ?

— Oui, si vous voulez que je me moque de vous. Ça me fait encore tout drôle d'avoir ce titre. Mais je dois reconnaître que rencontrer la reine était impressionnant.

— Je n'en doute pas.

Avec un grand sourire, elle sortit la boîte de photos qu'elle avait promis de lui montrer, celles du Tibet, et lui indiqua du doigt les moines pour qui elle s'était prise d'affection.

— Je ne sais pas comment vous avez fait pour ne pas parler pendant tout un mois. J'en serais incapable, admit-il honnêtement. Même pour une seule journée.

— Ce fut fantastique. Le plus difficile a été de recommencer à parler. Toutes mes paroles me semblaient triviales et inutiles. Cela fait vraiment réfléchir sur ce que l'on va dire. J'aimerais beaucoup y retourner un jour.

— J'adorerais y aller, mais pas si je devais cesser de parler. Enfin, je pourrais écrire, je suppose.

— J'ai tenu un journal là-bas. Se taire donne le temps d'aller au fond de ses pensées.

— J'imagine, admit-il.

Elle lui demanda dans quel quartier de New York il avait grandi.

— Dans l'Upper East Side, répondit-il. L'immeuble n'est plus là. Il a été rasé il y a des années. Avec Michael, j'ai vécu dans un petit appartement de la 79e Rue. C'était avant que je commence à avoir du succès. Nous avons connu des années de vaches maigres, ajouta-t-il simplement. A leur mort, j'ai découvert que mes parents avaient dilapidé la fortune familiale. C'étaient des enfants gâtés. Surtout ma mère. La maison en Irlande appartenait à sa famille, qui l'avait vendue puisqu'il n'y avait pas d'héritier mâle.

Pendant le dîner, Finn demanda à Hope si elle avait des projets pour le nouvel an.

— J'irai me coucher à 22 heures, comme chaque année, répondit-elle en souriant. Je déteste sortir le soir de la Saint-Sylvestre. Les rues sont pleines de gens ivres qui font n'importe quoi. Mieux vaut rester chez soi.

— Pas cette année, insista Finn. Je ne raffole pas non plus des cotillons mais, même si c'est idiot, j'aimerais aller à Times Square et suivre le compte à rebours sur l'écran géant. Jusqu'à présent je ne l'ai vu qu'à la télévision, et ça me ferait plaisir. Mais j'imagine qu'il y a énormément de monde.

— Ça pourrait être intéressant à photographier, remarqua-t-elle, songeuse.

— Que diriez-vous d'essayer ? Si cela ne nous plaît pas, nous pourrons toujours rentrer.

Elle se mit à rire et accepta.

— Dans ce cas, c'est entendu. Combien de temps restez-vous ? demanda-t-elle alors qu'ils terminaient leur dîner.

— Je ne le sais pas encore. J'ai quelques points à voir avec mon éditeur avant de rentrer. Le reste dépend de vous, ajouta-t-il en la fixant intensément.

Un petit frisson parcourut Hope. Elle ne savait pas comment réagir quand il tenait de tels propos, et ce n'était

81

pas la première fois qu'il le faisait. Savoir qu'il était venu à New York exprès pour la voir n'était pas anodin, même si cela lui faisait plaisir. Elle terminait son dessert quand il plongea son regard dans le sien.

— Je crois que je suis en train de tomber amoureux de vous, Hope.

Elle ne s'attendait pas à une telle déclaration et ne sut que répondre. Elle aurait préféré qu'il se taise. Elle ne savait pas encore ce qu'elle éprouvait pour lui, mais elle était sûre qu'elle l'aimait beaucoup. Etait-ce de l'amitié ou davantage ? Il était trop tôt pour le dire.

— Vous n'êtes pas obligée de répondre, intervint-il, lisant dans ses pensées. Je voulais juste que vous sachiez ce que je ressens.

— Comment pouvez-vous l'affirmer ? Nous ne nous connaissons pas depuis longtemps, demanda-t-elle, non sans inquiétude.

Tout semblait aller si vite. Elle se demanda si on pouvait tomber amoureux comme cela à leur âge.

— Je le sais, c'est tout, répondit-il simplement. C'est la première fois que cela m'arrive. Cela peut paraître rapide. Mais peut-être est-ce normal quand c'est pour de bon. Je crois qu'à notre âge, on sait ce qu'on veut, qui on est, ce qu'on ressent. On sait quand on a trouvé la personne qui nous convient. On n'a pas besoin de réfléchir indéfiniment. Vous et moi, nous sommes adultes. Nous avons commis notre lot d'erreurs. Nous ne sommes plus des enfants naïfs.

Elle ne voulut pas lui faire remarquer qu'en la matière, il avait beaucoup plus d'expérience qu'elle. Il le savait. Elle avait été mariée pendant presque la moitié de sa vie et n'était célibataire que depuis deux ans.

— Je ne veux pas faire pression sur vous, Hope, continua-t-il. Nous avons toute la vie, ou tout le temps que vous voulez.

Elle devait s'avouer qu'il l'avait conquise. C'était complètement différent de ce qu'elle avait vécu avec Paul. Finn était plus spontané, plus créatif, il menait une existence plus libre. Paul avait été rigoureux sur tous les plans, et très absorbé par son travail. Finn semblait apprécier davantage la vie. Son univers était plus vaste, ce qui attirait Hope. Le sien s'était aussi beaucoup élargi au cours de ces dernières années. Elle s'était ouverte à des gens et des endroits nouveaux, à des idées nouvelles, comme le prouvait son séjour au Tibet et en Inde. Jamais elle n'aurait envisagé ce genre de retraite avant de perdre Mimi et Paul.

En sortant du restaurant, ils retournèrent chez elle, et cette fois il monta prendre un verre. Elle était nerveuse à l'idée qu'il allait essayer de l'embrasser – elle ne se sentait pas encore prête – mais il n'en fit rien. Il devinait que, pour l'instant, il ne devait pas aller plus loin que leurs promenades, leurs conversations et leurs sorties au restaurant. Ils faisaient petit à petit connaissance. C'était pour cette raison qu'il était venu la voir. Hope se rendait compte qu'avant lui aucun homme n'avait jamais été aussi empressé envers elle. Paul était trop pris par son travail, et il avait seize ans de plus qu'elle, tandis que Finn et elle avaient presque le même âge. Ils appartenaient à la même génération et avaient beaucoup de points communs. Finn possédait toutes les qualités qu'elle désirait chez un homme. Elle ne le connaissait que depuis une semaine, mais durant ces sept jours ils avaient passé presque tout leur temps ensemble et il avait pris une grande place dans sa vie.

Le lendemain, ils allèrent au MoMA et le jour d'après au Whitney. Ils déjeunèrent et dînèrent au restaurant. Et lorsqu'il fut en rendez-vous avec son agent afin de discuter des termes de son nouveau contrat, Hope se rendit compte à sa grande surprise qu'il lui manquait. Car il était constamment avec elle, sauf quand il la quittait le soir pour regagner son hôtel. Il ne l'avait toujours pas embrassée, mais il lui avait répété qu'il était en train de tomber amoureux d'elle. Elle l'avait dévisagé avec inquiétude, sans rien dire. Et s'il jouait avec elle ? En fait, elle craignait encore plus qu'il ne soit sérieux. Qu'arriverait-il si c'était réel ? Il vivait en Irlande et elle à New York. Mais elle ne s'autorisait pas encore à y penser. C'était trop tôt. Tout cela était absurde. Elle était néanmoins consciente que l'un et l'autre pouvaient s'établir n'importe où. Leur situation était idéale et ils semblaient parfaitement assortis.

Lorsque Mark Webber téléphona, Hope ne lui raconta rien, bien qu'elle n'ait personne d'autre à qui en parler. Mark était son ami le plus proche, et elle aimait bien sa femme aussi. Ils l'invitèrent à dîner, mais elle refusa, ne voulant pas leur dévoiler que Finn était venu exprès pour la voir. Elle savait que Mark serait choqué, ou au moins surpris, et se montrerait sans doute soupçonneux et protecteur vis-à-vis d'elle. Elle préférait passer la soirée avec Finn. Elle prétexta qu'elle avait du travail. Mark lui recommanda de ne pas se tuer à la tâche et promit de la rappeler la semaine suivante.

Le soir de la Saint-Sylvestre, Finn et elle se rendirent comme convenu à Times Square. Elle emporta un vieil appareil photo avec l'intention de prendre des clichés en noir et blanc. Ils arrivèrent autour de 23 heures et se frayèrent un passage au milieu de la foule qui attendait. Ils croisèrent des énergumènes hauts en couleur et s'amusèrent comme des fous.

A minuit, tout le monde se mit à crier et à se congratuler. Ils étaient entourés de gens de toutes sortes et Hope était si occupée à prendre des photos qu'elle sursauta quand Finn écarta l'appareil et l'attira dans ses bras. Avant qu'elle ait eu le temps de comprendre ce qui arrivait, il l'embrassa et ils oublièrent la foule et l'endroit où ils se trouvaient. Plus tard, elle ne se souviendrait que du baiser de Finn et du sentiment de sécurité absolue qu'elle avait éprouvé entre ses bras. Elle aurait voulu que cet instant dure toujours. Levant les yeux vers lui, elle comprit avec surprise qu'elle était elle aussi en train de tomber amoureuse. Elle ne pouvait rêver meilleur début pour commencer l'année. Et peut-être une nouvelle vie.

7

Finn resta à l'hôtel Mercer les deux semaines suivantes. Hormis quelques rendez-vous avec son agent et son éditeur, et l'enregistrement de deux interviews, il passa tout son temps avec Hope. Leur relation progressait à toute allure et Hope n'en revenait pas. Elle aimait être avec lui. Elle était partagée entre l'idée de n'être qu'une passade pour lui et l'envie de croire que c'était sérieux et de baisser sa garde. Il était ouvert, tendre, délicat, et ils passaient de si bons moments ensemble qu'il était impossible de résister. Il lui témoignait son amour par mille attentions, lui offrant des fleurs, des chocolats, des livres. Peu à peu, elle se laissait emporter.

— Tu sais ce dont il s'agit, n'est-ce pas ? dit-il d'un ton grave, un après-midi qu'ils traversaient Washington Park, en revenant d'une longue promenade.

Il était là depuis trois semaines et ils ne s'étaient quasiment pas quittés. Elle avait glissé une main sous son bras. Ils venaient de parler de la Renaissance et des merveilles de la Galerie des Offices à Florence, qu'ils adoraient tous les deux et que Finn connaissait particulièrement bien. Comme Hope, il s'intéressait à une foule de choses. Il était un des hommes les plus passionnants et les plus attentionnés qu'elle ait rencontrés et elle n'était pas loin de croire qu'il était le prince charmant dont rêvent toutes les femmes. Il l'interrogeait souvent sur ses goûts et ses désirs, et à chaque fois ils constataient qu'ils aimaient les mêmes choses. Il était comme le reflet d'elle-même.

— Quoi ? demanda-t-elle en lui souriant avec tendresse.

Elle était sûre à présent d'être amoureuse de lui, même si elle ne le connaissait que depuis quelques semaines. Sa relation avec lui avançait à la vitesse de l'éclair.

— En tout cas, c'est merveilleux, ajouta-t-elle. Je ne vais pas me plaindre !

Elle avait le sentiment que, si elle parlait à quelqu'un de ce qu'elle vivait avec Finn, il ne comprendrait pas et lui conseillerait de prendre du recul avant de s'engager. Pourtant, elle était certaine de pouvoir faire confiance à Finn. Elle n'en doutait pas et n'avait d'ailleurs aucune raison de le faire. Elle savait qui il était. Il y avait chez lui, cachée, une douceur qui la touchait au plus profond d'elle-même.

— C'est la fusion, murmura-t-il doucement. Quand deux personnes en deviennent une seule.

Surprise par le terme qu'il avait utilisé, Hope lui lança un regard interrogateur et lui demanda ce qu'il voulait dire par là.

— Parfois, quand les gens tombent amoureux, expliqua-t-il, ils sont si proches et si bien assortis qu'ils ne font plus qu'un, et qu'on ne sait plus où commence une personne et où finit l'autre. Ils fusionnent et ne peuvent plus vivre l'un sans l'autre.

Hope se sentit un peu effrayée. Elle n'avait pas imaginé une relation de ce genre. Paul et elle avaient été heureux avant sa maladie et la mort de Mimi, mais ils n'avaient jamais « fusionné ». Ils avaient chacun leur personnalité, leurs besoins et leurs idées.

— Je ne vois pas les choses ainsi, répondit-elle. Je pense qu'on peut être amoureux tout en conservant sa propre personnalité, chacun complétant l'autre sans pour autant fusionner, comme tu dis. Ça me paraît plutôt malsain, ajouta-t-elle honnêtement. Je veux rester moi-même, et je t'adore tel que tu es, Finn. Si nous formions un seul être, chacun de nous perdrait une partie importante de lui-même.

Finn parut déçu. C'était la première fois qu'ils n'étaient pas d'accord.

— Je veux être une partie de toi, assura-t-il avec tristesse. J'ai besoin de toi, Hope. Nous ne nous connaissons que depuis peu de temps, mais j'ai déjà l'impression que tu fais partie de moi.

Hope fut troublée. Ses paroles pouvaient sembler flatteuses et prouver qu'il l'aimait, mais cette idée de fusion lui paraissait affreusement étouffante. Ils se connaissaient à peine. Comment auraient-ils pu fusionner, ne devenir qu'un ? Et pourquoi l'auraient-ils souhaité ? Ils s'étaient l'un et l'autre battus pour se forger une personnalité. Elle ne voulait pas voir la sienne s'effacer devant celle de Finn, pas plus qu'elle ne voulait le voir changer. Elle tombait amoureuse de lui et de ce qu'il était, elle ne voulait pas tomber amoureuse d'elle-même. Ce raisonnement lui semblait pervers.

— Peut-être que tu ne m'aimes pas autant que je t'aime, commenta-t-il, l'air inquiet et blessé.

— Je suis amoureuse de toi, affirma-t-elle en levant les yeux vers lui. Et nous avons encore beaucoup à apprendre l'un de l'autre. Je veux profiter de cela. Tu es quelqu'un d'extraordinaire, Finn, ajouta-t-elle.

— Toi aussi. Nous aussi, insista-t-il. Ensemble nous formons une entité plus grande, meilleure.

— C'est possible, concéda-t-elle, mais je n'aimerais pas que toi ou moi perdions notre personnalité. Je veux être à tes côtés, Finn, pas être toi. Et pourquoi voudrais-tu être moi ?

— Parce que je t'aime.

Il l'attira à lui et cessa de marcher pour l'embrasser avec fougue.

— Je t'aime plus que tu ne l'imagines.

Bien que touchée, Hope ne put s'empêcher de penser que Finn allait un peu vite.

— Peut-être que je t'aimerai toujours plus que toi, reconnut-il d'un air songeur alors qu'ils recommençaient à marcher. Je crois que, dans un couple, il y en a toujours un qui aime plus que l'autre. Et je serai celui-là, ajouta-t-il.

Hope se sentit un peu coupable. Elle pensait l'aimer, mais elle avait aimé Paul pendant tant d'années qu'il allait lui falloir du temps pour s'habituer à Finn, pour lui donner une place dans son cœur. De toute façon, il fallait d'abord qu'elle le connaisse mieux. Cela allait être facile, puisqu'ils étaient tout le temps ensemble, sauf la nuit.

Elle fut soulagée lorsqu'il changea de sujet.

— Qu'allons-nous faire ce week-end ?

Elle demeura un instant silencieuse avant de répondre.

— Je me suis dit que ce serait agréable d'aller à Cape Cod. J'aimerais que tu voies la maison. Elle est très simple, mais c'est un vestige de mon enfance. Elle compte beaucoup pour moi.

Il sourit.

— J'espérais que tu m'y inviterais, s'exclama-t-il en passant un bras autour de ses épaules. Pourquoi ne pas y rester un peu plus longtemps, si tu peux te libérer ? Cela nous ferait peut-être du bien à tous les deux.

Il n'était pas pressé de retourner en Irlande. Tous les deux disposaient de leur temps et de leur destin, et il appréciait ces journées avec elle. Son roman pouvait attendre, assura-t-il. Elle était plus importante à ses yeux.

— Nous pourrions y passer quatre ou cinq jours, et même une semaine. Mais le temps peut être sinistre et glacial en hiver. Nous verrons une fois sur place.

Il hocha la tête.

— Quand veux-tu partir ? demanda-t-il, visiblement excité.

Elle n'avait rien d'urgent à faire. Son emploi du temps n'était pas chargé et celui de Finn non plus, à part une relecture qu'il devait terminer. Ils devaient assister à une soirée au MoMA le jour même et à un événement littéraire la semaine suivante. Ils étaient heureux de découvrir leurs milieux respectifs, chacun laissant l'autre occuper le devant de la scène, selon que la sortie était artistique ou littéraire. Et l'équilibre semblait parfaitement réussi. Exactement comme elle l'avait dit plus tôt, chacun avait sa sphère, proche de l'autre, sans avoir à devenir un seul et même être.

— Pourquoi pas demain ? suggéra-t-elle. Prends des vêtements chauds.

Puis elle hésita, gênée d'aborder un sujet aussi délicat, mais elle voulait éviter toute ambiguïté.

— Cela ne t'ennuiera pas de coucher dans la chambre d'amis ? Je ne me sens pas encore prête à ce que nous dormions ensemble.

Elle voulait être sûre de ce qu'elle faisait. Elle n'avait eu aucune liaison sérieuse après son mari, c'est pourquoi elle attachait beaucoup d'importance à ce qu'elle allait vivre avec Finn. Que cela dure ou non, elle tenait à être sûre de ses sentiments et de ce qu'elle faisait avant de franchir le pas.

— Pas de problème, répondit-il avec un regard compréhensif.

Il semblait avoir une capacité illimitée à la mettre à l'aise, à la rendre heureuse. Il la laissait avancer à son rythme, se montrer proche ou distante selon les cas. Il était l'homme le plus gentil, le plus tendre qu'elle ait jamais connu. C'était comme un rêve qui se réalisait. Il correspondait à tout ce qu'elle aimait chez un homme. Rien ne lui déplaisait ni ne la mettait mal à l'aise chez lui, sauf peut-être ses drôles d'idées sur la fusion, mais elle était sûre que c'était seulement une façon d'exprimer une sorte d'insécurité et son désir d'être aimé. Et si elle était en train de tomber amoureuse de lui, c'était pour ce qu'il était, et non parce qu'il aurait été une partie d'elle-même. Hope était une femme indépendante. Elle avait surmonté seule les épreuves que la vie lui avait imposées et n'avait aucunement l'intention de « fusionner » avec un homme. Elle était d'ailleurs persuadée que les moines au Tibet n'auraient pas du tout approuvé cette idée.

La soirée au musée fut réussie. Il y avait foule, car le vernissage d'une nouvelle exposition était un événement important. Le conservateur principal vint parler à Hope, et elle le présenta à Finn. Ils bavardèrent quelques minutes et plusieurs reporters de presse les prirent en photo. Ils formaient un très beau couple. Hope était la vedette, mais Finn ne parut pas s'émouvoir d'être relégué à l'arrière-plan. Il se montra amical, sympathique et simple, bien qu'il soit le célèbre sir Finn O'Neill. Il n'était ni arrogant ni imbu de sa personne et semblait ravi que ce soit Hope la star. D'ailleurs, il admirait ses œuvres et avait le contact facile avec les gens. Lorsqu'ils partirent, il était d'excellente humeur. Ils allaient à Cape Cod le lendemain matin.

— Tu me manques quand nous sommes au milieu d'une foule comme ce soir, avoua-t-il alors qu'elle se pelotonnait contre lui sur la banquette du taxi dans lequel ils étaient montés.

Elle avait passé une très bonne soirée, fière d'être vue en sa compagnie. Elle était heureuse de se montrer à nouveau en couple, non pas qu'elle en ait eu besoin pour se sentir entière, mais c'était agréable d'avoir Finn près d'elle. Après son divorce, cela lui avait manqué. Aller à des soirées de ce genre était beaucoup plus agréable quand on pouvait échanger ses impressions avec un compagnon en rentrant.

— Tu étais resplendissante, la complimenta-t-il de nouveau. Et j'étais très fier d'être avec toi. J'ai passé un bon moment mais je dois admettre que je préfère te garder pour moi. Ça va être génial d'être seuls quelques jours à Cape Cod.

— C'est bien d'avoir les deux, commenta Hope paisiblement, la tête reposant sur l'épaule de Finn. C'est excitant de rencontrer des gens nouveaux, et c'est agréable d'être tranquilles aussi.

— Je déteste te partager avec tes admirateurs, la taquina-t-il. Je préfère de loin être seul avec toi. Tout est si beau entre nous que j'ai l'impression d'une intrusion quand il y a d'autres personnes autour de nous.

Elle était touchée et flattée qu'il tienne tant à rester en tête-à-tête avec elle, mais il y avait des moments où elle appréciait la compagnie de ses collègues et de ses pairs. Cela faisait partie de sa vie depuis qu'elle avait recommencé à travailler, bien qu'elle ait toujours apprécié ses périodes de solitude.

— Toi aussi, tu as tes admirateurs, lui rappela-t-elle.

Il baissa les yeux, embarrassé, faisant preuve d'une humilité rare et inattendue. Sa célébrité ne lui était pas montée à la tête. Loin d'être égocentrique, il était fier des succès de Hope et discret concernant les siens. S'il avait des défauts, un ego démesuré n'en faisait pas partie. Finn O'Neill était une perle rare.

Ils partirent pour Cape Cod à 9 heures le lendemain matin, dans un break qu'il avait loué, car Hope n'avait plus de voiture à New York. Habitant au cœur de la ville, elle n'en avait pas besoin et n'allait plus très souvent à Cape Cod. Elle n'y était pas retournée depuis septembre, quatre mois plus tôt. Cependant, elle était tout excitée à la perspective d'y emmener Finn et de lui faire découvrir cet endroit. Pour un homme qui adorait la nature et la solitude, c'était un véritable paradis.

Elle ne souhaitait pas partager sa chambre avec lui ce week-end et savait déjà où elle allait l'installer : dans la chambre qu'elle occupait enfant, adjacente à celle de ses parents autrefois et qui était devenue la sienne.

Lorsqu'ils étaient mariés, c'est dans cette maison que Paul et elle avaient passé presque toutes leurs vacances. La modestie des lieux leur convenait à tous les deux, même si ensuite Paul avait fait fortune et vivait maintenant sur un plus grand pied. Avec les années, Hope avait, au contraire, diminué son train de vie, n'ayant besoin ni de luxe ni de confort spécial. Elle était simple, sans prétention et sans chichis. Et Finn affirmait être comme elle.

Ils s'arrêtèrent pour déjeuner dans le Connecticut. Comme ils dépassaient la bretelle de sortie pour Boston, Finn lui indiqua que son fils étudiait là.

— Voudrais-tu que nous nous arrêtions pour lui rendre visite ? suggéra Hope avec un grand sourire.

Après tout ce que Finn lui avait raconté, elle mourait d'envie de le rencontrer, mais il éclata de rire.

— Il tomberait à la renverse si je m'arrêtais pour le voir. Et de toute façon, il n'est pas encore rentré de ses vacances d'hiver. Il devait aller à Paris après sa semaine de ski en Suisse ou peut-être passer chez moi à Londres. Nous reviendrons une autre fois, car j'aimerais que tu fasses sa connaissance.

— Moi aussi, répondit Hope avec chaleur.

Ils roulèrent sans s'arrêter jusqu'à Cape Cod et arrivèrent vers 16 heures, alors que le jour commençait à baisser. Les routes avaient été dégagées, mais on avait l'impression qu'il allait neiger et il faisait un froid glacial. Un vent mordant soufflait. Hope indiqua à Finn l'allée qui conduisait à la maison, située à l'écart et entourée de hautes herbes. Le paysage était austère en cette saison et rappela à Finn un tableau de Wyeth qu'ils avaient vu au musée. Hope sourit. Elle n'y avait jamais songé auparavant, mais il avait raison. La maison était construite dans le style typique de la Nouvelle-Angleterre, peinte en gris avec des volets blancs. En été, il y avait des fleurs devant, mais pas à cette époque. Le jardinier qui venait une fois par mois avait tout taillé pour l'hiver et ne

93

reviendrait pas avant le printemps. Avec ses volets fermés, la maison semblait triste et abandonnée. En revanche, la vue sur l'océan depuis la dune était extraordinaire. La plage s'étendait sur des kilomètres. Debout à côté de Finn, Hope la contempla en souriant. Elle se sentait toujours en paix ici. Elle passa un bras autour de la taille de Finn et il se pencha pour l'embrasser. Puis elle sortit les clés de son sac et ouvrit la porte d'entrée.

La nuit tombait vite. Hope alluma les lampes, révélant une belle pièce aux murs lambrissés. Les panneaux étaient en bois clair, ainsi que les planchers et les meubles de style anglais. Quelques années plus tôt, elle avait fait recouvrir les canapés d'un tissu bleu pâle. Les rideaux étaient en mousseline unie. Il y avait des tapis, une cheminée. Des photos ornaient les murs. C'était simple et sans prétention, et on s'y sentait bien, surtout l'été, avec la brise qui venait de l'océan. Finn sourit. C'était le genre de maison où un enfant devait passer des vacances idéales. Hope avait eu cette chance, et sa fille aussi. Il y avait une grande cuisine rustique, avec une table ronde et des carreaux de faïence bleus et blancs qui dataient de la construction de la maison. L'endroit semblait habité, confortable et, surtout, aimé.

— C'est merveilleux, déclara Finn en la prenant dans ses bras pour l'embrasser.

— Je suis contente qu'elle te plaise, répondit Hope. J'aurais été déçue si ça n'avait pas été le cas.

Ils ouvrirent tous les volets. La vue de la baie au crépuscule était splendide. Finn aurait voulu aller faire une promenade sur la plage, mais il était trop tard et il faisait trop froid.

Ils rangèrent les provisions qu'ils avaient achetées. Ensuite, ils allèrent chercher leurs bagages. Finn les monta dans leurs chambres et jeta un coup d'œil autour de lui. Il y avait des photos dans chaque pièce, dont beaucoup de Hope avec ses parents ou avec Mimi et Paul. C'était une vraie maison de famille.

— Je regrette de ne pas avoir eu de maison comme celle-ci quand j'étais enfant, avoua Finn en rentrant dans la cuisine.

Avec ses cheveux ébouriffés par le vent, il était encore plus séduisant que d'habitude.

— Mes parents avaient une propriété sinistre à Southampton. Je ne m'y suis jamais plu. Elle était pleine d'antiquités que je n'avais pas le droit de toucher. Quand j'y allais, je ne me sentais pas en vacances au bord de la mer, alors qu'ici, c'est vraiment ça.

— Oui, répondit-elle en lui souriant. C'est ce côté que j'adore, justement. C'est pour ça que je la garde, même si je ne viens plus très souvent.

Il y avait trop de souvenirs heureux entre ces murs pour qu'elle y renonce un jour.

— Ce n'est pas le grand luxe, mais c'est ce qui me plaît. En été, c'est fantastique. Quand j'étais petite, je passais tout mon temps sur la plage et Mimi aussi. Je le fais toujours, d'ailleurs.

Elle était en train de préparer une salade, qui accompagnerait des steaks. La cuisine était fonctionnelle et parfaitement équipée. Finn mit la table, puis fit un feu dans la cheminée. Un peu plus tard, elle réchauffa de la soupe pendant qu'il faisait cuire la viande. Ils s'assirent enfin pour dîner tranquillement. Finn ouvrit une bouteille de vin et remplit leurs verres. Ce fut un repas parfait, intime et chaleureux. Assis devant la cheminée, ils se racontèrent leur enfance.

Hope avait grandi dans le New Hampshire, près de Dartmouth College où son père était professeur de littérature. Sa mère était une artiste de talent. Elle avait eu une enfance calme et heureuse, en dépit du fait qu'elle n'avait ni frère ni sœur. Elle affirmait ne pas en avoir souffert, car ses parents et leurs amis l'avaient toujours incluse dans tout ce qu'ils entreprenaient. Elle allait souvent voir son père dans son bureau à l'université. Ce dernier avait été déçu quand, à dix-sept ans, elle avait décidé d'étudier à Brown plutôt qu'à Dartmouth, parce que la section de photographie y était plus réputée. C'était là-bas qu'elle avait rencontré Paul. Elle avait dix-neuf ans. Elle l'avait épousé à vingt et un ans, alors qu'il en avait trente-sept. Ses parents étaient morts peu après son mariage. Elle en avait éprouvé un immense chagrin. Son père avait succombé à une crise cardiaque et, un an plus tard, sa mère avait été emportée par le cancer. Elle n'avait pas supporté la disparition de son époux.

— Tu vois ? commenta Finn. C'est ce que je veux dire par « fusion ». C'est ce que devrait être une vraie relation, mais ce peut être dangereux parfois, si les choses se passent mal ou si l'un des deux meurt. C'est un peu comme des frères siamois, l'un ne peut pas survivre à l'autre.

Hope n'était toujours pas de cet avis, et elle n'apprécia pas qu'il utilise la mort prématurée de sa mère pour illustrer son propos. Elle n'avait pas le moindre désir d'être la sœur siamoise de quelqu'un. Cependant, elle s'abstint de tout commentaire. Elle savait que cette théorie lui tenait à cœur. Pour elle, ç'avait été très dur de perdre ses parents si peu de temps l'un après l'autre. Elle avait hérité de la maison de Cape Cod et de leur propriété près de Dartmouth College, que par la suite elle avait vendue. En revanche, elle avait conservé tous les tableaux de sa mère. Cette dernière avait donné quelques cours, mais cela ne l'intéressait pas, contrairement à son père, qui était un excellent professeur, très aimé et très respecté.

En comparaison, la jeunesse de Finn avait été nettement plus mouvementée. Il lui avait déjà raconté que son père était médecin et sa mère d'une beauté saisissante.

— Je crois que ma mère a toujours eu le sentiment d'avoir fait une mésalliance, observa-t-il. Avant de se marier, elle avait été fiancée à un duc en Irlande. Il a été tué lors d'une chute de cheval. Elle a épousé mon père peu après. Il avait un cabinet important à New York, mais ma mère était une aristocrate et je crois qu'elle aurait préféré se marier avec un homme de son milieu. Si son fiancé n'était pas mort, elle serait devenue duchesse.

Il marqua une courte pause.

— Elle était de santé fragile. Elle avait souvent des vapeurs. Je ne la voyais guère. Mes parents engageaient des jeunes filles irlandaises pour s'occuper de moi. Elle détestait New York et notre appartement de Park Avenue, pourtant splendide et plein de meubles de grande valeur. Je crois qu'elle aurait été heureuse de savoir que j'ai racheté la demeure de ses ancêtres. C'est en partie pour cette raison que j'y suis si attaché. L'Irlande lui manquait. Maintenant que j'y vis, je comprends pourquoi. Les Irlandais sont un peuple à part, ils adorent leur pays, leur histoire, leurs pubs. Je ne suis pas sûr qu'un Irlandais puisse être heureux à l'étranger. D'ailleurs, ce doit être dans les gènes, parce qu'à l'instant où je suis entré dans la maison de mon arrière-grand-père, je me suis senti chez moi. C'était comme si elle m'attendait depuis toujours. Mes parents rêvaient de retourner en Irlande un jour, surtout ma mère. Je l'ai fait à sa place, conclut-il avec tristesse. J'espère que tu viendras m'y voir, Hope. C'est l'endroit le plus beau de la terre. On peut marcher des heures dans les collines pleines de fleurs sauvages sans rencontrer âme qui vive. Quant aux Irlandais, ce sont de grands sentimentaux, à la fois solitaires et bons vivants. Je crois que je leur ressemble. J'adore leur compagnie. Là-bas, quand je ne suis pas enfermé dans mon bureau pour écrire, je suis au pub à bavarder et à rire.

— Ça m'a l'air d'être une vie agréable, commenta Hope, pelotonnée contre lui sur le canapé.

Le feu se mourait lentement. Ils avaient passé une excellente soirée. Elle se sentait merveilleusement à l'aise avec lui. C'était comme s'ils se connaissaient depuis des années. Elle aimait l'entendre parler de son enfance et de ses parents, même si par certains côtés elle devinait qu'il avait été seul. Ni sa mère ni son père ne semblaient s'être beaucoup occupés de lui. C'était pour cette raison qu'il s'était plongé dans les livres et qu'il s'était mis à écrire. C'était un moyen d'échapper à la solitude qui était la sienne dans leur luxueux appartement de Park Avenue. Sa propre enfance avec ses parents dans le New Hampshire et à Cape Cod avait été plus simple mais certainement plus heureuse.

Finn et Hope s'étaient mariés jeunes tous les deux. L'un et l'autre poursuivaient une carrière artistique. Enfants uniques, ils étaient devenus parents à peu près en même temps, puisque leurs enfants n'avaient que deux ans d'écart. Leurs mariages respectifs s'étaient soldés par un échec, bien que pour des raisons différentes. L'épouse de Finn était morte, mais ils auraient sans doute divorcé si elle avait vécu. Finn avait affirmé qu'elle l'avait trompé plusieurs fois. Il avait succombé à sa beauté, mais il était tombé de haut lorsqu'il avait découvert ce que celle-ci impliquait.

Il était clair que Finn et Hope avaient de nombreux points communs.

Lorsque le feu mourut, Hope éteignit les lumières et ils montèrent au premier étage. La chambre confortable et intime qui avait été celle des parents de Hope possédait un grand lit qui lui semblait toujours immense maintenant, sans Paul. En revanche, celui de Finn était petit, et Hope, gênée, lui proposa de s'installer à sa place.

— Je serai très bien, assura-t-il avant de lui souhaiter une bonne nuit et de l'embrasser tendrement.

Ils gagnèrent chacun leur chambre. Hope enfila rapidement une épaisse chemise de nuit en cachemire et cinq minutes plus tard elle était couchée. Finn lui cria une dernière fois bonne nuit.

— Fais de beaux rêves ! répondit-elle en se tournant sur le côté et en songeant à lui.

Ils se connaissaient depuis très peu de temps, mais jamais elle ne s'était sentie aussi proche de quelqu'un. L'espace d'un instant, elle se demanda s'il n'avait pas raison avec sa théorie de la fusion, mais elle rejeta cette idée. Elle préférait penser qu'ils pouvaient s'aimer tout en gardant leur vie, leur talent, leur personnalité propre. Elle resta éveillée longtemps, à penser à lui, se souvenant de ce qu'il lui avait raconté sur son enfance et imaginant la solitude qu'il avait dû éprouver. Etait-ce pour cette raison qu'il tenait tant à faire partie de quelqu'un d'autre ? Sa mère ne semblait pas avoir eu la fibre maternelle. Curieusement, il avait épousé une femme belle mais égoïste qui n'avait pas été une bonne mère pour leur fils. C'était étrange de voir comment, dans certains cas, l'histoire se répétait. Les adultes réitéraient les erreurs qui les avaient fait souffrir étant enfants. Peut-être Finn avait-il inconsciemment voulu modifier le scénario, sans y parvenir.

Tandis qu'elle réfléchissait, elle entendit un bruit sourd, suivi d'un juron sonore qui la fit rire. Finn avait dû tomber du lit. Elle se leva et traversa le couloir pour s'assurer qu'il allait bien.

— Ça va ? chuchota-t-elle dans le noir.

Il se mit à rire.

— La commode s'est mise en travers de mon chemin, quand je suis revenu des toilettes.

— Tu t'es fait mal ? demanda-t-elle inquiète, se reprochant de l'avoir installé dans une si petite chambre.

— J'ai perdu une bonne partie de mon sang, répondit-il d'un ton angoissé. J'ai besoin d'une infirmière.

— Tu veux que j'appelle les urgences ?

— Pour qu'un ambulancier poilu vienne me faire du bouche-à-bouche ? Non, merci. Je préférerais un baiser.

Elle entra dans sa chambre et s'assit sur le lit qui avait été le sien autrefois. Il la prit alors dans ses bras et l'embrassa.

— Tu me manques, murmura-t-il.

— Toi aussi, souffla-t-elle. Tu veux que je dorme ici ? ajouta-t-elle d'une voix hésitante.

Il éclata de rire.

— Dans ce lit ? Ce serait un numéro de contorsionniste. Non, ce n'est pas ce que j'avais à l'esprit.

Il y eut un long silence et il n'insista pas. Il avait promis qu'ils feraient chambre à part. Il était résolu à tenir parole, même s'il aurait préféré le contraire. Hope se sentait stupide à présent d'avoir posé cette condition.

— C'est idiot, n'est-ce pas ? Nous sommes amoureux l'un de l'autre et nous n'avons de comptes à rendre à personne.

— C'est vrai, constata-t-il doucement, mais c'est à toi de décider, ma chérie. Je veux bien dormir ici, si c'est ce que tu préfères. Seulement il faudra que tu m'emmènes chez un ostéopathe demain pour qu'il s'occupe de mon dos.

— Viens. Conduisons-nous en adultes, lança-t-elle en lui tendant la main et en l'entraînant vers sa chambre.

Il ne résista pas. Il lui avait laissé le choix. Sans plus de commentaires, ils s'allongèrent dans le grand lit et il la prit dans ses bras.

— Je t'aime, Hope, murmura-t-il.

— Moi aussi, je t'aime, Finn, murmura-t-elle en retour.

Alors il lui fit l'amour comme personne ne l'avait jamais fait.

8

Les journées que Hope et Finn passèrent à Cape Cod furent magiques. Ils se réveillaient tard et faisaient l'amour avant de se lever. Il préparait le petit déjeuner, puis ils s'emmitouflaient et partaient pour une longue promenade sur la plage. A leur retour, Finn allumait un feu dans le salon. Ils passaient des heures à lire et elle prenait des photos de lui. L'après-midi, ils faisaient de nouveau l'amour et ne se lassaient pas de parler de tout ce qui leur semblait important. Jamais elle n'avait passé autant de temps avec quelqu'un.

Elle trouva des cartons pleins de vieilles photos de Mimi et de ses parents, et les regarda avec lui. Ils allèrent au restaurant et mangèrent du homard, riant comme des enfants. Elle prit une photo de lui devant son homard, puis demanda à un serveur de les photographier tous les deux. Finn fit semblant de se fâcher et l'accusa en plaisantant de flirter avec le serveur.

C'était presque comme une lune de miel. Ils restèrent une semaine à Cape Cod et retournèrent à regret à New York. Il ne retourna pas à l'hôtel mais s'installa chez elle. Et cela parut tout à fait naturel à Hope. Elle se sentait totalement à l'aise avec lui.

Quelques jours plus tard, ils assistèrent à une soirée organisée par l'éditeur de Finn et, cette fois, c'est lui qui fut l'objet de toutes les attentions. Elle resta en retrait, prenant discrètement des photos de lui et souriant tendrement lorsque leurs regards se rencontraient. Elle était heureuse d'être avec lui et l'admirait, et il en était de même pour lui vis-à-vis d'elle. La seule ombre à leur bonheur était qu'il allait bientôt retourner à Dublin.

Ils en parlèrent en rentrant. Finn paraissait triste, bien qu'ils aient passé une excellente soirée.

— Quand pourras-tu venir me voir ? demanda-t-il avec l'air d'un enfant abandonné par sa mère.

— Je ne sais pas. Je dois aller faire des photos d'un acteur à Los Angeles, début février. Après, je serai libre.

— C'est dans deux semaines, remarqua-t-il, mélancolique, avant de froncer les sourcils. Quel acteur ?

— Rod Beames, répondit-elle avec détachement.

Elle avait déjà fait son portrait une fois. Il avait été nominé pour recevoir le prix du meilleur acteur.

— Merde ! s'écria Finn en lui lançant un regard furieux. Tu es sortie avec lui ?

— Bien sûr que non ! rétorqua-t-elle, surprise par sa réaction et sa question. Je ne le vois que pour le travail. Je ne sors jamais avec les gens que je photographie, ajouta-t-elle avant d'éclater de rire, songeant à ce qui s'était passé avec lui. Tu es le premier, assura-t-elle en se penchant pour l'embrasser. Et le dernier.

— Comment puis-je savoir si c'est vrai ?

Il paraissait bouleversé et inquiet, et elle en fut touchée. Paul n'avait jamais été jaloux, mais de toute évidence, Finn l'était. Elle se souvint de leur dîner à Cape Cod, lorsqu'il lui avait reproché de flirter avec le serveur.

— Parce que je te le dis, bêta, chuchota-t-elle en l'embrassant de nouveau. J'espère que de Los Angeles je trouverai un vol pour Dublin. Crois-tu que je pourrai y aller directement ou faudra-t-il que je change d'avion à Londres ?

Elle calculait déjà les dates dans sa tête.

— Je vérifierai. Qu'y a-t-il entre Beames et toi ? insista-t-il.

102

— La même chose qu'entre toi et la reine Elisabeth. Je ne me pose pas de questions, et tu devrais faire de même concernant Beames.

— Tu es sûre ?

— Absolument.

Elle lui sourit et il se détendit un peu.

— Et si cette fois il te demande de sortir avec lui ?

— Je lui dirai que je suis follement amoureuse d'un homme fabuleux qui vit en Irlande, et qu'il n'a pas la moindre chance.

Elle souriait toujours, mais Finn continuait de la regarder d'un air tendu. Elle lui disait pourtant l'exacte vérité. Lorsqu'ils avaient commencé à faire l'amour, elle avait abandonné toute réserve et lui avait donné son cœur. Elle lui faisait entièrement confiance. Ils avaient souvent discuté de la rapidité avec laquelle ils étaient tombés amoureux l'un de l'autre et de la profondeur de leurs sentiments. C'était un véritable coup de foudre. Finn assurait qu'ils ne pouvaient plus faire machine arrière. Il affirmait que son amour était irréversible. Et elle était tout autant amoureuse de lui.

Pour Hope, c'était une sorte de conclusion logique. Ils étaient à un âge où chacun savait ce qu'il voulait et avait tiré la leçon des erreurs qu'il avait commises par le passé. Tous deux étaient certains que ce qu'ils vivaient durerait toujours, même si elle pensait qu'il était trop tôt pour le dire à quiconque. Ils ne se connaissaient que depuis un mois mais l'un comme l'autre étaient sûrs de leur amour.

Finn se renseigna dès le lendemain sur les vols. Il s'avéra qu'il y avait justement une liaison directe entre Los Angeles et Dublin. Il resta encore une semaine à New York et ils passèrent de merveilleux moments ensemble. Elle envisagea de le présenter à Mark Webber, mais se ravisa. Personne ne comprendrait qu'elle se lance dans une histoire sérieuse aussi rapidement. Et elle ne voulait pas avoir à se justifier. Il était plus facile de garder le secret. D'ailleurs, Finn préférait être seul avec elle. Son départ approchait et il ne voulait pas partager avec d'autres le peu de temps qu'il leur restait.

Lorsque le jour de la quitter arriva, il se leva la mine sombre. Il était triste de partir et toujours contrarié qu'elle aille faire des photos de Rod Beames. Il en parlait souvent, sans doute parce qu'ils s'étaient rencontrés dans des circonstances analogues. D'ailleurs, il voyait d'un mauvais œil toutes les séances photo qu'elle devait faire. Elle s'efforçait de le rassurer, tout en commençant à trouver cela ridicule. Ils firent l'amour une dernière fois avant de partir pour l'aéroport. Jamais de sa vie elle n'avait fait l'amour aussi souvent qu'au cours des semaines écoulées.

Ils avaient abordé la question du mariage et n'y étaient pas opposés, bien qu'il soit vraiment trop tôt pour en parler sérieusement. La seule chose qui importait à Finn était de vivre avec elle. Pour cela, il était prêt à tout. Et elle commençait à être du même avis.

Ce qui l'avait choquée, c'était qu'il lui avait parlé d'avoir un bébé. Elle lui avait répondu qu'elle estimait que c'était prématuré et qu'un tel projet exigerait sans doute une assistance médicale. Elle ne se sentait pas prête à l'envisager dans l'immédiat. Elle préférait qu'ils en reparlent plus tard, quand ils auraient vécu ensemble pendant un certain temps. En fait, cela lui paraissait complètement fou et effrayant tout en la tentant terriblement. Quand elle regardait de vieilles photos de Mimi et se souvenait du bébé adorable qu'elle avait été, elle se sentait revenir des années en arrière. Finn avait affirmé que c'était possible à leur âge, que d'autres l'avaient fait, y compris certains de ses amis. Il avait beaucoup insisté, tout en acceptant de patienter deux ou trois mois avant d'en reparler.

Il la garda serrée contre lui durant tout le trajet, tandis que la limousine les emmenait à l'aéroport. Ils ne cessèrent de s'embrasser et il promit de l'appeler dès qu'il arriverait. Ce serait le milieu de la nuit à New York, mais le matin pour lui.

— Je vais préparer la maison pour ta venue, affirmat-il.

Il lui expliqua qu'elle avait besoin d'être remise en état et qu'il allait faire venir le chauffagiste pour éviter qu'ils ne meurent de froid dans l'aile qu'ils occuperaient. Il lui recommanda d'apporter des pulls, des vêtements chauds et de bonnes chaussures pour marcher dans les collines. En février, le temps serait sans doute froid et pluvieux. Elle resterait un mois et avait hâte d'y être. Ensuite, elle repartirait et il se remettrait à écrire. Hope, elle, avait toute une série de rendez-vous prévus à New York à cette période. Elle se réjouissait de rester un mois avec lui. Cela leur permettrait d'approfondir leur relation, après les quatre semaines qu'ils venaient de passer ensemble.

Leur séparation fut un déchirement pour l'un comme pour l'autre. Jamais elle ne s'était attachée à quelqu'un aussi vite. Avec Paul, tout avait commencé de manière beaucoup plus mesurée, car elle était étudiante et lui nettement plus âgé. Il avait fait très attention à ne pas la brusquer. Finn n'avait pas ce genre d'inquiétude et fonçait tête baissée. Ils étaient à un âge où cela se comprenait. Tous les deux avaient des amis qui étaient tombés amoureux après la quarantaine et qui, sûrs d'avoir trouvé l'âme sœur, s'étaient mariés très rapidement et vivaient heureux depuis. Néanmoins, ils savaient qu'ils auraient du mal à expliquer qu'un mois leur avait suffi pour décider de passer leur vie ensemble.

Hope était résolue à ne rien dire à Paul dans l'immédiat. Elle ne voulait pas lui faire de peine et elle ignorait comment il réagirait. Elle était seule depuis longtemps et se montrait toujours disponible pour lui dès qu'il le lui demandait, même si cela n'arrivait pas souvent. Cela le surprendrait certainement d'apprendre qu'elle avait rencontré quelqu'un. Elle espérait qu'une fois qu'il aurait fait connaissance avec Finn, ils deviendraient amis. Pour l'instant, Finn ne semblait pas en être jaloux, et c'était tant mieux. Le contraire aurait contrarié Hope. Paul comptait énormément à ses yeux. Elle l'aimait comme un frère à présent, et elle ne l'abondonnerait jamais. Il pouvait la joindre où qu'elle se trouve. Elle lui avait téléphoné une fois en janvier, alors qu'il était encore à bord de son yacht et faisait voile vers Saint-Bart. Elle ne lui avait pas parlé de Finn. Dans un premier temps, elle préférait rester discrète.

Finn et elle échangèrent un dernier baiser et elle lui adressa un signe d'adieu tandis qu'il franchissait la porte d'enregistrement. Elle sortit alors de l'aéroport et remonta dans la limousine de location pour rentrer en ville. C'était la première fois en un mois qu'elle se retrouvait seule et cela lui faisait un drôle d'effet. Elle ne serait plus à l'étroit dans son petit lit, mais c'était une piètre consolation. Il était quasi impossible d'y tenir à deux, mais Finn avait insisté pour y dormir avec elle chaque nuit, et elle s'était promis d'essayer d'installer un lit plus grand dans sa mezzanine avant son retour.

Finn parti, l'appartement semblait lugubre. Après avoir erré sans but pendant un moment, elle vérifia ses mails, répondit à quelques messages et écrivit à la société chargée de retoucher ses photos. Puis elle alla prendre un bain et se coucha avec un livre. Finn lui manquait, mais elle devait reconnaître qu'être seule avait un côté agréable. Lorsqu'elle était avec lui, il exigeait beaucoup, entamait des discussions à n'importe quelle heure, tenait à ce qu'ils soient constamment ensemble, si bien que c'était presque un plaisir de se retrouver seule. Bien sûr, elle n'aurait jamais pu lui avouer cela, car il en aurait été anéanti.

Son téléphone portable la réveilla à 3 heures du matin. C'était Finn. Il venait de rentrer. Il appelait pour lui dire qu'il l'aimait et qu'elle lui manquait affreusement. Elle le remercia, lui répondit qu'elle l'aimait aussi, lui envoya un baiser et se rendormit. Il rappela à 9 heures et lui expliqua tout ce qu'il allait faire dans la maison en prévision de son arrivée. Elle l'écouta en souriant. On aurait dit un petit garçon et elle adorait cet aspect de sa personnalité. Il y avait chez lui une innocence, une douceur irrésistibles. Lorsqu'ils étaient ensemble, il lui faisait oublier qu'il était riche et célèbre, tout comme il ne la considérait jamais comme une des grandes figures de la photographie. Cela n'avait aucune importance pour eux.

Il lui téléphona trois fois par jour, et elle en fit autant, jonglant entre réunions, séances de pose, visites de musée et discussions avec divers conservateurs. Tout alla bien jusqu'au jour où elle dut partir pour Los Angeles et qu'il reparla de Rod Beames. Après ce qui s'était passé entre eux, il craignait toujours qu'elle ne tombe amoureuse du célèbre acteur et lui fit promettre de ne pas dîner avec lui. Elle lui assura que cela ne se produirait pas, d'autant plus que Beames avait une jeune épouse de vingt-cinq ans enceinte et qu'il n'allait certainement pas lui faire la cour.

— On ne sait jamais, répondit Finn toujours inquiet. Je préfère t'avoir, toi, plutôt que n'importe quelle fille de vingt-cinq ans.

— C'est pour ça que je suis amoureuse de toi, répondit Hope en souriant.

Elle raccrocha rapidement, car elle était en retard pour se rendre à l'aéroport.

Une fois à Los Angeles, Finn n'arrêta pas de l'appeler. A tel point qu'elle dut éteindre son téléphone durant la séance. Il le lui reprocha violemment quand elle le ralluma.

— Qu'est-ce que tu fabriquais avec lui ? demanda-t-il d'une voix furieuse.

— Je le prenais en photo, voyons, répondit Hope, s'efforçant de l'apaiser.

C'était la première fois qu'elle était confrontée à ce genre de jalousie. Cela ne serait jamais venu à l'esprit de Paul, ni au sien.

— J'ai terminé et je suis à l'hôtel. J'ai une réunion demain matin au Los Angeles County Museum concernant une exposition l'année prochaine, et ensuite je prends l'avion. Alors, cesse de te faire du souci. Je ne vais pas revoir Beames.

En fait, sa femme et lui l'avaient invitée à dîner, mais elle avait refusé parce que Finn en aurait fait toute une histoire. Elle le regrettait, car elle aimait bien bavarder avec ceux qu'elle photographiait avant ou après les séances. C'était la première fois qu'elle ne le faisait pas, parce qu'elle ne voulait pas causer de peine à Finn. Elle espérait qu'il surmonterait rapidement sa jalousie. C'était un peu agaçant, même si cela avait un côté flatteur. Il se comportait comme si elle était si sexy et si irrésistible que tous les hommes sur terre mouraient d'envie de la séduire, ce qui n'était absolument pas le cas, comme elle le lui avait fait remarquer. Mais il était jaloux quand même.

Au lieu de sortir, elle dîna dans sa chambre. Quand Finn téléphona avant de se coucher, il fut heureux d'apprendre qu'elle était restée à l'hôtel. Il se montra aimant, affectueux, impatient de la voir.

Hope prit l'avion après sa réunion au musée. Le vol fut interminable. Lorsqu'elle atterrit enfin à Dublin, elle avait l'impression d'avoir passé des jours entiers dans l'avion. Heureusement, à l'avenir, elle partirait de New York, ce qui serait plus court.

Finn l'attendait de l'autre côté de la douane. Il la serra dans ses bras comme s'ils ne s'étaient pas vus depuis des années. Il avait apporté un énorme bouquet de fleurs, le plus beau qu'elle ait jamais vu. Tout en gagnant sa voiture, ils parlèrent avec animation. Il lui ouvrit la portière de sa Jaguar et Hope s'installa, le bouquet à la main, avec l'impression d'être une jeune mariée.

Ils prirent la direction du sud-est et il leur fallut un peu plus d'une heure de route pour atteindre Blessington, qu'ils traversèrent sans s'arrêter. Finn suivit les panneaux indiquant Russborough. Il emprunta des routes étroites, avant de s'engager enfin dans un chemin gravillonné. Les collines dont il avait parlé, les monts Wicklow, se dressaient autour d'eux. Hope admira les forêts et les champs couverts de fleurs sauvages nées des pluies de février. Il faisait moins froid qu'à Cape Cod, mais le temps était humide et gris. Après quelques mètres dans le chemin, il arrêta la voiture, prit Hope dans ses bras et l'embrassa à lui faire perdre haleine.

— J'ai cru que tu n'arriverais jamais ! Je ne veux plus te laisser. La prochaine fois, je resterai avec toi. Jamais personne ne m'a autant manqué.

Ils n'avaient été séparés que durant une semaine.

— Toi aussi, tu m'as manqué, répondit-elle en souriant, heureuse d'être là.

Il remit la voiture en marche et ils repartirent. La Jaguar vert foncé, équipée de sièges en cuir, était à la fois élégante et masculine. Elle lui convenait parfaitement. Finn proposa à Hope de la conduire quand elle le voudrait, mais elle lui répondit qu'elle avait peur de rouler du mauvais côté de la route, aussi suggéra-t-il de lui servir de chauffeur et elle l'en remercia. De toute façon, elle ne sortirait pas sans lui. Elle était venue pour le voir.

Ils suivirent le chemin pendant ce qui lui sembla une éternité. Des forêts étaient visibles au loin, et une rangée d'arbres bordait la route. La maison apparut brusquement, au détour d'un virage. Hope demeura sans voix, tandis qu'il souriait. Elle lui faisait exactement le même effet, surtout lorsqu'il avait été absent pendant quelque temps.

— Oh, mon Dieu ! s'exclama-t-elle en se tournant vers lui avec un large sourire. Ce n'est pas une maison, c'est un palais !

La propriété était vraiment imposante. Elle ressemblait à la photo qu'il lui avait montrée à Londres, mais s'avérait beaucoup plus grande, si bien que Hope était sous le choc.

— Pas mal, n'est-ce pas ? dit-il avec modestie en coupant le moteur.

Elle descendit, admirant la façade majestueuse, l'escalier flanqué de colonnes gracieuses.

— Bienvenue à Blaxton House, mon amour.

Elle se souvint que la maison portait le nom de jeune fille de sa mère. Il la prit par la taille et la guida vers les belles marches en pierre. Un vieil homme en tablier noir sortit les saluer. Un instant plus tard, une femme très âgée apparut à son tour, vêtue d'une robe stricte et d'un gilet noir, les cheveux rassemblés en un chignon serré. Ils semblaient encore plus vieux que le bâtiment. Ils les regardaient d'un air bienveillant et Finn les présenta comme étant Winfred et Katherine. Lorsqu'ils se furent éloignés, il expliqua à Hope qu'il les avait pris à son service lorsqu'il avait acquis le domaine.

Ils entrèrent dans une longue galerie remplie de portraits de famille poussiéreux. La salle était sombre, le mobilier austère. Hope distinguait à peine les tableaux sur son passage. Winfred était parti chercher les bagages et Katherine avait disparu dans la cuisine pour leur préparer du thé. Des deux côtés de la galerie se trouvaient d'immenses salons, chichement meublés. Hope remarqua plusieurs tapisseries d'Aubusson en fort mauvais état. Cependant, les fenêtres, hautes et larges, laissaient généreusement entrer la lumière. Les rideaux étaient usés jusqu'à la trame.

La salle à manger était digne d'un palais. Des candélabres en argent, astiqués avec soin, étaient disposés sur une immense table qui pouvait accueillir jusqu'à quarante convives, expliqua Finn. A côté, la bibliothèque semblait assez vaste pour abriter des milliers de livres. Finn conduisit Hope à l'escalier principal. Ils gagnèrent le premier étage, où se trouvaient six chambres, avec leurs propres petits salons. Les rideaux étaient tirés, les meubles recouverts de housses. Puis ils gravirent un autre escalier pour accéder à l'étage occupé par Finn. Les pièces y étaient plus petites, plus lumineuses, et aussi plus intimes. Meubles et tapis étaient en meilleur état. Il n'y avait pas de rideaux du tout et l'endroit semblait baigné de lumière bien que la journée soit maussade. Il avait allumé un feu et, pour sa venue, avait mis des fleurs sauvages dans les vases. Il lui montra sa chambre à coucher qui était confortable et où trônait un énorme lit à baldaquin. Comme dans sa maison de Londres, des piles de livres s'entassaient partout, surtout dans la pièce qui lui servait de bureau.

Hope retirait son manteau quand Katherine arriva et déposa sur la table du petit salon un plateau contenant une théière en argent, une assiettes de scones et de la crème épaisse. Elle leur adressa un sourire timide, fit une petite révérence et se retira.

— Eh bien, qu'en penses-tu ? demanda-t-il, l'air inquiet.

Toute la matinée, il s'était demandé ce qu'il ferait si elle détestait sa maison et prenait ses jambes à son cou. Lui, il l'adorait et était habitué à sa décrépitude chaleureuse. A tel point qu'il n'en voyait même plus les défauts. Il avait peur que Hope ne la trouve lugubre et déprimante et qu'elle ne refuse de rester, mais elle sourit et lui tendit les bras.

— C'est la plus belle maison que j'aie jamais vue, le rassura-t-elle. Et je t'aime plus que tout.

Ses paroles lui firent chaud au cœur. Rassuré, il sentit les larmes lui monter aux yeux.

— Il y a quelques travaux à faire, remarqua-t-il humblement.

Hope se mit à rire.

— Oui, quelques-uns, mais rien ne presse. C'est très confortable à cet étage. Pourras-tu me faire visiter le reste plus tard ? Je me sens un peu perdue.

111

Elle était intimidée par ce qu'elle avait vu, mais elle tenait à se familiariser avec les lieux.

— Tu t'y habitueras, je te le promets.

Il s'assit et lui servit une tasse de thé tandis qu'elle étalait de la crème sur deux scones.

— Attends de voir les salles de bains ! Les baignoires sont assez grandes pour deux. Et je t'emmènerai te promener cet après-midi. Il y a de vieilles écuries magnifiques à l'arrière, mais je n'ai pas encore eu le temps de les restaurer. Il y a tant d'autres choses à faire ! J'y mets tout l'argent que je gagne avec mes livres, mais c'est un puits sans fond. Un de ces jours, il faudra que je commence à acheter des meubles corrects. Presque tous les canapés et fauteuils sont défoncés. La maison a été vendue avec son contenu.

D'après ce que Hope pouvait en juger, l'endroit avait surtout besoin d'un grand nettoyage et d'une ou même plusieurs couches de peinture. Cependant, elle était consciente que la restauration d'une telle demeure coûterait une fortune. Il faudrait des années à Finn pour y parvenir. Elle eut alors brusquement envie de l'aider. Ce serait un projet excitant pour eux.

Mais, avant même qu'elle ait terminé son scone et goûté son thé, il l'entraîna vers son magnifique lit à baldaquin, après avoir fermé la porte à clé. Ils se déshabillèrent rapidement et ils firent l'amour jusqu'à être rassasiés l'un de l'autre.

Un peu plus tard, elle lui sourit, se demandant comment elle avait pu vivre sans lui pendant toute une semaine. Leur passion était comme une drogue. Il lui apportait des plaisirs dont elle n'avait jamais soupçonné l'existence.

— Je ne te laisserai plus, répéta-t-il en la regardant, étendue nue en travers du lit. En fait, il va peut-être falloir que je t'enchaîne au lit. Je suis sûr qu'un de mes ancêtres a fait un truc de ce genre. Ça me paraît même une excellente idée.

— Peut-être que je t'enchaînerai à moi, rétorqua-t-elle en riant.

Il lui montra l'immense salle de bains et la gigantesque baignoire. Il lui fit couler un bain, et elle se félicita d'avoir pu dormir dans l'avion. Elle devinait qu'elle n'allait guère se reposer ici. Elle se glissait dans l'eau chaude quand Finn apparut avec une ravissante tasse de thé en porcelaine de Limoges. Elle la prit et but avec délice, se sentant merveilleusement gâtée. Elle était bien loin des plaisirs simples de Cape Cod ou de son loft à New York. Blaxton House était extraordinaire, et Finn l'était encore davantage.

Peu après, Finn entra dans la baignoire à son tour, et quelques instants plus tard, ils firent à nouveau l'amour. Comme à New York et à Cape Cod, Hope se demanda s'ils sortiraient de la maison. Finn affirmait qu'aucune femme ne l'avait excité à ce point. Elle avait peine à le croire, mais était heureuse de l'entendre, surtout après ses dernières années de vie solitaire. Il déclenchait en elle une explosion de désir auquel elle ne s'était pas attendue.

Plus tard, elle s'habilla et enfila un jean, un pull et des mocassins, puis ils redescendirent au rez-de-chaussée. Cette fois, ils firent le tour de chacune des pièces avec plus d'attention. Elle remonta des stores de façon à mieux voir l'intérieur, mais certains se désintégrèrent lorsqu'elle les toucha. Il y avait des lambris magnifiques et d'exquises moulures sur les murs. Cependant les meubles étaient dans un état lamentable, les tapis anciens avaient un besoin criant d'être restaurés et nombre de rideaux étaient bons à jeter.

— Et si tu te débarrassais de tout ce qui est cassé ou trop abîmé pour être réparé, que tu nettoyais tout et commençais à repeindre petit à petit ? Je sais que cela paraîtrait vide, mais ce serait un début.

Elle cherchait un moyen de l'aider durant son séjour, et ce serait un bon dérivatif en même temps qu'un défi que d'y travailler avec lui ou pendant qu'il écrirait. Elle avait tout son temps.

— Ce serait plus que vide, observa Finn en riant. Ce serait nu. Je doute qu'il y ait grand-chose à sauver ici.

Au grand jour, une bonne partie des meubles était en piteux état. Certaines chaises n'avaient que trois pieds, les tissus étaient sales et fanés, l'odeur de poussière était omniprésente. Winfred et Katherine étaient trop âgés pour assurer l'entretien de toute la maison. Ils s'occupaient de l'étage supérieur et délaissaient le reste. L'endroit donnait l'impression de ne pas avoir été nettoyé depuis des années, comme Hope le lui fit remarquer en choisissant ses mots avec tact.

— Je ne t'ai pas invitée ici pour que tu fasses le ménage ! s'exclama-t-il, visiblement gêné.

Elle ne voulait pas critiquer sa maison, ni qu'il se sente coupable. Elle savait que cette propriété était ce qu'il avait de plus précieux.

— Ça me ferait très plaisir de m'en occuper, au contraire. Pourquoi ne pas faire un tri pendant que je suis ici et choisir ce que tu veux garder ?

— Sans doute rien, avoua-t-il en regardant autour de lui comme s'il voyait les lieux pour la première fois à travers ses yeux. Je n'ai pas les moyens de tout restaurer.

Il avait l'air de s'excuser, mais il voulait qu'elle aime Blaxton House autant qu'il l'aimait.

— Nous y verrons plus clair une fois que tout aura été nettoyé. Ce serait un début. Nous pourrions même acheter du tissu pour recouvrir certains des canapés. Je suis plutôt adroite de mes mains.

Il l'enveloppa d'un regard entendu qui la fit rougir.

— C'est vrai, acquiesça-t-il en riant.

Après avoir fait le tour de la maison, il lui prêta une vieille veste, beaucoup trop grande pour elle, et l'entraîna dans le parc. Ils allèrent voir les étables, les jardins, et marchèrent jusqu'à la lisière de la forêt. Il mourait d'envie d'emmener Hope dans les collines, mais le brouillard commençait à tomber, si bien qu'il se contenta de la conduire au village. Il lui montra les boutiques, toutes plus pittoresques les unes que les autres, et ils s'arrêtèrent au pub. Hope prit du thé et Finn une bière. Ils bavardèrent avec leurs voisins et Hope fut amusée de voir des grands-mères, des enfants, des jeunes gens et des jeunes femmes entrer et sortir. Le pub semblait être un vrai lieu de rendez-vous, et l'atmosphère y était très différente de celle d'un bar aux Etats-Unis. Tous se montraient amicaux. La seule chose qui ennuya Finn fut qu'il remarqua que deux hommes regardaient Hope, ce dont elle ne s'était même pas aperçue. Il était très possessif, mais heureusement elle n'était pas le genre de femme à lui donner des craintes sur ce point. Elle n'avait jamais été de celles qui flirtent. Elle était droite et fidèle.

Lorsqu'ils rentrèrent, Katherine leur avait préparé une bonne soupe, des viandes froides, des pommes de terre et du fromage. Ils dînèrent, puis s'assirent au coin du feu dans le petit salon. Ils se couchèrent de bonne heure et Hope s'endormit aussitôt, avant même qu'il puisse lui faire l'amour.

9

Le lendemain de son arrivée à Blaxton House, aidée de Winfred, Katherine et Finn, Hope ouvrit tous les volets, afin de voir l'état des pièces. Finn lui avait donné carte blanche. Ils jetèrent les stores déchirés, posèrent en tas les rideaux pour les examiner de plus près et mirent de côté les meubles abîmés. Lorsque le temps le permettrait, elle sortirait les tapis anciens pour les aérer, mais c'était hors de question actuellement. Il plut par intermittence toute la journée. L'air était empli de poussière, ce qui les faisait tousser. Après examen, Hope arriva à la conclusion que seize meubles pouvaient être réparés et que sept devaient être jetés. Une fois recouverts et restaurés, certains fauteuils et canapés retrouveraient leur splendeur. Pour cela, il fallait dénicher un ébéniste afin de réparer les pieds et les accoudoirs vermoulus. Avec tant de belles demeures dans les environs, elle était sûre d'en trouver un au village. En fin d'après-midi, elle demanda à Finn de l'emmener acheter de la cire et d'autres produits, car elle voulait s'occuper elle-même des boiseries et des lambris. C'était un travail de titan. Winfred, Katherine et Finn étaient impressionnés par son dynamisme. Le lendemain, elle s'attaqua au premier étage, ouvrant chaque chambre et découvrant de très beaux meubles sous les housses. Elle prenait un plaisir fou à sa tâche et Finn la regardait avec adoration.

— Eh bien, s'exclama-t-il en lui souriant, je ne m'attendais pas à ce que tu restaures ma maison toi-même !

Il était touché qu'elle se donne tout ce mal. A Blessington, elle trouva comme prévu un ébéniste. Il vint le lendemain et, avec l'accord de Finn, emporta les meubles qui avaient besoin d'être restaurés. Elle demanda ensuite à Finn de la conduire à Dublin, où ils achetèrent des kilomètres de tissu pour refaire les fauteuils, dont des satins pastel pour les chambres. Elle tint à les lui offrir et en régla le montant.

Les jours suivants, avec l'aide de Winfred et Katherine, elle commença le grand nettoyage, éliminant la poussière et les toiles d'araignée. Elle jeta les rideaux les plus usés et s'aperçut que les fenêtres étaient plus jolies sans rien. La maison semblait déjà plus propre et plus gaie. Dans la galerie, elle ôta les tentures en velours vert afin que l'entrée soit moins sombre. De jour en jour, les pièces reprenaient vie. Hope déclara à Finn qu'elle s'amusait comme une folle.

— Viens, lui demanda-t-il un après-midi. Allons faire un tour. Je veux te montrer les environs.

Il l'emmena voir d'autres propriétés, mais elle affirma qu'aucune n'était plus belle que la sienne. Elle avait décidé de l'aider à la restaurer, car la tâche était trop lourde pour lui seul. De plus, elle devinait qu'il était un peu à court d'argent, aussi s'efforçait-elle de dépenser le moins possible et de payer elle-même un certain nombre d'achats. Finn était extrêmement touché de tous les efforts qu'elle faisait. Les résultats étaient déjà visibles.

Pendant qu'il travaillait à son livre, elle décapait et cirait les boiseries, qui commençaient à retrouver leur patine. Un tapissier des environs avait emporté les chaises à recouvrir. Au premier étage, elle avait découvert des trésors. La chambre principale était un véritable bijou, avec ses meubles délicatement ciselés et ses magnifiques fresques.

— Tu es fantastique ! s'exclamait Finn avec admiration.

Lorsqu'elle ne s'occupait pas de la maison, elle prenait des photos des gens du coin ou chinait chez les antiquaires. Un après-midi pluvieux, elle aida Katherine à nettoyer l'argenterie. Ce soir-là, ils dînèrent dans la grande salle à manger, à un bout de l'immense table. Vêtue d'un jean et d'un vieux pull appartenant à Finn, Hope ressemblait à une lycéenne. Il faisait encore froid dans la maison.

— J'ai l'impression d'être dans un film ! déclara Finn en riant, tandis que Winfred les servait.

La cuisine se trouvait au sous-sol. C'était une véritable pièce de musée, mais tous les appareils fonctionnaient et, là aussi, Hope avait fait des merveilles. Au bout de deux semaines, la maison était infiniment plus belle.

Le lendemain, elle photographia les peintures du plafond du salon principal. Finn entra et lui sourit. Chaque fois qu'il la regardait, il avait le cœur empli de bonheur.

— Crois-tu que nous pourrions repeindre ces pièces nous-mêmes ? demanda-t-elle, songeuse, tandis qu'il la prenait dans ses bras et l'embrassait.

— Tu es folle, mais je t'aime. Comment ai-je pu vivre sans toi ? Ma maison était à l'abandon, ma vie à la dérive et je ne me rendais même pas compte de ce qui me manquait. Maintenant, je le sais et je ne crois pas que je te laisserai repartir.

Il semblait sérieux et elle se mit à rire. Ils étaient heureux de constater que la maison embellissait de jour en jour et Hope comprenait parfaitement pourquoi il y était si attaché.

— Voudrais-tu que nous invitions tes voisins à dîner ? suggéra-t-elle. Il doit y avoir des gens intéressants parmi eux. Tu les connais ?

— Pas du tout, répondit Finn. Lorsque je suis ici, je travaille tout le temps. Je ne sors qu'à Londres.

— Ce serait agréable d'organiser un dîner, observa-t-elle. Peut-être quand les meubles seront revenus.

— Je préfère rester en tête-à-tête avec toi, répondit-il avec franchise. C'est beaucoup plus romantique. Tu n'es pas ici pour longtemps et je n'ai pas envie de te partager, conclut-il d'un ton ferme.

Il était clair qu'il voulait la garder pour lui seul, mais Hope insista. Elle avait envie de faire la connaissance de ses voisins et de leur montrer la maison.

— L'un n'exclut pas l'autre, lança-t-elle en souriant. Nous pouvons faire les deux.

Cela lui semblait curieux que Finn vive ici depuis deux ans et qu'il n'ait rencontré personne.

— La prochaine fois, peut-être, répondit-il vaguement.

La sonnerie d'un téléphone portable les interrompit. Hope reconnut le sien et alla répondre. C'était Paul et elle s'installa dans un boudoir pour discuter tranquillement avec lui. Il y avait des semaines qu'ils ne s'étaient pas parlé. Il était toujours sur son yacht et lui assura qu'il allait bien. De son côté, elle lui expliqua qu'elle était en Irlande chez un ami, dans une vieille maison fabuleuse. Tout en se gardant de poser trop de questions, elle remarqua que sa voix était fatiguée. Au moment où elle raccrocha, Finn entra dans la pièce.

— Qui était-ce ? demanda-t-il d'un ton inquiet en venant s'asseoir près d'elle.

Hope sourit.

— Paul. Je lui ai parlé de ta maison.

— C'est gentil. Il est toujours amoureux de toi ?

Hope secoua la tête.

— Il est trop malade pour penser à qui que ce soit d'autre qu'à lui-même. Il a voulu divorcer, souviens-toi. Il n'est plus qu'un ami très cher, à présent. Il est toute ma famille. Nous avons été mariés très longtemps.

L'air soulagé, Finn acquiesça sans rien dire et peu après ils allèrent faire une promenade dans les collines. Hope cueillit des fleurs sauvages et à leur retour les mit dans des vases, sous le regard heureux de Finn. Ce soir-là, bien qu'il ait promis de ne plus aborder le sujet avant un certain temps, il reparla d'avoir un bébé, lui affirmant qu'il l'aimait tant qu'il rêvait d'avoir un enfant d'elle. Hope lui répéta qu'il était trop tôt. Elle ne le lui dit pas, mais elle ne voulait pas d'enfant sans être mariée, et il n'était pas encore certain qu'ils se marient, même si cela paraissait de plus en plus probable.

— Je veux une petite fille qui te ressemble, chuchota-t-il en la serrant dans ses bras après qu'ils eurent fait l'amour. Je veux un bébé, Hope, ajouta-t-il d'un ton suppliant.

— Je sais, répondit-elle. Moi aussi... Mais rien n'est sûr à mon âge.

— De nos jours, tout est possible. Il y a des traitements très au point.

Finn semblait y tenir par-dessus tout, mais pour le moment, ils utilisaient encore des préservatifs. Hope ne se sentait pas prête. Aider Finn à restaurer sa maison était une chose, avoir un enfant de lui en était une tout autre.

— Nous verrons, éluda-t-elle en se blottissant contre lui, heureuse et souriante, songeant que c'étaient les plus beaux jours de sa vie, ou tout au moins les plus beaux depuis très longtemps.

La troisième semaine, Finn lui proposa d'aller passer le week-end à Paris. Hope fut surprise, mais enchantée par sa suggestion, car elle n'avait pas songé à profiter de son séjour en Irlande pour voyager en Europe. Il réserva une chambre au Ritz, l'hôtel préféré de Hope, et ils prirent l'avion quelques jours plus tard. Ils avaient prévu de s'arrêter à Londres en rentrant, ce qui convenait parfaitement à Hope, car elle désirait rencontrer le conservateur du département de photographie de la Tate Modern. Elle lui téléphona la veille de leur départ afin de fixer un rendez-vous avec lui et il se déclara ravi de faire sa connaissance.

Leur visite à Paris fut aussi réussie qu'ils l'espéraient. Ils marchèrent beaucoup, sillonnant la ville, et mangèrent dans des petits bistrots de la rive gauche. Ils allèrent à Notre-Dame et au Sacré-Cœur, entrèrent dans les magasins d'antiquités, cherchant des objets pour Blaxton House. Ils passèrent des moments magiques, comme partout où ils allaient. Toutefois Paris leur parut particulièrement romantique. La ville offrait un cadre idéal aux amoureux.

— Je n'ai jamais été aussi gâtée de ma vie ! s'exclama Hope.

Elle avait tenté de régler certaines de leurs dépenses, mais Finn n'avait rien voulu entendre. Il avait des idées très arrêtées sur ce sujet, bien qu'il l'ait laissée acheter certaines choses pour sa maison. Elle regrettait qu'il ne lui permette pas de l'aider davantage. Elle savait que ses livres se vendaient bien, mais il devait subvenir aux besoins de son fils et payer ses études. De plus, même s'il était exonéré d'impôts en Irlande, l'entretien d'une propriété de la taille de Blaxton House représentait un vrai défi. Et elle avait reçu tant d'argent de Paul qu'elle se sentait coupable de ne pas apporter davantage sa contribution. C'est ce qu'elle tenta de lui expliquer un jour, durant le déjeuner.

— Je sais que ça te gêne que je participe, commença-t-elle, mais j'ai reçu une très grosse somme de Paul quand nous avons divorcé. Et comme je ne suis pas dépensière et que j'ai très peu de frais, je serais heureuse que tu me laisses payer de temps en temps.

— Ce n'est pas mon genre, répondit Finn fermement avant de prendre un air songeur. Maintenant que Mimi n'est plus là, à qui légueras-tu tes biens ?

C'était une étrange question, mais rien n'était tabou entre eux. D'ailleurs, elle se l'était souvent posée. Elle n'avait plus de famille à part Paul, qui avait seize ans de plus qu'elle et était très malade. Il était peu probable qu'elle meure avant lui. Tout l'argent qu'elle possédait venait de lui. Il avait voulu qu'elle soit à l'abri du besoin jusqu'à la fin de ses jours. Il avait également l'intention de lui léguer toute sa fortune à sa mort.

— Je ne sais pas, répondit Hope. A Dartmouth, peut-être, en mémoire de mon père et de Mimi. Ou à Harvard. Je n'ai personne. C'est une drôle de situation. Je verse régulièrement des sommes importantes aux causes qui me tiennent à cœur. J'ai créé une bourse au nom de Mimi à Dartmouth, parce qu'elle y a été étudiante, et une autre au New York City Ballet.

— Peut-être pourrais-tu financer des choses qui te font plaisir ?

— C'est vrai. Mais il m'a fallu ces deux dernières années pour m'habituer à l'idée d'avoir tout cet argent. Je n'en ai pas besoin. Je l'ai dit à Paul lorsque nous avons divorcé. Je mène une vie très simple.

Ses parents lui avaient laissé assez d'argent pour entretenir la maison de Cape Cod.

— Parfois, je me sens coupable d'en avoir autant, ajouta-t-elle. C'est du gaspillage.

Cela le fit rire et il s'exclama qu'il aurait aimé avoir ce problème-là.

— Je me dis toujours qu'il faut que j'économise, mais c'est difficile avec un fils étudiant et Blaxton House. Un de ces jours, je vais vraiment prendre le taureau par les cornes et restaurer la maison comme il faut.

Elle mourait d'envie de l'aider financièrement, mais il était trop tôt pour le lui proposer. Ils n'étaient ensemble que depuis deux mois. Dans quelque temps, peut-être, si tout allait bien, lui permettrait-il de participer aux frais de restauration de la maison. Elle l'espérait vraiment.

Ils se promenèrent dans le jardin des Tuileries, allèrent au Louvre, et passèrent leur dernière soirée au Ritz. Le week-end avait été parfait, exactement comme tout ce qu'ils faisaient depuis qu'ils étaient ensemble. Le lendemain matin, ils prirent le train pour Londres et, à midi, ils étaient dans la petite maison de Finn. Hope fut émue de la revoir. C'était là qu'elle avait fait sa connaissance.

Comme elle s'en était doutée, la plupart des photos qu'elle avait prises de lui étaient excellentes et Finn en avait sélectionné une qu'il aimait particulièrement pour la couverture du livre. Hope en avait fait encadrer quelques autres, pour lui et pour elle-même.

Son rendez-vous à la Tate Modern était prévu dans l'après-midi et elle fut stupéfaite de découvrir que Finn en était agacé.

— Qu'y a-t-il ? demanda-t-elle alors qu'ils partageaient une de ses délicieuses omelettes dans la cuisine. Tu es fâché ?

— Non. Mais je ne vois pas pourquoi tu dois aller voir un conservateur aujourd'hui.

— Parce que la galerie veut monter une rétrospective de mes photos l'année prochaine, répondit-elle. C'est un gros enjeu pour moi, Finn.

— Je peux t'accompagner ? demanda-t-il avec espoir.

Elle secoua la tête et lui lança un regard d'excuse.

— Ça ne ferait pas sérieux.

— Tu n'as qu'à leur dire que je suis ton assistant, insista-t-il.

— On n'emmène pas son assistant lorsqu'on a rendez-vous avec un conservateur de musée.

Il haussa les épaules sans répondre et ne lui adressa plus la parole jusqu'à son départ. Elle avait appelé un taxi.

— A quelle heure seras-tu de retour ? demanda-t-il froidement.

— Dès que possible. Promis. Tu ne veux pas venir et faire le tour du musée pendant mon entretien ? Il est très beau, tu sais.

Mais Finn secoua la tête en silence et elle le quitta en se sentant coupable de le laisser seul, tout en ayant conscience que c'était ridicule. C'était ce qu'il voulait, et il y avait parfaitement réussi, si bien qu'elle bâcla l'entretien, oublia de poser certaines questions, et fut de retour deux heures plus tard. Il était assis sur le canapé et lisait, l'air boudeur. Il la regarda avec rancune.

— J'ai fait vite, non ? lança-t-elle.

Maintenant, c'était à elle d'être irritée. Elle avait expédié son rendez-vous pour rentrer rapidement. Finn se contenta de hausser les épaules.

— Pourquoi te conduis-tu ainsi ? Tu n'as plus quatre ans. Tout comme toi, moi aussi j'ai du travail. Cela ne veut pas dire pour autant que je ne t'aime pas.

— Pourquoi ne voulais-tu pas que je vienne ? demanda-t-il d'un ton vexé.

— Parce que nous avons chacun notre vie et notre carrière. Je ne peux pas t'accompagner partout non plus.

— Je voudrais que tu le fasses. Ça me ferait plaisir.

— Je le sais. Moi aussi, j'aime que tu sois avec moi. Mais je ne connais pas ce conservateur et je ne veux pas qu'il pense que je suis une écervelée qui mélange l'amour et les affaires. Ça ne fait pas sérieux, Finn.

— Nous sommes ensemble, non ? protesta-t-il avec une expression blessée qui ne fit qu'exaspérer Hope davantage.

Elle n'avait aucune raison de se sentir coupable et elle n'aimait pas qu'il se comporte ainsi. Il était parvenu à lui donner des remords et cela lui déplaisait. Il se conduisait comme un enfant de deux ans.

— Oui. Mais nous ne sommes pas des frères siamois.

Elle était persuadée qu'il songeait encore à sa théorie de la fusion, avec laquelle elle n'avait jamais été d'accord. Il voulait qu'ils soient tout le temps ensemble. Or, parfois, c'était impossible. Il ne pouvait pas assister à ses séances photo, pas plus qu'elle ne pouvait écrire un livre avec lui. Il avait beau désirer que ce soit différent, ils ne formaient pas un seul être. C'était très clair pour Hope. Pas pour lui.

— Ça ne veut pas dire que je ne t'aime pas, répéta-t-elle doucement.

Il l'ignora et continua à lire.

Au bout d'un moment, il leva les yeux vers elle et referma son livre.

— J'ai pris un rendez-vous pour toi demain. Pour nous.

— Avec qui ? demanda-t-elle, surprise et perplexe. Quel genre de rendez-vous ?

— Avec un médecin. Une spécialiste qui s'occupe des gens de notre âge qui veulent avoir des enfants.

Tous deux savaient que l'âge n'était pas un problème pour Finn, seulement pour elle. Il lui avait présenté la chose avec délicatesse, mais elle ouvrit grand les yeux.

— Pourquoi ne m'en as-tu pas parlé avant ?

Elle trouvait son attitude d'autant plus désinvolte qu'elle lui avait dit que pour l'instant elle voulait attendre.

— Elle m'a été recommandée et j'ai pensé que ce serait une bonne idée de la rencontrer pendant que nous sommes là. Nous pouvons au moins l'écouter et voir ce qu'elle conseille. Tu as peut-être besoin de commencer un traitement dès maintenant si nous voulons faire un bébé dans quelques mois.

Il allait très vite, exactement comme lorsqu'elle avait fait sa connaissance. Mais cette décision-là était un engagement autrement plus important. Un enfant, c'était pour toujours. Et elle n'était pas encore certaine que leur relation durerait.

— Mais, Finn, nous ne savons même pas si nous voulons un bébé. Nous ne sommes ensemble que depuis deux mois. C'est une décision énorme. Que nous devons prendre tous les deux. Tu ne peux pas décider tout seul.

— Tu pourrais au moins l'écouter, non ?

Il semblait au bord des larmes et Hope avait l'impression d'être un monstre, mais elle n'était pas prête et n'avait pas du tout envie de voir un médecin.

— Accepte de lui parler, je t'en prie.

Il la suppliait du regard et Hope ne voulait pas le blesser en refusant. A regret, elle hocha lentement la tête.

— D'accord. Mais je ne veux pas de pression. J'ai besoin de temps. Et je veux d'abord profiter de nous deux.

A ces mots, il sourit et se pencha pour l'embrasser.

— Merci. C'est très important pour moi. Je ne veux pas que nous rations notre chance d'avoir un bébé.

Ses paroles touchèrent Hope, mais elle était contrariée qu'il se soit engagé sans lui en avoir parlé au préalable. Elle se demanda si c'était une manière de se venger parce qu'elle n'avait pas voulu qu'il l'accompagne au musée. Elle savait qu'il tenait par-dessus tout à avoir un enfant, et quand il s'était mis quelque chose en tête, il pouvait être très obstiné. Il ne semblait pas connaître le sens du mot « non ».

Ce soir-là, ils retournèrent au Harry's Bar, mais Hope se montra taciturne. En rentrant, ils firent l'amour et, pour la première fois, elle sentit une distance entre eux. Elle ne voulait pas qu'il prenne des décisions à sa place, surtout les plus importantes. Paul ne s'était jamais conduit ainsi. Ils avaient toujours longuement discuté, aussi en attendait-elle autant de Finn. Mais ce dernier avait des idées beaucoup plus arrêtées. Il était très différent de Paul.

Le lendemain, en voyant le médecin, elle fut encore plus contrariée, car elle découvrit qu'il ne s'agissait pas d'une simple consultation, mais d'un rendez-vous pour toute une batterie de tests, dont certains n'étaient guère plaisants. Elle en fit part au médecin, qui parut encore plus surprise que Hope ne soit pas au courant de la procédure.

— Je vous ai pourtant envoyé un dossier complet à ce sujet ! s'exclama-t-elle en les regardant d'un air perplexe.

Elle était charmante et certainement compétente, mais Hope était furieuse d'apprendre ce qui l'attendait.

— Je ne l'ai pas eu, répondit-elle en se tournant vers Finn, qui parut penaud.

Il était clair qu'il avait reçu le dossier et qu'il ne le lui avait pas montré. Pour l'instant, ce projet était uniquement celui de Finn, pas le sien.

— Je n'ai su qu'hier soir que nous avions rendez-vous.

— Voulez-vous faire ces tests ? demanda le médecin de but en blanc.

Hope se sentit acculée. Si elle refusait, Finn serait peiné. Si elle acceptait, c'était elle qui serait fâchée. Elle réfléchit longuement, puis, par amour pour lui, décida de se sacrifier.

— Bon, d'accord. Mais je n'ai pas encore décidé d'avoir un enfant.

— Moi, si, se hâta de dire Finn.

Les deux femmes se mirent à rire.

— Dans ce cas, fais-le toi-même, rétorqua Hope.

Le médecin lui tendit une série de formulaires à remplir ainsi que deux brochures concernant la fécondation in vitro et le don d'ovules.

— Avez-vous déjà été enceinte ?

— Oui. Une fois, murmura Hope, songeant à sa fille. Il y a vingt-trois ans.

Elle baissa les yeux sur les documents, troublée.

— Devrons-nous avoir recours au don d'ovules ?

Cette idée ne lui plaisait pas du tout, car cela signifiait que, génétiquement, il s'agirait du bébé de Finn, mais pas du sien.

— Avec un peu de chance, ce ne sera pas nécessaire, mais c'est une possibilité. Il faut d'abord procéder à divers examens et vérifier vos propres ovules. Un ovule d'une femme plus jeune est toujours plus sûr, évidemment. Mais les vôtres sont peut-être encore suffisamment bons pour que nous puissions les utiliser, avec un peu d'aide.

Elle ponctua ses paroles d'un sourire et Hope se sentit légèrement nauséeuse. Elle n'était pas du tout prête, et n'était d'ailleurs pas certaine de l'être jamais. Finn désirait tellement un bébé qu'il ne tenait aucun compte de

127

son avis. Elle savait qu'il agissait ainsi parce qu'il l'aimait. Mais c'était une décision qui ne se prenait pas à la légère.

— Vous allez vérifier mes ovules aujourd'hui ? demanda Hope, redoutant la réponse.

— Non, nous le ferons la prochaine fois si nécessaire. Aujourd'hui, nous allons calculer votre taux de FSH et ensuite nous aviserons.

Elle remit à Hope une feuille indiquant tous les examens qu'elle allait subir, notamment une échographie pelvienne, un examen de l'utérus et une prise de sang. Quant à Finn, il devait fournir un échantillon de sperme.

Ils firent les tests pendant les deux heures qui suivirent. Finn essaya de dérider Hope, mais elle n'était pas d'humeur à cela. Puis le médecin revint et annonça avec satisfaction à Hope qu'elle était justement en période d'ovulation, et que tout semblait normal.

— Vous pourriez rentrer chez vous et essayer tout seuls, commenta-t-elle, mais j'aimerais mieux procéder à une insémination artificielle avec le sperme de M. O'Neill. Ce serait possible cet après-midi, si vous voulez.

— Je ne veux pas, répondit Hope d'une voix étranglée.

Elle avait soudain l'horrible impression que d'autres régissaient sa vie, Finn surtout. Et il paraissait déçu par sa réponse.

— Nous pourrons à nouveau essayer le mois prochain, proposa le médecin d'un ton neutre.

Elle retira la sonde, essuya le gel dont elle avait enduit le ventre de Hope et lui dit qu'elle pouvait se lever. Hope se sentait vidée. Elle avait l'impression d'être à bord d'un train lancé à grande vitesse pour lequel elle n'avait pas de billet et dans lequel elle n'avait pas voulu monter, roulant vers une destination qu'elle n'avait pas choisie. Elle s'était contentée de lire les brochures de voyage et Finn tentait d'agir à sa place, décidant où ils allaient et quand.

Les examens terminés, ils eurent un dernier entretien avec le médecin. Celle-ci leur apprit que, jusque-là, tous les tests étaient bons et qu'une insémination artificielle offrirait de bonnes chances de succès. Si cela ne marchait pas, elle proposerait à Hope un traitement permettant d'augmenter sa production d'ovules, mais avec un risque de naissances multiples. En cas d'échec, ils auraient recours à la fécondation in vitro et enfin, si nécessaire, au don d'ovules. Le médecin remit à Hope un tube de pommade à base de progestérone qu'elle devait utiliser chaque mois entre l'ovulation et la menstruation afin de stimuler l'implantation et de diminuer le risque d'avortement spontané. Pour finir, elle lui dit de demander à l'infirmière, avant de partir, un test d'ovulation. Quand ils sortirent du cabinet, Hope avait l'impression d'être passée sous un rouleau compresseur.

— Eh bien, ce n'était pas si terrible, n'est-ce pas ? lança Finn avec un grand sourire alors qu'ils atteignaient le trottoir.

Il semblait ravi. Hope éclata en sanglots.

— Tu n'attaches donc aucune importance à ce que je pense ?

Sans qu'elle comprenne pourquoi, tous ces examens lui avaient donné le sentiment qu'elle trahissait Mimi, la remplaçait par un autre enfant, alors qu'elle n'y était pas prête. Il l'entoura de ses bras, mais elle pleurait toujours lorsqu'ils montèrent dans un taxi.

— Je suis désolé, murmura-t-il. Je pensais que, après lui avoir parlé, tu serais heureuse.

— Je ne sais même pas si je veux un bébé, Finn. J'ai perdu ma fille que j'adorais. Je n'ai pas surmonté sa disparition et je ne suis pas certaine d'y arriver un jour. Et puis, il est trop tôt pour nous.

— Nous n'avons pas beaucoup de temps, implora-t-il.

Il ne voulait pas se montrer brutal et lui asséner qu'à quarante-quatre ans, ses chances d'être enceinte allaient rapidement diminuer.

— Dans ce cas, je préfère que nous restions deux, rétorqua-t-elle d'une voix malheureuse. Je ne suis pas prête. Nous ne nous connaissons que depuis deux mois !

Elle ne voulait pas le blesser, mais elle avait besoin de davantage de certitudes. Le mariage était une chose. Un enfant en était une tout autre.

— Il faut que tu m'écoutes, Finn. C'est important.

— C'est important pour moi aussi. Je veux que nous ayons un bébé pendant que c'est encore possible.

— Alors, cherche-toi une fille de vingt ans et pas quelqu'un de mon âge. Ce n'est pas une décision à prendre dans la précipitation. Nous devons y réfléchir tranquillement.

— Pas moi, riposta-t-il avec obstination.

— Eh bien, moi, si ! s'écria-t-elle avec un désespoir grandissant.

Elle se sentait prise au piège. Pourquoi refusait-il de lâcher prise ? Elle savait combien il l'aimait. Il en était de même pour elle, mais elle ne voulait pas être bousculée.

— C'est la première fois que je veux avoir un enfant. Michael a été un accident. C'est pour cela que j'ai épousé sa mère. Mais je veux un bébé avec toi, expliqua-t-il, les larmes aux yeux.

— Alors, donne-moi le temps de m'habituer à l'idée. Je ne veux pas qu'on fasse pression sur moi comme dans le cabinet de ce médecin. Si nous l'avions laissée faire, je serais tombée enceinte aujourd'hui même !

— Ça ne me paraissait pas une si mauvaise idée, répondit-il tandis que le taxi s'arrêtait devant chez lui.

Hope le suivit à l'intérieur, affreusement triste et toujours secouée. Elle se sentait épuisée. Sans rien dire, Finn lui tendit un verre de vin. Elle semblait en avoir besoin. D'abord elle le refusa, puis se ravisa et le but d'un trait. Il le remplit à nouveau et en prit un lui-même.

— Je suis désolé, ma chérie. Je n'aurais pas dû te pousser à faire cela. Mais j'étais tellement heureux d'essayer... Je suis désolé, répéta-t-il doucement avant de l'embrasser. Tu veux bien me pardonner ?

— Peut-être.

Elle lui adressa un sourire abattu. L'après-midi avait été très éprouvant. Il lui servit un autre verre de vin. Elle était vraiment bouleversée, mais elle commença à s'apaiser après l'avoir bu – c'était le troisième. Elle se remit alors à pleurer. Finn la prit dans ses bras et ils montèrent au premier étage. Là, il lui fit couler un bain. Elle s'y glissa avec reconnaissance et ferma les yeux, s'efforçant de se détendre et de chasser de son esprit la visite chez le médecin. Finn revint peu après avec une coupe de champagne qu'il lui tendit ainsi qu'une énorme fraise, et la rejoignit dans la baignoire. Hope gloussa en le voyant caser tant bien que mal son imposante silhouette. Il avait une coupe de champagne à la main, lui aussi.

— Que fêtons-nous ? demanda-t-elle en souriant.

Elle se sentait un peu gaie, mais pas ivre. Lorsqu'elle termina son champagne, il prit sa coupe et la posa sur le sol. Et comme toujours quand ils prenaient un bain ensemble, il lui fit des avances auxquelles ni l'un ni l'autre ne pouvaient résister. Et avant même qu'ils s'en rendent compte, et sans qu'ils y réfléchissent, ils firent l'amour dans la baignoire et sur le tapis de la salle de bains. Leur étreinte fut passionnée, presque désespérée, reflétant toutes les émotions de cet après-midi-là. Elle n'était plus consciente que d'une chose, tout comme lui, elle le désirait à la folie. Tous deux étaient affamés l'un de l'autre. Ils restèrent ensuite allongés un moment, puis il la souleva dans ses bras et la porta sur le lit. Elle lui sourit, les yeux légèrement voilés par l'alcool. Mais il y avait aussi de l'amour et de la tendresse dans son regard.

— Je t'aime plus que tout, murmura-t-il.

— Je t'aime aussi, Finn, répondit-elle avant de sombrer dans le sommeil.

Elle était toujours dans ses bras lorsqu'ils s'éveillèrent le lendemain matin, et la lumière lui fit plisser les yeux.

— Je crois que j'étais ivre hier soir, s'excusa-t-elle avec embarras.

Elle se souvenait de ce qui s'était passé dans la baignoire. Cela avait été délicieux, comme toujours avec lui. Soudain, elle se redressa en sursaut. Les paroles du médecin lui étaient revenues à l'esprit. Elle était en période d'ovulation et ils n'avaient pas utilisé de préservatif. Elle se laissa aller contre l'oreiller avec désespoir et regarda Finn.

— Tu l'as fait exprès, n'est-ce pas ?

Elle était furieuse contre lui, mais c'était sa faute aussi et elle s'en voulait. Comment avait-elle pu être stupide à ce point ? Enfin, avec un peu de chance, il n'arriverait rien. A son âge, tomber enceinte pouvait être long. Il ne suffisait pas d'un moment d'abandon sur le sol d'une salle de bains pour que ça marche.

— Quoi ? demanda Finn innocemment.

— Tu sais très bien ce que je veux dire.

Elle avait voulu prendre un ton froid, mais ne put y parvenir tout à fait. Elle l'aimait trop. Soudain, elle se demanda si elle aussi ne désirait pas un bébé, mais sans vouloir assumer la responsabilité d'en prendre la décision, si bien qu'elle s'était enivrée et avait laissé Finn agir à sa guise. Elle n'était pas plus innocente que lui. Elle aurait dû se conduire autrement. Elle se sentait complètement déboussolée.

— C'était le jour de mon ovulation hier. Elle nous l'a dit et nous a même proposé une insémination artificielle.

— Notre méthode était plus agréable et plus naturelle. Il n'y aura sans doute aucune conséquence, ajouta-t-il d'un ton apaisant.

Priant pour qu'il ait raison, elle se redressa et le regarda.

— Et si je suis enceinte, Finn ? Que ferons-nous ? Sommes-nous prêts à endosser pareille responsabilité ? A notre âge ? C'est un engagement énorme.

— Je serais l'homme le plus heureux de la terre, déclara-t-il simplement. Et toi ?

— J'aurais une peur bleue. Des dangers, des conséquences, des risques... et de...

Elle ne put achever, terrifiée, que si elle avait un autre enfant, elle avait peur de le perdre aussi. Elle n'aurait pas la force de surmonter à nouveau une telle épreuve.

— Si cela arrive, nous nous en sortirons, je te le promets, assura-t-il en l'embrassant avec une infinie douceur. Quand saurons-nous ?

— Oh ! Dans deux semaines environ, j'imagine. C'est très rapide, maintenant. Il suffit d'acheter un test à la pharmacie, affirma-t-elle avant de réfléchir un instant et de poursuivre. Je serai de retour à New York à ce moment-là. Mais je te tiendrai au courant.

Alors même qu'elle prononçait ces paroles, son sang se glaça. Même si une infime partie de son cœur voulait qu'elle soit enceinte, parce qu'elle aimait Finn, tout son être et sa raison le refusaient. Cela n'aurait eu aucun sens. Elle se sentait complètement perdue.

— Je ne sais pas si tu devrais repartir, remarqua-t-il, inquiet. Ce n'est peut-être pas une bonne idée de prendre l'avion si tôt.

— Il le faut. J'ai trois séances de photos importantes.

— Pas si tu es enceinte.

Elle eut soudain l'impression de devenir folle. Ils se comportaient comme si elle était enceinte et qu'ils avaient planifié ce bébé. Mais seul l'un d'eux avait agi ainsi. Finn. Et elle l'avait laissé faire.

— Ne nous emballons pas. A mon âge, les chances sont extrêmement minces. D'ailleurs, souviens-toi qu'elle a dit que si nous décidons un jour d'avoir un enfant, nous aurons sans doute besoin d'aide.

— Peut-être pas. Elle n'en était pas sûre. Je crois que tout dépend de ton taux de FSH.

— Espérons qu'il soit trop élevé, ou trop faible, enfin l'opposé de ce qu'il doit être pour être enceinte.

Elle se leva. Elle avait la tête lourde, l'impression d'avoir été renversée par un bus. Sans doute une conséquence des émotions de la veille, aggravées par l'abus d'alcool.

— Je me sens malade comme un chien, se plaignit-elle en se dirigeant vers la salle de bains.

— Tu es peut-être enceinte, dit-il avec espoir en lui adressant un sourire béat.

— Oh, tais-toi ! rétorqua-t-elle en claquant la porte.

Ils n'abordèrent plus le sujet ni durant le vol qui les ramenait en Irlande, ni les jours suivants. Hope recommença à décaper les boiseries, sous les recommandations de Finn qui n'arrêtait pas de lui répéter de se ménager, ce qui l'exaspérait. Elle ne voulait pas y penser. Elle avait passé des moments merveilleux avec lui à Paris, mais elle ne lui avait pas pardonné la visite chez la spécialiste ni leurs ébats dans la salle de bains. La veille de son départ, le médecin téléphona.

— Excellente nouvelle ! s'écria-t-elle. Votre taux de FSH est aussi bas que si vous aviez vingt ans et vous avez un taux d'œstrogènes fantastique.

— Ce qui veut dire ? demanda Hope, l'estomac noué, devinant que la réponse n'allait guère lui plaire.

— Que vous ne devriez avoir aucun mal à tomber enceinte.

Elle raccrocha et ne parla pas à Finn de cette conversation. Il nourrissait suffisamment d'espoirs comme cela. Si elle lui apprenait qu'il y avait de grandes chances pour qu'elle soit enceinte, il ne la laisserait pas rentrer à New York. Il ne voulait pas qu'elle parte, se plaignant qu'il allait s'ennuyer sans elle. Il voulait déjà savoir quand elle reviendrait. Elle lui avait expliqué qu'elle avait du travail et qu'elle devait rester à New York pendant trois semaines, mais comme souvent, elle avait l'impression d'avoir affaire à un enfant de quatre ans.

Leur dernière soirée fut paisible et ils firent encore l'amour avant son départ. Finn était triste et silencieux en la conduisant à l'aéroport, et elle comprit qu'il souffrait d'un grave complexe d'abandon. Il ne supportait pas qu'elle s'en aille et il était déjà déprimé.

Avant de la laisser, il l'embrassa et lui fit promettre de téléphoner dès son arrivée. Hope lui rendit son baiser en souriant. Elle était attendrie par son désarroi, même si cela lui paraissait puéril à son âge d'être aussi bouleversé par une séparation de quelques semaines. Il allait terminer son livre et, lorsqu'elle reviendrait, elle continuerait à s'activer dans sa maison. Elle lui rappela de contacter les artisans pour savoir quand les meubles seraient prêts. Au moment de la quitter, il lui tendit un petit paquet enveloppé avec soin. Elle le regarda, surprise et touchée.

— Ouvre-le dans l'avion, murmura-t-il en l'embrassant une dernière fois.

Elle se dirigea alors vers la porte d'embarquement et il lui fit un dernier signe d'adieu.

Suivant ses instructions, Hope déballa son cadeau au moment où l'avion décollait. C'était un test de grossesse. Elle secoua la tête, déçue, puis se mit à rire. Elle espérait qu'il serait négatif, mais elle devait attendre encore une semaine pour le savoir. Elle rangea la boîte et s'efforça de ne plus y penser.

10

De retour à New York, Hope n'eut pas une minute de répit. Elle fit des photos pour *Vogue*, un portrait du gouverneur, et rencontra un galeriste en vue d'une exposition. Lors d'un déjeuner avec Mark Webber, elle lui parla de son idylle avec Finn. Il fut sidéré et la mit à nouveau en garde sur sa réputation de coureur. Mais Hope était sûre qu'il lui était fidèle. D'ailleurs, il ne la quittait pas d'une semelle. C'est ce qu'elle expliqua à Mark, ajoutant que Finn parlait constamment de fusion et qu'il était jaloux de tous les hommes qu'elle rencontrait. Même le fait qu'elle déjeunait avec son agent le dérangeait. Son côté possessif était la seule chose qui l'ennuyait, car elle éprouvait le besoin d'avoir du temps à elle. Son séjour à New York lui faisait du bien. Il lui redonnait du tonus et l'envie de revoir Finn. Elle ne voulait pas se sentir étouffée ni enchaînée. Se retrouver seule durant quelques semaines lui permettait de prendre du recul et de savourer son indépendance. Finn, en revanche, semblait craindre tous ceux qu'elle voyait. Il paraissait morose et déprimé, lui demandant à chaque appel quand elle allait revenir. Comme une mère parlant à son enfant, elle lui rappelait qu'elle serait absente encore deux semaines.

— Méfie-toi des types jaloux, l'avertit Mark. Parfois, ils pètent les plombs. J'ai eu une petite amie jalouse dans le temps. Elle m'a attaqué avec un couteau quand j'ai rompu avec elle et que j'ai invité une autre fille au bal de fin d'année du lycée. Depuis ce jour-là, j'ai une peur bleue de la jalousie.

Hope se mit à rire.

— Je crois que Finn est équilibré. Mais par certains côtés, il a besoin de beaucoup d'attention. Il déteste être seul.

— Tu crois que c'est sérieux entre vous ? demanda Mark, l'air ennuyé.

— Oui, murmura-t-elle. Très sérieux.

Cependant, elle ne voulait pas que Mark s'inquiète pour elle ou pour son travail.

— Je peux faire la navette entre Dublin et ici, assura-t-elle. L'Irlande n'est pas le bout du monde. Et sa maison est extraordinaire. En fait, on dirait plutôt un château, mais elle a besoin d'être restaurée.

Bien qu'encore stupéfié par la nouvelle, Mark était content pour elle.

— Tu en as parlé à Paul ?

— Il est trop tôt, répondit-elle.

Elle avait l'intention de le faire, mais pas tout de suite. Elle lui avait téléphoné la veille. Il se trouvait à Harvard pour son traitement, et sa voix lui avait paru fatiguée, mais il avait affirmé qu'il allait bien. Hope se faisait du souci pour lui. Son état de santé empirait petit à petit.

Après le déjeuner, elle fit quelques courses avant de rentrer à la maison. Elle savait que le jour était arrivé, et Finn aussi. Il lui avait déjà posé la question deux fois. C'était le jour J. Le jour où le test indiquerait si elle était enceinte ou pas. Prenant une profonde inspiration, elle entra dans la salle de bains, le kit à la main. Elle était sûre qu'il serait négatif, mais elle avait peur quand même. Elle suivit les instructions à la lettre, posa le bâtonnet sur le lavabo et s'éloigna. Il fallait attendre cinq minutes qui lui semblèrent durer une éternité. Elle alla regarder par la fenêtre, puis retourna dans la salle de bains, redoutant le résultat tout en se répétant qu'elle n'était pas enceinte et qu'il était stupide de s'inquiéter ainsi à son âge. Il y avait des années qu'elle n'avait pas connu une telle crainte. A l'époque, elle avait un peu moins de trente ans et ne désirait pas d'autre enfant. Paul n'en souhaitait pas non plus, Mimi leur suffisait. La réponse avait été négative et elle avait constaté avec surprise qu'elle était plus déçue que soulagée. Ensuite, cela ne s'était jamais reproduit. Ses relations avec Paul n'avaient jamais été aussi passionnées qu'avec Finn. Ils avaient pris ensemble la décision d'avoir Mimi, après y avoir mûrement réfléchi. Cela ne s'était pas passé à la va-vite sur le carrelage d'une salle de bains.

Elle s'approcha du lavabo avec appréhension. L'interprétation du test était très simple. Une ligne signifiait un résultat négatif. Deux, un résultat positif. Il n'y avait pas d'erreur possible. De loin, elle distingua une ligne et poussa un soupir de soulagement. Elle s'approcha, prit le tube pour s'assurer qu'elle ne s'était pas trompée et s'apprêtait à laisser échapper un cri de joie quand elle vit la seconde ligne. Celle-ci était moins nette que la première, mais sa présence ne laissait aucun doute. Le résultat était positif.

Horrifiée, Hope fixa le test. Le reposa. Le reprit. Les deux lignes y figuraient bien. Elle le plaça sous la lumière, plissant les yeux, incrédule et sous le choc. Elle avait quarante-quatre ans et elle était enceinte. Elle s'assit sur le bord de la baignoire, tremblante, le bâtonnet à la main, avant de le mettre à la poubelle. Elle envisagea d'utiliser le second, mais elle savait que le résultat serait identique. Elle avait préféré ne pas y prêter attention, mais ses seins étaient douloureux depuis deux jours. De la même façon, elle s'était dit que ses règles n'allaient pas tarder. Et maintenant, elle devait annoncer la nouvelle à Finn. Il avait gagné. Il l'avait enivrée, lui avait tendu un piège et elle l'avait laissé faire. Peut-être parce que, au fond, elle aussi désirait un bébé de lui. Elle l'aimait, et trois mois à peine après l'avoir rencontré, elle était enceinte de lui ! Elle se sentait perdue, paniquée. Elle avait besoin de temps pour s'habituer à l'idée et savoir ce qu'elle éprouvait.

Elle entra dans le salon et s'assit, les yeux dans le vide. Quelques minutes plus tard, Finn téléphona. Hope se sentit coupable, mais décida de ne pas lui annoncer la nouvelle tout de suite. Elle savait quelle serait sa réaction. Elle préférait attendre d'être sûre de la sienne.

Il était 22 heures en Irlande et elle savait qu'il travaillait sur son livre. Il lui dit qu'il avait attendu toute la journée pour l'appeler et voulut aussitôt savoir si elle avait effectué le test. Avec l'impression de le trahir, elle mentit et, les larmes aux yeux, affirma que non. Une partie d'elle-même voulait ce bébé et l'autre pas. Elle avait peur. C'était trop réel. Quelque part en elle, une nouvelle vie avait commencé.

— Pourquoi ne l'as-tu pas fait ? demanda-t-il d'un ton blessé.

Elle chercha en vain une excuse raisonnable.

— Je ne me souviens plus de l'endroit où je l'ai rangé. Je l'ai mis quelque part en arrivant et je n'arrive plus à le trouver. Ma femme de ménage l'a peut-être déplacé.

— Dans ce cas, achètes-en un autre ! insista-t-il d'une voix tendue.

Hope se sentit de nouveau acculée. Prisonnière. Trahie par son propre corps autant que par Finn et entraînée dans un tourbillon d'émotions.

— Allons, reprit Finn suppliant. Va en acheter un autre. Je veux savoir. Pas toi, ma chérie ?

Elle lui promit d'aller acheter un autre kit et de l'appeler ensuite. Il lui proposa de lui téléphoner au moment où elle ferait le test, pour qu'ils connaissent la réponse en même temps, mais elle refusa. Et lorsqu'il rappela deux heures plus tard, elle ne décrocha pas. Elle ne pourrait pas lui cacher la vérité indéfiniment, mais elle avait besoin de quelques heures pour se reprendre et analyser ce qu'elle ressentait. Pour l'instant, c'était surtout de la peur, associée à quelque chose qu'elle n'arrivait pas à définir. Elle se demandait si c'était de l'espoir.

Il rappela à minuit, ce qui correspondait à 5 heures du matin pour lui, et déclara avoir passé une nuit blanche à travailler sur son livre et à s'inquiéter pour elle.

— Où étais-tu ? Je me suis fait un sang d'encre.

— J'ai dû aller acheter des pellicules, répondit-elle, essayant de retarder au maximum l'échéance.

Leurs vies étaient sur le point d'être totalement bouleversées. Cet enfant les lierait à jamais. Elle aimait Finn, mais c'était un engagement énorme, à la fois envers le bébé et envers lui.

— Tu as fait le test ?

Il semblait un peu irrité et elle répondit d'une toute petite voix.

— Oui.

— Et ?

Elle retint son souffle un instant, puis se lança. Elle ne pouvait pas reculer.

— Il est positif. Je viens d'avoir le résultat, mentit-elle.

Il aurait été furieux s'il avait su qu'elle l'avait effectué plusieurs heures auparavant et qu'elle ne l'avait pas appelé.

— Je l'ai fait il y a cinq minutes, mais je ne voulais pas te réveiller.

Elle avait le visage défait, l'estomac noué, mais elle s'efforçait de parler d'une voix normale, et même enjouée.

— Oh, mon Dieu ! s'écria-t-il. Nous allons avoir un bébé !

Il était si heureux que Hope ne put s'empêcher de sourire.

— Je t'aime tant, ajouta-t-il aussitôt, d'une voix émue.

Son bonheur était si grand que peu à peu la terreur de Hope se dissipa, cédant la place à la même excitation que celle de Finn. Peut-être tout irait-il bien, après tout. Elle l'espérait. Elle regarda les photos de Mimi, se demandant ce que sa fille en aurait pensé et si elle l'aurait approuvée. Et soudain la panique s'empara de nouveau d'elle. Et si cet enfant-là mourait aussi ? Elle n'y survivrait pas.

— C'est pour quand ? demanda Finn jubilant.

— Autour de Thanksgiving, je crois. Je veux accoucher à New York, poursuivit-elle, s'efforçant de s'habituer à cette idée.

Brusquement, tout devenait réel. Ils allaient avoir un bébé et elle devait prendre des décisions. Une nouvelle vie grandissait en elle. Un être minuscule dont le père était Finn, un homme qu'elle aimait, bien qu'elle le connaisse à peine.

— Où tu voudras. Je t'aime, Hope. Mais surtout, sois prudente. Quand reviendras-tu à la maison ?

Elle ne voulut pas le corriger, lui dire qu'elle était déjà à la maison, car pour lui, ce terme signifiait être avec lui, à Blaxton House.

— Dans deux semaines, répondit-elle en souriant, réconfortée par l'amour qu'il lui portait.

— Tu ne devrais pas aller voir un médecin ?

— Dans quelques jours. Laisse-moi d'abord m'habituer à l'idée. Je viens d'apprendre que je suis enceinte, Finn. C'est un grand pas. Un très grand pas.

— Tu n'as pas de regrets ? demanda-t-il d'un ton inquiet.

— Je ne sais pas ce que j'éprouve pour l'instant. J'ai peur, je suis sous le choc. Et heureuse.

Elle ferma les yeux, surprise de se rendre compte qu'elle était sincère. Elle était heureuse. Elle voulait ce bébé. Certes, elle ne le désirait pas aussi vite. Elle aurait préféré réfléchir avant de s'engager. Mais le destin en avait décidé autrement. Finn avait eu ce qu'il voulait.

— Dépêche-toi de rentrer, lança-t-il avec émotion. Je vous aime tous les deux.

— Moi aussi, je t'aime, répondit-elle.

Ils raccrochèrent. Hope était abasourdie. Elle avait du mal à croire qu'elle était enceinte. Elle aimait Finn. Elle savait qu'ils finiraient sans doute par se marier, à présent. Sans doute plus tôt qu'elle ne l'avait envisagé. Elle allait devoir mettre Paul au courant. Il serait choqué, bien sûr. Mais sa vie était avec Finn désormais. Elle avait beaucoup de choses à mettre au point avec lui, à lui dire, à planifier, à faire. Leur vie ensemble commençait pour de bon.

Cette nuit-là, elle ne parvint pas à dormir. Trop de pensées se bousculaient dans son esprit, à propos de Finn et du bébé. Toutes ses craintes et tous ses espoirs se mêlaient et elle se sentait submergée d'émotions.

Le lendemain matin, elle trouva un magnifique bouquet devant sa porte. Finn lui avait fait livrer deux douzaines de roses rouges, accompagnées d'une carte qui disait : « Je t'aime. Félicitations à nous deux. Reviens vite. » Elle pleura en la lisant. Elle n'arrivait toujours pas à savoir où elle en était. Elle voulait ce bébé, ne le voulait pas ; elle aimait Finn et elle avait peur. Comment aurait-il pu en être autrement ? A Thanksgiving, elle tiendrait leur enfant dans ses bras. Tout allait trop vite. Elle ne désirait plus qu'une chose à présent : retourner en Irlande et se blottir contre Finn. Il avait gagné. Elle allait réaliser son souhait le plus cher. Elle pensa soudain à la fusion dont il avait parlé.

Avec cet enfant, ils seraient liés à jamais.

11

Comme prévu, Hope revint en Irlande exactement trois semaines après en être partie. Finn l'attendait à l'aéroport. En la voyant, il la serra contre lui et la fit tournoyer dans ses bras. Durant tout le trajet jusqu'à la maison, ils parlèrent du bébé. En voyant Blaxton House, Hope eut l'impression de rentrer chez elle. Cette fois, elle avait prévu de rester au moins un mois, peut-être davantage. Elle n'avait pas d'engagements à New York avant mai. A ce moment-là, elle serait enceinte de dix semaines, ce qui était une période délicate pour voyager. Finn insistait pour qu'elle reporte ses rendez-vous, et elle avait accepté d'y réfléchir. Elle avait vu sa gynécologue avant de quitter New York et celle-ci lui avait déclaré que tout allait bien. Ses analyses étaient bonnes et tout se déroulait normalement. Il était trop tôt pour se prononcer davantage. Le médecin avait demandé à Hope de revenir la voir à son retour et lui avait conseillé de se ménager durant les trois premiers mois. A son âge, le risque de fausse couche était accru. En revanche, elle pouvait avoir des relations sexuelles normales. Finn s'en réjouit, même s'il désirait tellement ce bébé qu'il aurait été prêt à s'abstenir, ce qui représentait beaucoup pour lui, car il avait constamment envie de faire l'amour avec elle, au moins une fois par jour, souvent plus. Jamais Hope n'avait connu de vie sexuelle aussi intense.

Il avait disposé des fleurs partout dans la maison, qui était impeccable. Winfred et Katherine l'accueillirent avec chaleur. Hope commençait vraiment à se sentir chez elle. En montant, elle vit que Finn avait beaucoup travaillé à son livre. Son bureau était recouvert de piles de papiers. Pendant qu'elle posait ses affaires, il lui fit couler un bain et, lorsqu'elle s'y glissa, il la rejoignit. Il était rare qu'il la laisse prendre un bain seule. Il affirmait adorer sa compagnie et la trouver particulièrement sexy dans la baignoire. Comme toujours, ils se retrouvèrent dans la chambre à faire l'amour. Finn se montra infiniment tendre. Il semblait intimidé par le bébé qu'ils avaient conçu et le miracle qu'ils allaient partager. Il déclara que son plus grand rêve s'était réalisé.

Katherine leur apporta leur déjeuner sur un plateau et ensuite ils allèrent faire une longue promenade dans les monts Wicklow. Ce soir-là, ils dînèrent tranquillement et le lendemain Hope se remit à l'œuvre. L'ébéniste avait rapporté les meubles, superbement restaurés. Dans plusieurs pièces, fauteuils et canapés avaient repris leur place, retapissés avec les tissus qu'elle avait achetés à Dublin. La maison semblait plus claire, plus propre, plus gaie. Elle avait d'autres idées et elle en fit part à Finn, mais seul le bébé l'intéressait. Il disait et répétait, les yeux brillants, que l'enfant allait les unir à jamais et Hope commençait peu à peu à partager son rêve. Elle s'habituait à l'idée d'être enceinte. Sa première grossesse remontait à très longtemps, et son état éveillait en elle de tendres souvenirs. Elle espérait secrètement avoir une fille. Finn affirmait vouloir une petite fille qui ressemblerait à Hope. Pour sa part, elle avait encore du mal à se faire aux changements qui étaient en train de se produire, dans sa vie et dans son corps. Il lui arrivait souvent de regarder Finn à la dérobée, comme pour se convaincre que ce qui se passait était bien réel.

Deux jours après son retour, elle alla dans la bibliothèque pour examiner un très beau bureau ancien qu'elle envisageait de décaper ou peut-être de faire restaurer. En ouvrant un tiroir, elle vit une photo. Une jeune femme d'une beauté saisissante se tenait debout à côté de Finn. Tous deux étaient très jeunes. Il avait un bras autour de ses épaules et il semblait si amoureux d'elle que Hope songea qu'il s'agissait peut-être de la mère de Michael. Elle n'avait jamais vu de photos de celle-ci. Sa curiosité fut éveillée. Elle se demandait si elle devait en parler à Finn, lorsqu'il entra.

— Qu'est-ce que tu mijotes ? lança-t-il en souriant. Je te cherche partout.

Il s'approcha et vit le cliché qu'elle tenait à la main. Il le prit, le regarda et son regard s'assombrit aussitôt. Jamais il n'avait paru aussi triste lorsqu'il lui avait parlé de son ex-femme, et elle fut surprise.

— La maman de Michael ? murmura-t-elle doucement.

Finn secoua la tête et reposa la photo.

— Non. C'est quelqu'un dont j'ai été amoureux il y a très longtemps. J'avais vingt-deux ans à l'époque et elle vingt et un.

C'était difficile à croire, mais à en juger par la photo fanée, il était encore plus séduisant à l'époque. Tous deux étaient resplendissants et souriaient à l'objectif.

— Elle est très belle, commenta Hope simplement.

Contrairement à lui, elle n'était pas jalouse, et certainement pas d'une fille qu'il avait aimée vingt-quatre ans auparavant.

— Elle l'était, corrigea-t-il en considérant de nouveau la jeune fille.

Elle avait de longs cheveux, blonds et lisses.

— Elle s'appelait Audra. Elle est morte deux semaines après que cette photo a été prise.

Hope le dévisagea, atterrée. La jeune fille semblait si jeune, en si bonne santé. Avait-elle été victime d'un accident ?

Aussitôt, cela lui rappela Mimi. C'était tellement injuste que des jeunes meurent avant même d'avoir pu profiter de la vie. Sans avoir eu le temps de se marier, d'avoir des enfants, de vieillir, d'être grand-parent, de faire l'expérience des joies et des peines de l'existence.

— C'est affreux. Que s'est-il passé ?

— Elle s'est suicidée, répondit Finn, le visage tourmenté par le remords. Par ma faute. Nous avons eu une dispute épouvantable. J'ai été idiot, au fond. J'étais jaloux. Je l'ai accusée d'avoir couché avec mon meilleur ami et je lui ai dit que je ne voulais plus jamais la revoir. Elle a juré qu'il ne s'était rien passé, mais je ne l'ai pas crue. Plus tard, il m'a expliqué qu'ils s'étaient donné rendez-vous pour l'aider à choisir un cadeau d'anniversaire pour moi et qu'elle était folle amoureuse de moi. Quant à moi, j'étais tout autant fou d'elle. Mais quand j'ai cru qu'elle m'avait trahi, j'ai été tellement en colère que je lui ai dit que tout était fini et je suis parti. Elle m'a supplié de rester, mais je n'ai rien voulu savoir. J'ai appris ensuite par sa sœur qu'elle était enceinte. Elle était émotive et très sensible. Elle voulait m'annoncer la nouvelle après mon anniversaire et elle avait peur de ma réaction. A dire vrai, je ne sais pas comment j'aurais pris la chose à l'époque. Quoi qu'il en soit, quelques heures après cette horrible dispute, je suis retourné chez elle pour lui demander pardon. J'ai sonné pendant une éternité mais elle n'a pas répondu, et je suis rentré chez moi. Sa sœur m'a téléphoné le lendemain. Elle s'était tailladé les poignets et elle avait laissé une lettre à mon intention. C'est là que sa sœur m'a parlé du bébé. J'ai connu des moments très durs. Je crois que c'est pour ça que j'ai épousé la mère de Michael quand elle m'a dit qu'elle était enceinte. Je n'étais pas amoureux d'elle, mais je ne voulais pas qu'une chose pareille se reproduise.

Hope tendit la main vers lui et l'effleura, puis reprit la photo. Elle avait peine à croire que cette belle jeune fille était morte si peu de temps après ce jour-là. C'était une histoire affreuse. Certes, Finn ne s'était pas conduit de manière responsable, mais il était jeune. Et elle savait que les gens commettent des erreurs à n'importe quel âge, faute de comprendre le désespoir des autres.

— Sa sœur m'a dit que leur père aurait été fou de rage s'il avait su qu'elle était enceinte, surtout si je n'avais pas voulu l'épouser, continua Finn. C'était un sale type, alcoolique, et très violent avec ses filles. Leur mère était morte. Audra n'avait personne vers qui se tourner, ni sur qui compter, à part moi. Et je n'ai pas été à la hauteur. Elle a cru que j'avais rompu définitivement et elle en est morte.

Finn semblait submergé par le remords. Ce sentiment l'avait sans doute hanté toute sa vie.

— Je suis désolée, murmura Hope doucement.

— Sa sœur est morte quelque temps plus tard dans un accident de bateau. Je suis sorti un peu avec elle parce qu'elle me rappelait Audra. Mais ça n'a fait qu'empirer les choses. Ça a été une époque très douloureuse pour moi, soupira-t-il en rangeant la photo. C'est très dur d'avoir un tel poids sur la conscience. Je ne sais pas pourquoi je me suis conduit si bêtement avec elle. J'étais jeune, stupide et arrogant, mais ce n'est pas une excuse. J'avais bu et je ne voulais pas vraiment rompre, seulement lui donner une leçon pour avoir flirté avec un de mes copains. Au lieu de quoi, c'est elle qui m'a donné une leçon que je n'ai jamais oubliée et que je n'oublierai jamais.

Hope ne put s'empêcher de songer à ses accès de jalousie avec elle, aux questions dont il l'avait bombardée sur ceux qu'elle photographiait, son ex-mari, son agent, le serveur du restaurant à Cape Cod et les deux hommes du pub à Blessington. Il était toujours jaloux, mais à présent, il se maîtrisait mieux. C'était une histoire tragique et Hope éprouvait beaucoup de compassion pour lui en voyant dans ses yeux, tant d'années plus tard, à quel point il se sentait encore coupable.

147

— Peut-être avait-elle des problèmes que tu ignorais, suggéra-t-elle, s'efforçant de le réconforter. La plupart des gens ne se suicident pas, aussi désespérés soient-ils.

Elle ne pouvait imaginer Mimi accomplissant un tel geste, pas plus qu'elle au même âge.

— Certaines jeunes filles, si, parfois, répondit Finn. Et même des femmes plus âgées. Je me suis souvent demandé si la mère de Michael ne s'était pas donné la mort. Elle était ivre et notre couple allait à vau-l'eau. Elle savait que je ne l'aimais pas et je ne crois pas qu'elle m'aimait non plus. Elle était très malheureuse. Je ne voulais pas divorcer à cause de Michael, mais j'aurais dû. La vie est un tel gâchis parfois, conclut-il tristement avant de lui sourire.

L'espace d'un fol instant, Hope eut la curieuse impression qu'en dépit de son sentiment de culpabilité, il était flatté que ces femmes soient mortes pour lui. Cette pensée la glaça. Comme pour confirmer qu'elle avait vu juste, il l'enveloppa d'un regard étrange.

— As-tu jamais pensé à te suicider, Hope ?

Elle secoua la tête lentement.

— J'y ai pensé à la mort de Mimi, confia-t-elle avec franchise. Et quand Paul m'a quittée. Mais je n'ai jamais vraiment pu m'y résoudre. J'avais beau être affreusement déprimée, je ne pouvais pas concevoir un geste pareil. Pour remonter la pente, je suis allée en Inde et j'ai essayé de guérir. Ça avait plus de sens à mes yeux.

Mais elle était en bonne santé, équilibrée, avait la tête sur les épaules et une quarantaine d'années lorsque sa vie avait basculé. Les femmes dont Finn parlait étaient très jeunes, et peut-être plus portées à la dramatisation et à l'excès. De plus, toutes deux se trouvaient dans des situations désespérées, l'une enceinte sans être mariée, face à un père alcoolique, et l'autre prisonnière d'un mariage sans amour et mère d'un enfant qu'elle n'avait pas désiré. Penser à elles bouleversait Hope. Sans rien dire, Finn sortit de la pièce et retourna travailler à son livre.

148

Hope remit la photo dans le tiroir et décida de ne pas restaurer le bureau. Elle partit faire une promenade seule, songeant à Finn et à ses relations tumultueuses avec les femmes. Depuis plus de vingt ans, il avait la mort d'une jeune fille sur la conscience. Il ne devait pas être facile de vivre avec cela. Cependant, la question qu'il lui avait posée la troublait. Peut-être voulait-il juste être certain que, quoi qu'il arrive, il ne serait plus jamais confronté à la même situation. Avec Hope, il ne risquait rien. Le suicide n'était pas une solution pour elle. Elle avait surmonté la mort de sa fille et elle était certaine que désormais rien ne pourrait la détruire. Elle avait peur de perdre Paul, et elle savait que cela arriverait un jour, mais elle espérait, pour lui comme pour elle, que ce ne serait pas avant très longtemps.

Penser à la mort l'attrista, mais elle se souvint du bébé qui grandissait en elle. Cet enfant représentait la vie et l'espoir, l'antidote à toutes les tragédies qui les avaient frappés l'un et l'autre. C'est alors qu'elle se rendit compte combien sa grossesse était merveilleuse et elle comprit Finn dans son désir si intense de donner la vie pour repousser les fantômes qui le tourmentaient depuis des années. Elle ressentit un élan d'amour pour lui. Puis elle eut une pensée pour Audra, regrettant la mort de cette jeune fille qu'elle n'avait pas connue. Hope était touchée que Finn se soit montré si honnête avec elle concernant son rôle dans cette tragédie. Il n'avait pas tenté de le dissimuler ni de le nier, ce qui était tout à son honneur, et elle eut honte d'avoir songé un instant qu'il avait pu être flatté à l'idée qu'Audra s'était donné la mort à cause de lui. Hope était sûre que ce n'était pas le cas et elle regrettait que ce soupçon l'ait même effleurée. Pourtant il y avait eu dans ses yeux et dans sa question quelque chose qui l'avait déclenché. Elle se félicita de ne pas lui en avoir fait la remarque. Il aurait été blessé, à juste titre, qu'elle lui prête un tel sentiment.

Soulagée, elle regagna la maison et décida de vider deux placards. Quand Finn la trouva, en fin d'après-midi, elle était perchée sur une échelle et éternuait à cause de la poussière.

— Qu'est-ce que tu fabriques ? s'exclama-t-il en fronçant les sourcils.

— Je me débarrasse de ces vieilleries.

Etagère par étagère, elle sortait les draps jaunis et les laissait tomber sur le sol. A chaque fois, un nuage de poussière s'élevait, qui la faisait éternuer de nouveau.

— Ce linge doit être là depuis un siècle. Il est terriblement sale.

— Et toi, tu es stupide, rétorqua-t-il avec colère. Descends tout de suite ! Si tu y tiens, je vais te remplacer. Si tu tombes, tu vas tuer le bébé.

Elle le dévisagea avec surprise, puis sourit, touchée par sa sollicitude.

— Je ne risque rien, Finn. Cette échelle est parfaitement solide. Tu sais bien que nous l'avons rapportée des écuries.

C'était la seule à être assez haute pour atteindre le haut des placards. Mais il était sérieux et il lui tint l'échelle pendant qu'elle descendait à regret.

— Je ne suis pas infirme, tout de même ! Et je ne suis enceinte que de quelques semaines.

Elle avait baissé la voix de crainte que Winfred et Katherine ne l'entendent, mais tous deux étaient si sourds qu'il était peu probable que cela se produise.

— Je m'en moque. Tu as des responsabilités envers nous trois à présent. Ne fais pas l'idiote.

Il grimpa à son tour et, une minute plus tard, il se mit à éternuer, ce qui les fit rire. Cela détendit Hope après ce qu'elle avait appris sur Audra. Elle y pensait encore mais n'en reparla pas à Finn. Elle savait combien ce souvenir lui était douloureux et elle avait de la peine pour lui.

Il baissa les yeux sur les draps et les nappes entassés sur le sol. Personne n'avait dû ouvrir les armoires depuis des années.

— On ne peut pas jeter tout ça ?

— Si, mais il fallait bien les sortir d'abord.

Elle s'installait dans son rôle de maîtresse de maison, ce qui faisait plaisir à Finn.

— Quelle bonne petite femme d'intérieur tu fais, la taquina-t-il en lui souriant du haut de l'échelle. J'ai hâte de voir notre enfant courir partout. Ce sera alors vraiment un foyer.

Rien qu'en nettoyant et en déplaçant les meubles, Hope avait imprégné les lieux de son énergie et de sa personnalité. Les pièces qu'elle avait fait restaurer étaient magnifiques, bien qu'encore trop peu nombreuses. La demeure était en grande partie vide, mais la meubler aurait coûté une fortune. Elle ne voulait pas froisser Finn en imposant ses idées, aussi s'efforçait-elle de faire avec ce qui était là, ajoutant de temps à autre quelques objets dont elle lui faisait cadeau. Il lui était très reconnaissant du résultat, même s'il était évident qu'il faudrait des années et sans doute plus d'argent qu'il n'en possé- derait jamais pour que les lieux retrouvent leur beauté d'origine. Mais l'essentiel était qu'il ait repris possession de la demeure ancestrale de sa famille. Hope savait à quel point cela comptait à ses yeux.

Son amour pour cette propriété était presque aussi fort que son amour pour elle. Il était revenu à ses racines et retrouvait son âme, ce qui était très important pour lui. Il confiait souvent à Hope qu'il avait l'impression d'avoir attendu toute sa vie pour y parvenir et qu'il sen- tait que sa mère aurait été fière de lui. De son côté, Hope était heureuse de partager cette expérience avec lui.

Pendant les semaines qui suivirent, Finn continua à écrire et Hope prit quelques photos. Elle en faisait dis- crètement au pub, surtout de personnes âgées. Nul ne semblait s'en émouvoir, au contraire. La plupart des gens étaient flattés. L'après-midi, quand Finn avait terminé, ils allaient faire de longues promenades dans les collines. Il lui parlait de son travail, de l'avancement de son livre. Elle l'écoutait avec attention, fascinée par la manière dont il écrivait et concevait une histoire. Quant à lui, il adorait les photos qu'elle prenait. Il aimait tout particulièrement les clichés des vieilles personnes dans les pubs, avec leurs visages burinés et leurs yeux si expressifs. A travers l'objectif de Hope, ils semblaient refléter toute la tendresse et la fragilité de l'âme humaine.

Ils parlaient souvent du bébé, même si elle n'aimait guère s'étendre sur le sujet. Elle s'était faite à l'idée d'avoir un enfant, mais elle préférait rester prudente. Les trois premiers mois étaient toujours délicats, surtout à son âge. Lorsque ce stade serait passé, elle s'autoriserait à laisser éclater sa joie. Jusque-là, elle s'efforçait de rester calme et réservée, tout en se montrant malgré tout optimiste. Finn, lui, débordait de bonheur. Il y avait bien longtemps qu'elle lui avait pardonné l'affreux après-midi dans la clinique de Londres, et de l'avoir enivrée ce soir-là pour lui faire un enfant. Elle était trop heureuse du résultat pour lui en garder rancune. Ce lien supplémentaire entre eux avait renforcé l'amour qu'elle lui portait. Elle se sentait détendue et très amoureuse.

Ils parlaient de se marier, et l'idée leur plaisait à tous les deux. Hope ne voulait qu'une chose : passer le reste de ses jours avec lui. Et il en était de même pour Finn. Ce projet de mariage avait pour conséquence de donner à Hope l'impression d'être vraiment chez elle à Blaxton House.

Dans ses efforts pour vider la maison de ses vieilleries inutiles, elle faisait du rangement dans la salle à manger quand elle tomba par hasard sur un document oublié au fond d'un tiroir. C'était un contrat de bail et il semblait relativement récent. Elle était sur le point d'aller le porter à Finn lorsqu'elle comprit de quoi il s'agissait. C'était un bail de six ans pour Blaxton House que Finn avait signé deux ans plus tôt. Atterrée, Hope comprit que la maison était louée. Pourquoi Finn lui avait-il dit qu'elle lui appartenait ?

Elle songea à remettre le papier dans le tiroir sans lui en parler. Cela ne la regardait pas vraiment, mais elle fut troublée tout l'après-midi. Ce n'était pas seulement le fait qu'il lui ait menti, mais il lui semblait curieux qu'il lui ait dit qu'il était propriétaire de la maison alors qu'il la louait. Finalement, elle n'y tint plus et décida d'avoir une conversation avec lui. L'honnêteté faisait partie de leur relation et elle était d'autant plus nécessaire qu'elle espérait qu'ils vivraient ensemble jusqu'à la fin de leurs jours. Elle ne voulait pas qu'il y ait de secrets entre eux. Elle n'en avait pas pour lui.

Elle décida d'attendre l'heure du repas pour lui en parler. Le soir, Katherine leur servait un dîner léger, alors qu'à midi, elle leur préparait un déjeuner copieux, le plus souvent un ragoût accompagné de pommes de terre, auquel Finn faisait honneur et Hope beaucoup moins. Par chance, elle n'avait pas de nausées. Elle mangeait même un peu plus qu'avant. Pour Mimi non plus, elle n'avait pas été malade. Vingt-trois ans plus tard, sa grossesse se déroulait de la même manière et elle se sentait en pleine forme. Elle avait une mine éclatante et le bonheur de sa maternité se lisait dans ses yeux. En fait, elle semblait plus jeune que jamais.

Elle avait prévu d'aborder le sujet prudemment, mais ne savait pas très bien comment s'y prendre. Elle ne voulait pas que Finn se sente gêné ou humilié par ce qu'elle avait découvert. Finalement, elle se jeta à l'eau.

— J'ai trouvé quelque chose dans un tiroir de la salle à manger aujourd'hui, dit-elle en repliant sa serviette tandis que Finn portait son verre à ses lèvres.

Lorsqu'il travaillait sur un livre, il aimait boire le soir. Cela l'aidait à se détendre après une journée passée à se concentrer et ce jour-là il avait écrit un chapitre particulièrement ardu.

— Ah bon ? répondit-il d'un ton distrait.

— Le contrat de bail de cette maison, dit-elle simplement, plongeant son regard dans le sien afin de voir sa réaction.

L'espace d'un instant, il n'y en eut aucune, puis il détourna les yeux.

— Oh ! s'exclama-t-il avant de la regarder de nouveau. J'étais gêné de t'avouer qu'elle ne m'appartenait pas. Dans ma tête, elle est à moi, mais je n'avais pas les moyens de l'acheter, alors je l'ai louée. J'espérais qu'au cours des six ans, je pourrais rassembler l'argent nécessaire. Je suis désolé de ne pas t'avoir dit la vérité, Hope. C'est humiliant d'admettre qu'on ne peut pas acheter sa propre maison de famille, mais pour le moment c'est le cas, et ça le sera peut-être toujours.

Il semblait embarrassé, mais pas concernant son mensonge. D'ailleurs, ça n'en était pas un à proprement parler, en tout cas pas un mensonge important. Et de toute manière, songea-t-elle, il ne lui devait aucune explication concernant la maison ou sa situation financière, bien qu'il soit le père de son bébé et l'homme qu'elle aimait. Pour le moment, elle ne dépendait pas de lui et ce ne serait sans doute jamais le cas. La seule chose qui l'ennuyait, c'était qu'il dépense une fortune dans une propriété qui appartenait à quelqu'un d'autre. Cela ne lui semblait pas très raisonnable. Elle était stupéfaite qu'il l'ait laissée faire, mais elle savait qu'il était trop amoureux de Blaxton House pour y attacher de l'importance. La maison avait appartenu à ses ancêtres et il la considérait comme sienne, qu'elle soit louée ou pas.

— Tu n'as pas à me rendre de comptes, Finn, expliqua-t-elle doucement. Je suis intriguée, mais je ne voulais pas te mettre dans l'embarras. Au fond, ça ne me regarde pas.

Il la regardait, mal à l'aise.

— J'ai une proposition à te faire, poursuivit-elle. J'ai beaucoup de chance, grâce à Paul. Je n'ai pas d'enfants...

Elle s'interrompit, sourit et lui effleura tendrement la main.

— ... tout au moins, je n'en ai pas pour l'instant, mais cela va changer. Paul a été extrêmement généreux avec moi et il m'a aidée à faire de très bons investissements.

Elle ne voyait aucune raison de lui dissimuler sa situation. Il était évident qu'il ne s'intéressait pas à son argent. Ils s'aimaient, et le bébé à venir avait créé entre eux un lien sacré. Elle avait toute confiance en lui. Finn était un homme bien, solide, et peu importait qu'il n'ait pas beaucoup d'argent. Paul n'était pas riche lorsqu'elle l'avait épousé. Hope ne s'intéressait pas à l'argent. Ce qui comptait à ses yeux, c'était l'amour.

— Je te propose d'acheter cette maison. Si cela te gêne, tu pourras me verser un loyer ou une somme symbolique, comme un dollar par mois ou cent par an. Je m'en moque. Et quand nous nous marierons, je te l'offrirai. Si nous ne nous marions pas ou ne restons pas ensemble, ce qui m'attristerait beaucoup...

Elle lui sourit. Compte tenu de ce qu'ils vivaient, cette éventualité avait peu de chances de se produire et ils le savaient tous les deux.

— ... nous pourrions transformer cela en prêt et tu me rembourserais sur vingt, trente ou même cinquante ans, mais je te laisserais la maison. Elle est dans ta famille depuis des siècles et elle te revient de droit. Je serais heureuse de savoir qu'elle t'appartient, ou qu'elle appartient à quelqu'un qui t'aime et qui ne va pas changer d'avis et cesser de te la louer. Si tu le veux bien, j'aimerais l'acheter, pour toi et pour notre enfant. Et pour que tout soit clair, je ne changerais pas d'avis, même s'il devait arriver quelque chose au bébé. Je n'ai pas besoin d'argent. J'ignore le prix qu'en voudront les propriétaires, mais je ne crois pas que cela entamera beaucoup la somme que Paul m'a donnée.

Elle se montrait totalement franche avec lui. Finn la dévisagea avec stupeur. C'était le geste le plus généreux qu'on ait jamais eu envers lui. Et elle ne voulait rien en retour !

— Seigneur ! Combien t'a-t-il donné ? s'écria-t-il malgré lui.

Hope lui répondit sans hésiter. Il était la seule personne au monde à qui elle révélait cela. Elle lui confiait sa vie, son bébé, sa fortune. De toute manière, elle ne considérait pas cet argent comme le sien. C'était celui de Paul et il aurait dû aller à Mimi. Maintenant, il reviendrait au bébé, comme plus tard Blaxton House parce que c'était la maison de Finn. Elle aidait ce dernier à bâtir un patrimoine pour leur enfant.

— Il m'a versé cinquante millions lorsqu'il a vendu sa société. J'en toucherai cinquante de plus s'il meurt avant moi. Tout est investi et me rapporte des intérêts. C'est beaucoup pour une femme qui a peu de besoins. J'ai les moyens d'acheter cette maison, conclut-elle simplement. Et j'aimerais le faire pour toi. En connais-tu le prix ?

Il se mit à rire.

— Un million de livres. Moins de deux millions de dollars.

C'était une somme ridicule comparée à la fortune dont elle parlait, et qu'il avait même du mal à concevoir. Il savait qu'elle était riche car elle avait dit que Paul s'était montré très généreux avec elle, mais il ne s'était pas douté qu'elle l'était autant.

— Et il est sûrement possible de faire baisser le prix en payant comptant, remarqua Hope. N'oublie pas qu'elle est en assez mauvais état. Les propriétaires accepteraient peut-être de descendre jusqu'à sept ou huit cent mille livres, ce qui serait une aubaine pour eux et une affaire pour nous. En dollars, ça ferait un million et demi.

Le regard de Finn devint grave.

— Hope, tu es sûre de vouloir faire ça ? Nous ne sommes ensemble que depuis quatre mois. C'est un geste extraordinaire.

Elle lui offrait le plus beau cadeau de sa vie, un cadeau qui surpassait ses rêves les plus fous.

— J'aimerais la faire restaurer pour toi, pouvoir entreprendre les travaux nécessaires. C'est dommage de laisser cette maison se détériorer.

— Il faut que je réfléchisse, s'écria-t-il, ému.

Il se pencha vers elle et l'embrassa. Puis il vida son verre d'un trait, le remplit et le but aussitôt avant de se mettre à rire de nouveau.

— Je crois que je vais me soûler, ce soir. C'est un peu trop pour moi. Je ne sais même pas quoi te dire, sauf que je t'aime et que tu es incroyable !

Peu après, ils montèrent se coucher, fatigués. Les émotions de la journée et le vin eurent vite raison de Finn, et il s'endormit sur-le-champ. Tous deux furent réveillés au milieu de la nuit par le vent qui soufflait violemment. Finn se tourna vers elle dans la pénombre et la regarda, prenant appui sur un coude.

— Hope ?

— Oui.

Elle lui sourit, heureuse de lui avoir proposé d'acheter la maison. Cela lui semblait juste et représentait peu par rapport à ce qu'elle possédait. Et Blaxton House était fantastique.

— Puis-je accepter maintenant ou dois-je attendre jusqu'à demain ?

Dans le clair-obscur, il paraissait très jeune et ses yeux brillaient de bonheur. Il avait encore du mal à croire qu'elle lui faisait ce splendide cadeau et craignait presque qu'elle ne change d'avis. Mais c'eût été mal la connaître. Hope n'avait qu'une parole.

— Tu peux accepter quand tu voudras, chuchota-t-elle en se blottissant contre lui.

Il pleuvait à torrents à présent. Le printemps était tardif en Irlande. C'était étrange de penser que cette maison allait être la sienne, mais elle s'en réjouissait. Elle était heureuse de partager la demeure ancestrale de Finn avec lui et peut-être avec leur enfant, et même leurs enfants. Un avenir lumineux s'offrait à eux.

— Peut-être devrions-nous attendre de voir si la maison ne s'écroule pas cette nuit, conseilla Finn avec un sourire. Il y a un vent épouvantable.

— Je crois qu'elle va résister, répondit-elle en lui rendant son sourire.

— Dans ce cas, j'accepte ta merveilleuse proposition. Merci de me rendre ma maison. Je te la louerai au même prix que maintenant. Et je te promets que lorsque nous serons mariés et que j'aurai gagné l'argent nécessaire, je te rembourserai. Ça prendra un certain temps, mais je m'y engage.

— Tu feras comme tu voudras. Mais, au moins, la maison t'appartiendra et personne ne pourra te la prendre. Tu en es l'héritier de droit.

Il acquiesça, souriant et ému aux larmes. Il semblait presque intimidé.

— Merci. Je ne sais pas quoi te dire d'autre. Je t'aime, Hope.

— Je t'aime, Finn.

Il posa la tête sur son épaule et se rendormit comme un enfant. Son visage était paisible, comme s'il se sentait en sécurité dans ses bras. Elle lui caressa les cheveux et finit par sombrer à son tour dans le sommeil, tandis que dehors la tempête continuait à faire rage.

12

Le lendemain, Hope téléphona à sa banque et, avec l'aide de Finn, entreprit les démarches nécessaires pour l'acquisition de Blaxton House. Un arbre était tombé durant la nuit, mais ils s'en moquaient. Personne n'avait été blessé et il n'y avait pas de dégâts. Le propriétaire de la maison accepta sans discuter l'offre à sept cent cinquante mille livres, autrement dit un million cinq cent mille dollars. C'était un très bon prix et Finn nageait en plein bonheur. Hope fit virer l'argent et, huit jours plus tard, la demeure fut leur propriété. Elle était au nom de Hope, mais celle-ci avait fait établir tous les documents nécessaires pour qu'elle revienne à Finn au cas où elle mourrait avant lui. Il était convenu que ce dernier lui verserait un loyer symbolique. Lorsqu'ils seraient mariés, la maison serait également au nom de leur enfant. Et si, pour une raison quelconque, ils ne se mariaient pas ou qu'ils n'avaient pas d'enfant, Finn aurait la possibilité de la lui racheter en étalant le règlement à long terme.

C'était un arrangement idéal pour lui. Jamais il n'aurait pu posséder Blaxton House autrement. De son côté, Hope était ravie de pouvoir rendre à la propriété sa beauté d'origine et envisageait déjà de grands projets de restauration. De plus, elle se réjouissait de rendre Finn heureux et de savoir que la maison où ils vivaient et où grandirait leur enfant leur appartenait. Elle rappela à Finn que leur arrangement n'avait rien à voir avec sa grossesse. Si, pour une raison ou pour une autre, elle perdait l'enfant, rien ne changerait. Elle considérait cette acquisition comme la meilleure solution pour eux deux. Elle n'avait demandé conseil à personne et n'avait besoin de la permission de personne. Finn rangea avec soin l'acte de propriété dans le tiroir de son bureau. Puis il se tourna vers Hope et s'agenouilla devant elle, plongeant son regard dans le sien.

— Que fais-tu ? demanda-t-elle en riant, avant de voir combien il était sérieux.

C'était de toute évidence un moment important pour lui.

— Je te demande officiellement en mariage, annonça-t-il d'un ton solennel en prenant sa main dans la sienne. Veux-tu être ma femme, Hope ?

Elle acquiesça, les yeux pleins de larmes. Elle était trop émue pour parler, et elle pleurait facilement depuis qu'elle était enceinte.

— Oui, dit-elle enfin d'une voix étranglée avant d'étouffer un sanglot.

Il se leva, la prit dans ses bras et l'embrassa.

— Je te promets de prendre soin de toi jusqu'à la fin de tes jours. Tu ne le regretteras jamais.

Elle n'en doutait pas.

— Je t'offrirai une bague de fiançailles la prochaine fois que nous irons à Londres. Quand aimerais-tu te marier ?

Le bébé devait naître en novembre et Hope tenait à ce que le mariage ait lieu avant, de façon qu'il soit légitime. Mais pourquoi attendre, alors qu'ils étaient sûrs de leur amour ?

— Peut-être devrais-tu d'abord en parler à Michael, non ? suggéra-t-elle, ne voulant pas que son fils se sente exclu. Que dirais-tu de cet été, à Cape Cod ? ajouta-t-elle.

Se marier là-bas serait merveilleux pour elle, tant elle aimait cet endroit.

— Je préférerais que le mariage ait lieu ici, avoua Finn. D'une certaine façon, cela me paraîtrait plus officiel. Et il pourrait se faire cet été, quand Michael sera là. Il vient toujours passer quelques jours.

— Avant que nous lui parlions du mariage, il faudra d'abord que je fasse sa connaissance.

C'était tout à fait normal, mais ils ne voulurent pas lui en parler par téléphone. Michael ignorait tout d'elle et ils ne se voyaient pas l'appeler et lui annoncer de but en blanc que son père épousait une inconnue et qu'il allait avoir un bébé. Cela faisait beaucoup à digérer en une seule fois. Hope voulait lui donner le temps de faire sa connaissance et de s'habituer à l'idée. De son côté, elle devait avertir Paul. Ce serait sans doute difficile pour lui d'apprendre qu'elle était avec un autre homme et qu'elle allait avoir un enfant. Mieux valait attendre l'été, et même l'automne. Cela leur donnerait en plus le temps de s'organiser. Tout était allé très vite. Leur rencontre, un bébé, et maintenant, un mariage. Hope n'en revenait toujours pas. Dans quatre mois, elle aurait une vie entièrement nouvelle. Un homme, un enfant, une maison. Mais Finn était merveilleux, et elle était certaine d'avoir pris les bonnes décisions.

Après l'achat de la maison, elle fut plus occupée que jamais. On était au mois d'avril à présent, et elle décida de repousser ses engagements à New York. Elle ne voulait pas prendre l'avion avant la fin de ses trois premiers mois. Il était plus sage de patienter. Elle demanda donc à Mark de reporter ses rendez-vous à la mi-juin, sans lui dire pourquoi.

— Alors, tu as acheté une maison en Irlande ? s'informa-t-il, curieux. Il faudra que je vienne voir ce que tu mijotes là-bas. Comment ça va avec Finn ?

— On ne peut mieux, répondit-elle avec enthousiasme. Je n'ai jamais été aussi heureuse de ma vie.

Cela s'entendait dans sa voix et Mark s'en réjouit pour elle. Après toutes les épreuves qu'elle avait traversées, Hope méritait de trouver le bonheur.

— Eh bien, nous nous verrons en juin. Je m'occupe de tout. Ne t'inquiète pas. Amuse-toi bien dans ton château.

Elle lui parla un peu de la maison, d'une voix gaie et pleine d'entrain qui fit plaisir à Mark. Il y avait des années qu'elle ne s'était pas montrée aussi enthousiaste.

Pendant les deux mois qui suivirent, Finn et elle travaillèrent sans relâche. Hope engagea un entrepreneur et le chargea d'effectuer les réparations les plus urgentes. Ils durent éliminer la pourriture sèche, refaire la toiture et remplacer les fenêtres. L'ensemble coûta une fortune mais en valait la peine. Hope envisageait de faire repeindre l'intérieur durant l'été, pendant qu'ils seraient en vacances à Cape Cod. Elle achetait de vieux meubles dans des magasins et aux enchères. Elle était toujours en train de porter quelque chose, de traîner un carton, de monter à l'échelle, d'arracher du papier peint. Elle vida entièrement la bibliothèque afin de restaurer les rayonnages. Finn lui demanda plusieurs fois de se ménager. Il lui rappela qu'elle n'avait plus vingt ans et qu'elle ne pouvait pas se comporter comme lorsqu'elle était enceinte de Mimi. Parfois, Hope faisait attention, mais la plupart du temps, elle riait et lui disait qu'elle n'était pas malade. Jamais elle ne s'était sentie aussi heureuse et en aussi bonne santé. C'était comme une renaissance après toutes les épreuves qu'elle avait traversées. Elle disait à Finn qu'il était un miracle, un don du ciel.

Un après-midi qu'elle avait travaillé particulièrement dur pour emballer la vaisselle afin de faire repeindre les placards, elle se plaignit d'avoir mal au dos. Elle prit un bain chaud qui lui fit du bien, mais néanmoins la douleur persista. Après lui avoir fait des remontrances, Finn lui massa le dos.

— Espèce d'idiote ! la réprimanda-t-il. Il va arriver quelque chose si tu continues ainsi, et je serai vraiment en colère. C'est notre bébé que tu maltraites en travaillant de la sorte.

Cependant, il était touché qu'elle aime autant cette maison et qu'elle fasse tout cela pour lui.

Elle passa une mauvaise nuit et resta au lit le lendemain matin, souffrant encore du dos. Finn proposa d'appeler un médecin, mais elle affirma que ce n'était pas nécessaire. Il n'insista pas, bien qu'elle n'ait pas bonne mine. Elle était pâle et il était évident qu'elle souffrait. Lorsqu'il revint la voir une heure plus tard, il la trouva dans la salle de bains, gisant dans une flaque de sang. Pris de panique, il se rua vers le téléphone et demanda d'un ton suppliant qu'on lui envoie une ambulance de toute urgence, puis retourna auprès de Hope. Il la tint contre lui jusqu'à ce que les secours arrivent. Son jean était couvert de sang. Elle avait perdu le bébé et faisait une hémorragie. Quand les ambulanciers la soulevèrent pour la déposer sur une civière, elle s'évanouit. Finn les suivit, priant pour qu'elle survive. Des heures plus tard, lorsqu'elle reprit connaissance à l'hôpital, après avoir subi un curetage, Finn se tenait près d'elle, la fixant d'un regard sombre. Elle lui tendit la main, mais il se détourna et se leva. Elle se mit alors à pleurer et il resta un instant devant la fenêtre avant de lui faire face. Il semblait bouleversé et furieux, et avait les yeux pleins de larmes. Il pensait à ce qu'il venait de perdre, plus qu'à la peine de Hope.

— Tu as tué notre bébé, lança-t-il d'un ton brutal.

Elle éclata en sanglots et lui tendit de nouveau la main, mais il ne s'approcha pas. Elle tenta en vain de se redresser : elle était trop faible. Elle avait perdu beaucoup de sang.

— Pardon, parvint-elle à articuler entre deux sanglots.

— Il fallait que tu soulèves et que tu portes des trucs sans arrêt, et voilà le résultat. Tu venais d'arriver à trois mois et tu as tout foutu en l'air.

Hope se tut, le cœur brisé, pendant qu'il donnait libre cours à sa rage. Il n'eut pas un seul mot de réconfort ou d'apaisement.

— C'est vraiment moche de ta part. Aussi bien vis-à-vis du bébé que de moi. Tu as tué un bébé parfaitement sain, Hope.

Il ne semblait pas lui être venu à l'esprit que le bébé n'était peut-être pas si sain puisqu'elle l'avait perdu. Mais il était impossible de le savoir à présent, et elle se sentait déjà assez coupable comme cela.

— Comment as-tu pu être aussi égoïste, aussi stupide ?

Elle pleurait à chaudes larmes, l'écoutant l'abreuver de récriminations. Au bout d'un moment, il sortit en claquant la porte. Etendue dans son lit, inconsolable, Hope songea à tout ce qu'il lui avait dit. Finalement, l'infirmière dut lui faire une piqûre pour la calmer, car elle sanglotait en prononçant des phrases incohérentes. Lorsqu'elle se réveilla, Finn était de nouveau assis à son chevet. Il paraissait encore sombre, mais il tenait sa main dans la sienne.

— Je suis désolé pour ce que je t'ai dit, murmura-t-il d'une voix bourrue. J'étais tellement déçu. J'avais tant envie de notre bébé.

Elle acquiesça et se remit à pleurer. Cette fois, il la prit dans ses bras et la consola.

— Ce n'est rien, affirma-t-il. Nous recommencerons.

Elle hocha la tête, sanglotant toujours.

— Même si je me conduis parfois comme un idiot, je t'aime, Hope.

Des larmes roulaient sur ses joues, et sur celles de Hope.

13

Hope partit pour New York deux semaines plus tard. Elle était pâle, amaigrie, abattue, et elle savait que Finn était encore bouleversé. Il pensait qu'elle était responsable de sa fausse couche et continuait d'affirmer que c'était parce qu'elle s'était conduite imprudemment. Il refusait d'admettre qu'il puisse y avoir eu des causes liées à son âge ou à d'autres facteurs. Il ne laissait jamais passer une occasion de lui rappeler que tout était sa faute et ne cessait de répéter que tous deux iraient mieux quand elle serait de nouveau enceinte. Cette fois, ils se conduiraient correctement, disait-il, ce qui ne faisait qu'aviver les remords de Hope. Elle lui avait demandé mille fois pardon. Finn se comportait comme si elle les avait trahis, lui et leur enfant. A chaque fois qu'elle le regardait, elle avait l'impression d'être une meurtrière et se demandait s'il pourrait jamais lui pardonner. Il ne parlait que d'une chose, recommencer. Ce fut presque un soulagement pour elle de monter dans l'avion et de s'éloigner de lui. Elle n'était absolument pas prête à tenter une autre grossesse et ne le serait peut-être jamais. Cependant, il agissait comme si elle la lui devait. Mais, après avoir perdu Mimi, la perte de ce bébé l'avait plongée dans un deuil profond. Et le ressentiment de Finn avait failli lui briser le cœur.

Ses engagements remplis, elle avait espéré pouvoir rendre visite à Paul, qu'elle n'avait pas vu depuis presque six mois. Cependant, lorsqu'elle lui téléphona sur son portable, il lui apprit qu'il était en Allemagne, où il se soumettait à un nouveau traitement pour la maladie de Parkinson. Il devait y rester un certain temps. Elle fut navrée qu'il ne soit pas là, mais ils se promirent de se revoir à l'automne.

Elle déjeuna avec Mark Webber qui la trouva très fatiguée et lui conseilla de moins travailler. Elle lui affirma qu'elle était heureuse, et il espéra que c'était le cas. Elle lui paraissait moins enjouée que la dernière fois qu'ils s'étaient parlé au téléphone. La dureté de Finn lorsqu'elle avait perdu son bébé l'avait beaucoup affectée. Elle avait du mal à oublier ses paroles cruelles. C'était la première fois qu'il se montrait méchant avec elle, la première fois qu'une ombre se dressait entre eux.

Mark lui parla de plusieurs projets pour l'automne, mais elle hésitait à accepter. Si elle retombait enceinte, elle savait que Finn lui interdirait de prendre l'avion. Cette grossesse qui avait été à la fois un accident et un don du ciel était devenue la seule chose qui comptait aux yeux de Finn. Et, pour la première fois de sa vie, Hope ne savait plus où elle en était. Elle se sentait coupable et en même temps inquiète à la perspective d'essayer de nouveau.

Elle alla consulter son médecin, qui lui conseilla d'attendre au moins trois mois avant de tenter une nouvelle grossesse et essaya de l'apaiser en lui disant qu'elle aurait peut-être perdu le bébé même si elle était restée alitée. Mais elle était très déstabilisée par les reproches de Finn. Elle avait déjà décidé de reporter leur mariage à décembre, puisqu'il n'y avait plus de raison de se dépêcher. Elle était trop démoralisée pour s'occuper des préparatifs d'un mariage.

Finn vint la retrouver à New York dès qu'elle eut terminé ses engagements. Il était mieux disposé que lorsqu'elle l'avait quitté et se montra très affectueux. Hope évita de parler de la fausse couche, mais il insista pour que, dès son retour, elle aille consulter la spécialiste à Londres. A bout de résistance, elle finit par accepter. C'était plus facile que de lutter. Ils devaient passer juillet et août à Cape Cod, pendant que les peintres rénoveraient Blaxton House. Hope espérait qu'elle se sentirait mieux à la fin de l'été et qu'elle verrait les choses sous un jour plus positif. Pour le moment, elle subissait encore le contrecoup de la fausse couche et de l'hémorragie. Elle était en état de faiblesse et la réaction violente de Finn, ses critiques et ses accusations l'avaient sérieusement ébranlée. Son attitude avait été à l'opposé de la tendresse qu'il lui avait manifestée jusqu'alors et elle avait hâte qu'il redevienne ce qu'il avait été. Elle était certaine que cela ne tarderait pas.

Au milieu de cette période sombre il y eut malgré tout un événement heureux. Peu après l'arrivée de Finn, Michael vint les voir à New York et Hope tomba sous le charme. Ouvert, gentil, intelligent, bien élevé, Michael était absolument adorable. Il venait d'avoir vingt ans et ressemblait beaucoup à Finn. Il avait du caractère et taquinait constamment son père, mais elle fut impressionnée de voir à quel point ils s'entendaient bien. Le fait que Finn l'ait élevé seul et qu'ils aient de si bonnes relations en disait long sur ses qualités de père.

Hope invita Michael à Cape Cod, mais il répondit qu'il passerait les vacances en Californie avec ses grands-parents maternels, comme chaque année. Il avait trouvé un job d'été à San Francisco qui l'enthousiasmait beaucoup. Le voir rappela à Hope combien Mimi lui manquait. Après son départ, elle complimenta Finn.

— Il est génial. Tu as fait du beau travail.

Il lui sourit et, pour la première fois depuis la fausse couche, elle eut le sentiment de le retrouver. Perdre le bébé avait été un coup terrible pour eux deux. Ils n'avaient pas voulu dire à Michael qu'ils avaient l'intention de se marier. Ils le lui annonceraient lorsqu'il viendrait en Irlande en septembre. Elle se réjouissait de lui montrer les travaux qu'ils avaient entrepris dans la maison. Elle était d'ailleurs impatiente de voir les résultats, et la perspective que Michael vienne passer quelques jours avec eux lui faisait plaisir, car elle avait envie de mieux le connaître.

Lorsque Finn et elle arrivèrent à Cape Cod, ce fut comme s'il ne s'était rien passé. Il ne reparla plus de la fausse couche, cessa de l'accuser et de lui lancer des remarques acerbes qui la bouleversaient. Il se montra plus doux, plus aimant et plus tendre que jamais. Elle retrouvait le Finn dont elle était tombée amoureuse six mois plus tôt. Peu à peu, elle se détendit et eut l'impression de redevenir elle-même. Elle reprenait du poids et des forces. Finn et elle étaient constamment ensemble. Il avait apporté son manuscrit et affirmait que son travail avançait bien.

La seule ombre au tableau fut qu'il refusa de rencontrer ses amis de Cape Cod. Paul et elle avaient toujours eu pour règle de tenir leur porte ouverte, et leurs amis venaient souvent les voir. Finn lui déclara qu'il ne voulait plus que cela se produise. Cela le dérangeait dans son travail et il se sentait mal à l'aise avec eux. Hope réussit cependant à l'emmener à un pique-nique le 4 juillet, chez un couple qu'elle connaissait depuis toujours. Mais il se comporta de manière hautaine et distante, répondit avec froideur à ceux qui lui disaient combien ils admiraient ses livres et insista pour que Hope et lui partent rapidement.

Lorsqu'elle l'interrogea à ce sujet le lendemain, il affirma avoir horreur de ce genre de rassemblement de citadins en vacances. Il ajouta qu'il n'avait rien en commun avec eux et ne voyait pas l'intérêt de les fréquenter. Hope prenait de plus en plus clairement conscience qu'il la voulait pour lui seul. Il se plaignait quand elle allait à l'épicerie sans lui et voulait l'accompagner partout. Même si, à certains égards, c'était flatteur, elle commençait à trouver cela étouffant. Il lui confia qu'il préférait la maison de Cape Cod en hiver, quand il n'y avait personne. Aucun des amis de Hope ne trouva grâce à ses yeux. Elle qui les voyait rarement maintenant qu'elle ne vivait plus à Boston et qui avait toujours adoré l'ambiance conviviale de Cape Cod comprit qu'avec Finn cette partie de sa vie allait disparaître. Bien qu'il soit beaucoup sorti dans sa jeunesse et qu'il ait eu de très nombreuses conquêtes avant elle, il préférait désormais mener une existence casanière et rester seul avec elle.

Elle ressentait parfois un sentiment d'isolement, mais Finn affirmait que c'était plus romantique ainsi et qu'il ne voulait la partager avec personne. Et il était si tendre qu'elle ne pouvait pas se plaindre. Le fossé qui s'était creusé entre eux au moment de la fausse couche s'était enfin comblé et, quand arriva la fin de l'été, Finn était redevenu un véritable prince charmant. Même si elle n'avait pas vu ses amis durant les vacances, elle était heureuse d'avoir retrouvé le Finn qu'elle connaissait. Ils étaient plus proches que jamais et elle avait même l'impression que l'épreuve de la fausse couche avait resserré leurs liens et rendu Finn encore plus amoureux. Aussi ne regrettait-elle pas de lui sacrifier ses amis de Cape Cod, car cela en valait la peine. Leur couple passait avant tout.

Ils regagnèrent New York après le Labor Day. Finn avait un rendez-vous important avec son éditeur anglais qui l'obligeait à rentrer tout de suite à Londres, mais Hope s'attarda quelques jours à New York, afin de régler divers détails. Avant de repartir, elle devait rencontrer son notaire, son banquier et son agent. Elle projetait de retourner en Irlande le week-end suivant et d'y passer le mois de septembre. Rien n'exigeait sa présence à New York avant novembre. Elle s'efforçait de ne pas penser au fait que leur bébé aurait dû naître à cette époque-là. Peut-être que Finn avait raison et qu'ils auraient un autre enfant. Le destin en déciderait. Elle se sentait parfaitement rétablie et plus philosophe. D'ailleurs, il n'avait pas reparlé de la spécialiste depuis juillet.

Lorsqu'elle vit Mark, il lui annonça qu'il avait un photo-reportage sensationnel pour elle en Amérique du Sud en octobre. L'offre la tentait, mais elle hésita, sachant que cela ne plairait pas à Finn. Et puis, si elle était de nouveau enceinte, il ne voudrait pas qu'elle prenne l'avion, bien que son médecin ait affirmé que cela ne présentait pas de risque particulier. Elle ne voulait pas courir le risque de réveiller sa fureur ou de faire une autre fausse couche. Elle regarda donc Mark avec tristesse et lui répondit qu'elle ne pensait pas pouvoir accepter.

— Qu'est-ce qui se passe ? demanda-t-il, l'air mécontent.

— Je ne crois pas que ce soit le bon moment par rapport à ma relation avec Finn. Nous sommes en train de restaurer la maison et il n'aime pas que je parte.

Elle ne voulait pas lui dire qu'elle avait été enceinte et qu'elle essaierait peut-être de l'être de nouveau.

— Hope, je crois que tu fais une grosse erreur en le laissant influer sur ton travail. Tu ne te mêles pas de sa carrière et il n'y a aucune raison qu'il interfère dans la tienne. C'est n'importe quoi ! Tu te vois lui dire que tu ne veux pas qu'il écrive un livre ? Ça ne pourra marcher entre vous que si vous respectez tous les deux le talent et la carrière de l'autre. Il ne devrait pas essayer de te mani-puler pour que tu arrêtes de travailler. Tu ne devrais pas le laisser faire.

— Je sais, répondit-elle avec nervosité. Que te dire ? C'est un grand enfant. Nous projetons de nous marier à la fin de l'année. Peut-être qu'il sera plus détendu après.

Elle l'espérait. Pour l'instant, il faisait en sorte qu'elle se sente coupable à chaque fois qu'elle le quittait, même si c'était pour travailler, tout en affirmant qu'il était fier d'elle et qu'il respectait ce qu'elle faisait. Son attitude minait l'assurance de Hope et sa confiance en elle.

— Et si ce n'est pas le cas ? demanda Mark, visiblement soucieux.

— Nous en parlerons. Nous ne sommes ensemble que depuis neuf mois.

— Justement. C'est un peu tôt pour qu'il commence à s'en prendre à ta carrière. En fait, ça ne devrait pas arriver, point à la ligne.

— Je sais, Mark, murmura-t-elle. Par certains côtés, il est très possessif. Il a besoin de beaucoup d'attention.

— Alors, adopte-le, mais ne l'épouse pas. Tu ferais mieux de régler ça au plus vite, sinon tu le regretteras par la suite.

Elle acquiesça. Il avait raison, mais c'était plus facile à dire qu'à faire. Et à l'exception de sa réaction épouvantable lors de la fausse couche, Finn avait été merveilleux. Elle était convaincue que sa méchanceté d'alors n'avait été qu'un accident. Depuis, il s'était montré plus attentionné que jamais. Elle était prête à prendre moins de rendez-vous dans les mois à venir pour lui faire plaisir. De toute façon, elle avait déjà trois engagements intéressants prévus en novembre, et elle n'avait pas vraiment besoin d'en accepter un autre. Elle refusa donc la proposition. C'est ce qu'elle avait fait lorsque Mimi était petite. Mais Mimi était sa fille, pas son amant. Malheureusement, Hope avait subi la perte de tant d'êtres proches dans sa vie qu'elle ne voulait pas courir le risque d'en perdre un autre. Si elle poussait Finn à bout, comme cela s'était produit lors de la fausse couche, il risquait de rompre. Et cette idée lui était intolérable.

Elle vit Paul le jour de son départ. Elle voulait lui parler de Finn et lui annoncer leur mariage, mais il lui parut si malade qu'elle n'eut pas le cœur de le faire. Elle dut l'aider à manger, et elle constata qu'il pouvait à peine marcher. Il semblait avoir vieilli de vingt ans. Il lui raconta que le traitement qu'il avait suivi en Allemagne avait échoué, qu'ensuite il était allé en cure mais qu'il avait dû être hospitalisé après avoir contracté une

171

infection. Il était heureux d'être rentré aux Etats-Unis et retournait se faire soigner à Boston. Lorsqu'elle le quitta, elle pleura durant tout le trajet jusqu'à l'aéroport. C'était affreux de le voir décliner ainsi. Il semblait si frêle... Elle monta dans l'avion, encore bouleversée.

Elle dormit pendant presque tout le vol et arriva de très bonne heure à Dublin. Finn l'attendait, arborant le large sourire qu'elle connaissait bien et qu'elle aimait tant. Dès qu'elle le vit, elle sut que tout allait bien entre eux. Il la ramena à Blaxton House, et dix minutes plus tard, ils faisaient l'amour. Il se montra plus tendre et plus passionné que jamais. Ils restèrent au lit jusqu'à midi, à parler et à faire l'amour, puis il l'emmena faire le tour de la maison pour lui montrer combien elle était belle maintenant que les peintures avaient été refaites. Hope dépensait une fortune, mais ils étaient d'accord pour dire que cela en valait la peine.

C'était merveilleux d'être de retour. Elle se sentait vraiment chez elle. Michael allait venir dans quelques jours. Dans l'intervalle, elle était heureuse d'être seule avec Finn. Elle commençait d'ailleurs à penser qu'il avait raison. La solitude à deux avait du bon. Chaque instant qu'ils partageaient était inoubliable. Finn se montrait romantique et amoureux, et Hope nageait en plein bonheur. En fin d'après-midi, après avoir parcouru leur domaine, ils remontèrent l'escalier main dans la main et retournèrent au lit.

14

Lorsque Michael arriva, Finn alla le chercher à l'aéroport mais Hope préféra rester à la maison. Elle ne voulait pas s'imposer. Le père et le fils se voyaient trop rarement. Hope était heureuse de la venue de Michael. Elle lui avait préparé une des chambres d'amis, et y avait mis un gros bouquet de fleurs jaunes. Elle lui avait aussi acheté des magazines, s'efforçant de penser à tout ce qui pourrait lui faire plaisir. Elle savait combien Finn et lui étaient proches après toutes les années qu'ils avaient passées ensemble et elle avait hâte de faire plus ample connaissance avec lui. Finn avait prévu de l'emmener à la pêche, de faire du parapente et de l'équitation. Il voulait que le séjour de son fils soit réussi et Hope tenait à faire tout son possible pour l'y aider.

Ils en profiteraient pour annoncer à Michael qu'ils comptaient se marier en décembre. Comme on serait en hiver, Hope avait finalement accepté que le mariage se déroule en Irlande. Elle était aussi tentée par Londres, qui était plus pratique pour ceux qui, comme Mark, viendraient des Etats-Unis. Finn, lui, avait très envie de se marier dans la petite église de Russborough et d'organiser une réception à la maison, déclarant même que cela ne l'ennuierait pas s'il n'y avait personne. Il n'était pas sûr que Michael vienne de Boston et cela lui était égal. La seule personne qui comptait pour lui était Hope. Il n'avait besoin que d'elle. Il était vraiment aux antipodes du noctambule qu'elle imaginait qu'il était quand ils s'étaient rencontrés. En réalité, Finn se comportait quasiment en ermite. Il ne voulait qu'elle, affirmant que c'était la preuve de l'immensité de son amour pour elle, et Hope le croyait. Quel plus grand témoignage d'amour pouvait-il y avoir que de vouloir consacrer chaque instant de sa vie à l'autre ?

En arrivant, Michael embrassa affectueusement Hope et fut impressionné par les améliorations intervenues dans la maison, ce qui ne l'empêcha de taquiner gentiment son père.

— Que s'est-il passé ? Tu as gagné à la loterie, papa ?

Il y avait souvent une légère agressivité dans les remarques de Michael, mais au fond, elles étaient dénuées de malice. C'était le genre de réparties échangées entre deux hommes, l'un devenant adulte et l'autre s'efforçant de rester jeune. En les observant, Hope se demanda si c'était la raison pour laquelle Finn tenait tant à avoir un bébé. C'était une façon de se cramponner à sa virilité, de prouver au monde et à lui-même qu'il était encore jeune, même si Hope estimait qu'il y avait d'autres moyens d'y parvenir.

Elle fit faire à Michael le tour de la maison, lui montrant tous les changements qu'ils avaient effectués. Les nouvelles peintures apportaient une énorme amélioration. De plus, Hope s'était débarrassée des vieux tapis et avait fait restaurer les magnifiques parquets. C'était la même maison, mais infiniment plus belle, et Michael la complimenta.

Le lendemain, les deux hommes partirent pêcher et restèrent absents trois jours. A leur retour, Michael voulut que son père l'accompagne deux jours à Londres et Hope resta à la maison. Le temps passa et elle n'eut vraiment l'occasion de bavarder avec Michael que la veille de son départ. Finn était parti acheter le journal au village quand il descendit prendre son petit déjeuner. Katherine leur prépara des œufs, des saucisses et du thé.

Au début, Michael resta silencieux. Finn avait confié à Hope qu'il ne lui avait pas encore parlé de leur mariage et elle ne voulait pas le lui annoncer. Ce n'était pas à elle de le faire, mais à Finn, et elle se demanda quand il allait se décider. Michael devait rentrer aux Etats-Unis pour le début de l'année universitaire.

— Tu manques beaucoup à ton père, dit-elle pour entamer la conversation. Cela doit être difficile pour toi aussi d'être si loin de lui.

Michael leva la tête et la regarda d'un air perplexe, mais s'abstint de tout commentaire.

— Toutes ces années passées ensemble vous ont certainement rapprochés.

Elle se sentait un peu gênée. Michael s'était montré gentil et agréable avec elle, mais sans plus. N'ayant pas connu sa mère, peut-être était-il mal à l'aise avec les femmes, songea-t-elle avec tristesse.

— Il m'a dit que vous aviez vécu à Londres et à New York, reprit-elle, cherchant tant bien que mal à meubler le silence.

Michael se redressa alors sur sa chaise, la regarda dans les yeux et lui dit simplement :

— Je n'ai pas grandi avec mon père.

Il ne semblait ni déçu ni fâché. Il énonçait juste un fait. Hope fut sidérée.

— Non ? Je... Il m'a dit... Je suis désolée. J'ai dû mal comprendre.

Elle se sentait parfaitement idiote. Michael, lui, ne semblait pas surpris.

— Mon père dit beaucoup de choses qui le présentent sous un jour favorable. Il réécrit l'histoire, comme dans ses livres. Il confond la réalité et la fiction. Il est ainsi, c'est tout.

Il ne semblait pas juger Finn, mais c'était néanmoins une condamnation sans appel. Hope ne savait que dire, ni même que penser.

— Je suis sûre que c'est moi qui ai mal interprété ses paroles, insista-t-elle.

Mais l'un et l'autre étaient conscients qu'elle s'efforçait de gommer ce moment gênant et d'excuser Finn.

— Non, répondit Michael. J'ai été élevé en Californie par mes grands-parents. Avant d'entrer à l'université il y a deux ans, j'avais à peine vu mon père.

Cela signifiait que leurs prétendues années ensemble à Londres et à New York n'étaient qu'un mensonge, une invention, une illusion. Elle ne comprenait pas et essaya de ne pas montrer à Michael à quel point elle était bouleversée.

— Je sais que mon père m'aime et qu'il veut se rattraper, mais nous avons été des étrangers pendant la plus grande partie de ma vie. Et, dans une certaine mesure, nous le sommes encore.

— Je suis désolée, murmura Hope, anéantie. Je ne voulais pas réveiller des souvenirs douloureux.

Elle se sentait terriblement coupable, mais Michael ne semblait pas ému outre mesure. Il était habitué aux excentricités de Finn et, apparemment, inventer des histoires en faisait partie.

— C'est pour ça qu'il est un si bon écrivain, reprit-il. Je pense qu'une fois qu'il dit quelque chose, il y croit vraiment. Pour lui, cela devient la vérité. Seulement, ça ne l'est pas pour les autres.

Il se montrait étonnamment compréhensif et Hope ne put s'empêcher de penser que ses grands-parents s'étaient extrêmement bien occupés de lui. Il était sensé, réfléchi, équilibré, non pas grâce à Finn, mais malgré lui.

— Tu as été élevé par tes grands-parents maternels, je suppose ? demanda-t-elle, histoire de s'en assurer.

Il acquiesça.

— Ta mère est morte ?

— Oui. Quand j'avais sept ans, répondit-il sans manifester d'émotion, ce qui la surprit.

Cela au moins était vrai. En revanche, le reste de son enfance était une invention de Finn. Soudain, une pensée lui traversa l'esprit.

— Michael, je déteste les secrets, mais si cela ne t'ennuie pas, je préférerais que ton père ne sache pas que nous avons eu cette conversation. Je crois que ce serait gênant pour lui, et je ne voudrais pas qu'il t'en veuille de m'avoir dit la vérité.

Elle était atterrée. Comment Finn avait-il pu mentir sur un sujet aussi important que l'enfance et la jeunesse de son fils, et ses relations avec lui ? Pourquoi l'avait-il fait ? Elle n'avait pas la moindre idée de la manière dont elle aborderait la question avec lui. Elle ne voulait pas qu'il se sente mis au pied du mur, mais elle tenait à tirer les choses au clair.

Michael acquiesça tranquillement.

— Ce n'est pas la première fois que ça arrive, assura-t-il simplement. Mon père raconte en général aux gens qu'il m'a élevé. Je crois qu'il a honte d'admettre que ce n'est pas le cas et qu'il ne me voyait jamais, ou pas souvent.

Hope comprenait, mais ce n'en était pas moins troublant.

— Ne vous inquiétez pas, reprit-il. Je ne lui dirai rien.

A peine avait-il prononcé ces mots que Finn entra, un grand sourire aux lèvres. Hope se surprit à le fixer malgré elle, puis se secoua et se leva pour l'embrasser, mais quelque chose avait changé. Elle savait à présent qu'il lui avait menti et elle ne pourrait plus être à l'aise avant qu'il lui ait révélé pourquoi.

Ce soir-là, tous les trois allèrent dîner dans un pub et Finn en profita pour laisser tomber d'un ton détaché que Hope et lui envisageaient de se marier. Michael hocha la tête et parut content pour eux, mais sans plus. Il trouvait Hope sympathique, cependant sa relation avec Finn comme avec elle ne semblait pas avoir beaucoup d'importance pour lui, et maintenant elle comprenait pourquoi. D'après ce que lui avait confié Michael, Finn et lui se connaissaient à peine et elle n'avait aucune raison de douter de sa parole. L'un des deux mentait, et elle avait la douloureuse conviction que c'était Finn.

Il n'invita pas son fils au mariage et Hope comprit alors que Finn voulait qu'ils soient seuls, comme il l'avait dit. Cela l'attrista. Elle avait espéré une cérémonie intime, mais avec quelques amis et bien sûr Michael. Cependant, elle ne fit aucun commentaire. Durant le dîner, elle ne fut guère bavarde, et Michael et elle évitèrent de se regarder. Quand il partit le lendemain matin, elle l'embrassa et le remercia de sa visite.

— J'espère que tu reviendras nous voir, assura-t-elle.

— Ce sera avec plaisir, répondit Michael avant de la remercier pour son hospitalité.

Finn le conduisit alors à l'aéroport et Hope réalisa à quel point cette visite avait été étrange. Ils s'étaient comportés comme deux inconnus ou de vagues relations, pas comme un père et son fils. Cependant, après ce que Michael lui avait confié la veille, elle était surprise qu'il ait fait l'effort de venir.

Elle y pensait toujours lorsque Finn revint. Elle devait avoir un drôle d'air, car il lui demanda ce qui n'allait pas. Elle était sur le point de lui dire qu'il n'y avait rien, lorsqu'elle se ravisa et décida d'être honnête avec lui. Elle sentait qu'elle n'avait pas le choix. Il fallait qu'elle sache pourquoi il lui avait raconté toute cette histoire.

— Je suis désolée, dit-elle, s'excusant à l'avance. Cela me déplaît d'en parler, et je ne veux surtout pas que tu en tiennes rigueur à Michael. Hier, pendant que tu étais parti, je lui ai dit combien tu l'aimais et à quel point ça avait été important pour toi de l'élever.

Elle prit une profonde inspiration et continua.

— Il m'a alors appris qu'il avait été élevé par ses grands-parents maternels en Californie. Pourquoi ne me l'as-tu pas dit plus tôt ?

La tristesse se lisait dans le regard de Finn.

— Je t'ai menti, Hope, admit-il franchement, sans hésiter ni chercher à gagner du temps. Je me sentais coupable. D'après tout ce que tu m'as dit sur Mimi, je savais que tu avais été une mère merveilleuse et j'ai cru que tu ne pourrais pas comprendre que j'avais laissé mon fils aux parents de mon ex-femme. J'ai essayé de m'occuper de lui...

Il s'assit et se couvrit le visage de ses mains, puis leva les yeux vers elle.

— Je n'ai pas pu. Je n'étais pas à la hauteur et j'en avais conscience. Ses grands-parents étaient des gens bien et ils l'aimaient. Ils ont menacé de me faire un procès pour obtenir sa garde. Je ne voulais pas me battre contre eux, ni voir Michael tiraillé à droite et à gauche, si bien que j'ai cédé. J'ai souffert le martyre, mais au bout du compte, je crois que c'était préférable pour lui. Il est génial. Ses grands-parents l'ont bien élevé.

Il la regarda de nouveau, le visage défait.

— J'ai cru que si je te le disais, tu aurais une mauvaise opinion de moi.

Il la prit par la taille et elle plongea ses yeux au fond des siens, submergée par la compassion.

— Je voulais que tu m'aimes, Hope, et que tu ne désapprouves pas ma conduite, soupira-t-il.

Sa voix s'étrangla, et un sanglot lui échappa en même temps qu'une larme roulait sur sa joue. Elle souffrait pour lui.

— Je suis désolée, murmura-t-elle en le serrant contre elle. Tu n'as pas à gagner mon approbation. Je t'aime. Tu peux me dire la vérité, quelle qu'elle soit. Il aurait été très dur pour toi d'élever seul un enfant.

D'autres y parvenaient, mais elle devinait combien cela aurait été difficile pour lui. Et elle se sentait coupable qu'il se soit cru obligé de lui mentir.

— Je t'aime, quoi que tu aies fait. Tu sais, moi aussi, j'ai commis ma part d'erreurs.

— Je ne le crois pas.

Il l'attira étroitement contre lui, le visage pressé contre son ventre. Puis une idée lui vint et il se dégagea, plantant ses yeux dans les siens.

— Ce n'est pas la date de ton ovulation ?

Elle se mit à rire. Il semblait ne jamais oublier son cycle menstruel, mais elle comprenait mieux à présent qu'il ait tant envie d'avoir un bébé. Il avait manqué l'enfance de Michael. Après ce qu'il venait de lui dire, elle lui pardonnait son mensonge. D'autant plus facilement qu'il s'était montré plein de remords lorsqu'elle avait su la vérité.

— J'aimerais que tu me fasses une promesse, demanda Hope.

Il leva vers elle un regard intense.

— Quelle que soit la vérité, dis-la-moi. Elle est toujours préférable au mensonge.

Il hocha la tête.

— Un mensonge peut tout détruire. La vérité ne fait mal qu'un instant.

— Je sais. Tu as raison. C'était lâche de ma part.

C'était la deuxième fois qu'il lui mentait, d'abord au sujet de la maison et maintenant de Michael, et toujours parce qu'il avait eu honte de lui dire la vérité. C'était quelque chose qu'elle ne comprenait pas. Mais elle se sentait mieux maintenant qu'elle lui en avait parlé. Il était facile de lui pardonner.

Il se leva, l'entoura de ses bras et l'embrassa. Puis il lui redemanda la date de son ovulation.

— Je ne sais pas. Tu sembles être plus au courant que moi. Je ne m'en souviens jamais. Peut-être devrions-nous attendre d'être mariés. C'est seulement dans quelques mois.

Elle était encore peinée qu'il n'ait pas invité Michael au mariage et qu'il veuille se marier sans personne. Elle avait promis à Mark Webber de l'inviter. Il serait déçu de ne pas venir, comme elle le serait de ne pas tenir sa promesse.

— Tu n'as pas besoin d'être mariée pour être enceinte, lança Finn d'un ton brusque. Nous vieillissons.

— Tu veux dire que moi, je vieillis, rétorqua-t-elle sèchement.

Au moins comprenait-elle sa hâte maintenant. Il essayait de rattraper le temps perdu. En un sens, il n'avait pas tort. A son âge, son horloge biologique menaçait de s'arrêter pour de bon.

— Laissons faire les choses, ajouta-t-elle simplement.

Elle avait peur qu'une nouvelle grossesse ne se termine dramatiquement comme la précédente. Cependant, elle savait combien cela comptait pour lui et envisageait de réessayer, car une partie d'elle-même redoutait les conséquences d'un refus définitif. Dans ce cas, elle craignait qu'il ne la quitte pour une femme plus jeune qui pourrait plus facilement lui donner des enfants.

— Nous devrions peut-être retourner voir la spécialiste de Londres et la laisser s'en occuper, suggéra-t-il comme ils montaient les marches.

— Nous nous sommes très bien débrouillés la dernière fois, lui rappela Hope. Je suis sûre que nous pouvons recommencer.

Finn n'en semblait pas si certain. Il avait plus confiance en la science, même si le vin et le champagne les avaient bien aidés six mois auparavant. En rentrant, ils firent à nouveau l'amour. L'incident concernant Michael était oublié. Elle était sûre que Finn ne lui mentirait plus à l'avenir. Il n'avait aucune raison de le faire. Elle l'aimait, et rien d'autre ne comptait.

15

Lorsqu'ils se rendirent à Londres en octobre, ce ne fut pas pour voir la spécialiste, mais pour se détendre. Ils séjournèrent au Claridge, firent le tour des antiquaires et assistèrent à deux ventes aux enchères chez Christie's. Hope fut très étonnée lorsque Finn lança une offre à près de cinquante mille livres pour une armoire et un bureau magnifiques. Il s'était laissé emporter par le feu des enchères et se confondit en excuses auprès d'elle lorsqu'ils rentrèrent à l'hôtel. Il offrit de les remettre en vente si elle estimait que c'était trop cher. Cependant, elle aussi les trouvait très beaux, si bien qu'ils allèrent les régler le lendemain. Hope n'y voyait pas vraiment d'objection, mais elle était choquée par le prix. Jamais elle n'avait acheté de meubles aussi coûteux. Finn se montra penaud toute la journée, mais il n'en restait pas moins qu'ils avaient acquis deux pièces splendides. Ils les firent expédier à Dublin et regagnèrent l'Irlande le soir même.

C'était une superbe soirée d'octobre et tous deux furent heureux de retrouver la maison calme et silencieuse. Ils firent le tour des pièces, pour choisir les endroits où ils mettraient leurs nouvelles acquisitions. Ils étaient d'accord sur tout. Le seul nuage qui vint assombrir leur retour fut que Hope s'aperçut qu'elle avait ses règles. Finn se montra très déçu et son humeur se dégrada au fil de la soirée. Il but trop d'alcool et se mit en colère contre elle, lui reprochant amèrement de ne pas faire tout ce qu'il fallait pour tomber enceinte. Elle ne pouvait pourtant pas faire grand-chose, sinon suivre un traitement pour la fertilité, et elle s'y refusait. D'ailleurs, la spécialiste avait affirmé qu'elle n'en avait pas besoin. Finn devait être patient, c'était tout.

Le lendemain, elle fut soulagée de constater qu'il était dans de meilleures dispositions. Il lui expliqua qu'il venait de recevoir un nouveau contrat de son éditeur, pour une très grosse somme d'argent. Après l'avoir signé, il alla le poster. Ce soir-là, il invita Hope à dîner dans un restaurant de Blessington pour fêter le contrat, qui était très important pour lui, car il portait sur trois romans. Il jubilait et semblait lui avoir pardonné de ne pas être enceinte. Cette question risquait de devenir une source majeure de conflit entre eux. Quatre mois s'étaient écoulés depuis la fausse couche et il tenait absolument à ce qu'elle tombe enceinte au plus vite. Il voulait un bébé, et tout de suite !

La semaine suivante, on leur livra les meubles qu'ils avaient achetés à Londres. Ils étaient magnifiques. Finn affirma qu'ils valaient bien la somme qu'ils avaient dépensée et Hope fut d'accord avec lui. De toute manière, comme ils le savaient tous les deux, elle avait largement les moyens.

Le lendemain, elle téléphona à Mark pour discuter des engagements qu'elle avait en novembre. Au cours de la conversation, il laissa échapper à propos de Finn un commentaire qui laissa Hope perplexe.

— C'est vraiment dommage pour son contrat. Il doit être très contrarié, lança-t-il.

Ils en avaient pourtant fêté la signature quelques jours plus tôt.

— Que veux-tu dire ?

— J'ai appris qu'il avait été lâché par son éditeur. Il n'a pas livré ses deux derniers romans et les ventes sont en chute libre. J'imagine que le public trouve ses intrigues trop bizarres. Personnellement, elles m'effraient, ajouta-t-il. Il y avait un article à son sujet dans la presse hier. Sa maison d'édition ne veut plus le publier et menace même de le poursuivre en justice pour récupérer l'avance des deux livres qu'il n'a pas écrits. C'est incroyable de voir comment les gens peuvent détruire leur carrière tout seuls, par manque de discipline.

Hope écoutait, effondrée. Finn avait-il eu honte de lui dire ce qui s'était passé, une fois de plus ? Pourquoi ne s'était-il pas confié à elle ? Fêter la signature d'un contrat fantôme était cependant un peu gros.

Elle se demanda ce qu'il avait signé et renvoyé. A en juger par ce que disait Mark, il ne devait certainement pas s'agir d'un nouveau contrat. Peut-être était-ce un papier administratif. Ou rien. Elle n'osa pas avouer à Mark que Finn ne lui avait rien dit. Elle n'achetait jamais la presse américaine en Irlande et lisait peu de journaux, à l'exception du quotidien local. Finn le savait et avait dû en conclure qu'il était à l'abri. Ils vivaient en vase clos à Blaxton House et il avait compté là-dessus. Hope était atterrée. Si les propos de Mark étaient vrais, la situation financière de Finn devait être dramatique, et ce serait encore pire si son éditeur lui intentait un procès. C'était sans doute pour cela qu'il ne lui avait rien dit. Il se conduisait comme un enfant qui cache son mauvais bulletin à ses parents. Cependant, Hope comprit subitement que c'était beaucoup plus grave que cela. Il ne mentait pas seulement à propos du passé, mais aussi du présent.

Elle pensa soudain à autre chose et, après sa conversation avec Mark, elle vérifia son compte en banque. Finn n'avait pas réglé le loyer qu'il lui devait chaque mois depuis qu'elle avait acheté la maison en avril. Elle se moquait de l'argent et ne lui en parlait jamais pour ne pas le mettre dans l'embarras, mais son omission prouvait clairement qu'il avait des problèmes financiers et qu'il les lui avait tus. Elle savait que s'il avait eu les moyens de payer le loyer, il l'aurait fait. Or ce n'était pas le cas. Et elle n'avait jamais songé à vérifier.

Ce soir-là, lors du dîner, elle se servit de ce sujet pour aborder la question, et lui demanda si tout allait bien, car elle avait remarqué qu'il n'avait pas effectué les versements. Il se mit à rire.

— Ma propriétaire s'impatiente ? plaisanta-t-il en l'embrassant. Ne t'inquiète pas. L'avance de mon nouveau contrat ne va pas tarder.

Il ne lui en donna pas le montant, mais Hope sentit ses derniers espoirs s'effondrer. Il lui mentait à nouveau. Elle ne savait pas si elle devait se fâcher ou avoir peur, mais sa capacité à contourner la vérité, à la déformer ou tout simplement à la réinventer commençait à la troubler sérieusement. Une alarme s'était déclenchée dans sa tête. Elle n'insista pas, mais cela resta entre eux comme un obstacle pendant les quelques semaines qu'ils passèrent ensemble jusqu'à son départ pour New York.

Elle était en train de boucler ses valises quand Finn entra. Il prit aussitôt une mine d'enfant abandonné.

— Pourquoi faut-il que tu t'en ailles ? demanda-t-il, boudeur, en l'attirant sur le lit.

Il voulait qu'elle interrompe ses préparatifs pour faire l'amour avec lui, mais elle avait encore beaucoup de choses à préparer avant son départ le lendemain matin. De plus, elle lui en voulait toujours. Il ne lui avait pas avoué la vérité concernant son contrat et, si ce que Mark lui avait dit était exact, sa situation était désastreuse. Il travaillait à son livre, mais elle ne s'était jamais rendu compte en le voyant qu'il avait déjà deux romans de retard. Il ne le lui avait jamais révélé et cela ne semblait pas le perturber. Elle était déçue qu'il lui ait caché la vérité. Les rapports de Finn avec sa maison d'édition ne la concernaient pas. En revanche, elle tenait à ce qu'il soit honnête avec elle. Et il ne l'était pas.

— Je veux que tu annules ton voyage, reprit Finn en la maintenant sur le lit et en la chatouillant.

Malgré elle, Hope éclata de rire. Il était vraiment comme un enfant, parfois, un grand et séduisant enfant, mais aussi un enfant qui mentait, et dont les mensonges étaient de plus en plus gros. Le dernier en date était énorme. Cependant elle était persuadée qu'il agissait ainsi uniquement parce qu'il avait honte. Il n'y avait jamais eu de rivalité entre eux. Tous deux étaient des célébrités, chacun dans leur domaine. Mais s'il était lâché par son éditeur et qu'on lui intentait un procès, cela le plaçait dans une situation d'infériorité et il devait se sentir blessé dans son amour-propre par rapport à elle, dont la carrière était en plein essor. Elle ne savait pas quoi lui dire, d'autant plus qu'il lui cachait ses problèmes.

— Je ne peux pas, répondit-elle. Il faut que je travaille.

— Envoie balader tout ça. Reste ici. Tu vas trop me manquer.

Elle faillit lui proposer de l'accompagner, puis se rendit compte qu'elle avait besoin d'une pause. Ils étaient toujours ensemble. Et elle avait du mal à travailler lorsqu'il était là. Il avait constamment besoin d'attention et il la monopolisait entièrement. Cela ne posait pas de problème en Irlande, mais devenait impossible à New York quand elle devait honorer ses engagements. Et puis, elle avait envie de passer quelques semaines seule chez elle à SoHo. Elle serait de retour pour Thanksgiving, dans trois semaines ; elle le lui avait promis.

— Tu devrais profiter de mon absence pour terminer ton livre, conseilla-t-elle.

Le temps était déprimant en Irlande à cette époque de l'année et elle savait qu'il devait absolument se mettre au travail. Cela lui éviterait peut-être d'être traîné devant les tribunaux par son éditeur. Elle avait lu sur Internet l'article dont Mark Webber lui avait parlé et elle était inquiète pour Finn. A sa place, elle aurait paniqué. Peut-être lui dissimulait-il la vérité pour ne pas perdre la face. On lui réclamait plus de deux millions de dollars, sans compter les intérêts, autrement dit près de trois millions au total. C'était une somme colossale, et s'il perdait son procès, il n'aurait pas les moyens de les rembourser. Par chance, la maison était à son nom. Elle avait prévu de l'offrir à Finn en cadeau de mariage, mais maintenant elle se félicitait que rien n'ait encore été fait. Elle la garderait à son nom s'il était encore en procès quand ils se marieraient. Mais la perspective du mariage la mettait mal à l'aise à présent. Il avait raconté trop de mensonges. Et elle savait qu'il était rarissime pour un éditeur d'attaquer un auteur en justice au lieu de régler discrètement l'affaire à l'amiable. Il devait être vraiment furieux contre Finn pour aller aussi loin.

Le lendemain, quand il l'emmena à l'aéroport, Finn était d'humeur sombre. Pour la première fois depuis qu'elle le connaissait, elle fut heureuse de le quitter. Elle se laissa aller contre le dossier et durant tout le vol essaya de comprendre ce qui se passait. Elle se sentait complètement désemparée. La plupart du temps, il était l'homme le plus adorable qu'elle ait jamais connu, mais il pouvait aussi se montrer parfaitement odieux. Elle n'avait pas oublié sa cruauté lorsqu'elle avait perdu le bébé, sa colère, ses reproches injustifiés. Sans compter cette idée fixe de vouloir un enfant, sa récente tendance à dépenser son argent, les mensonges concernant la maison et Michael, et maintenant cette horrible affaire avec son éditeur dont il ne lui avait pas soufflé mot. Elle avait un nœud énorme à l'estomac. Elle était soulagée de retourner à son appartement et à sa propre vie. Elle avait besoin de changer d'air.

Elle arriva trop tard pour lui téléphoner et, pour une fois, elle en fut soulagée aussi. Leurs conversations lui semblaient malhonnêtes. Il lui cachait trop de choses et elle ne pouvait pas lui en parler puisqu'il ignorait qu'elle était au courant. Le rêve se transformait en cauchemar. Elle devait agir avant que leur relation soit irrémédiablement détruite.

Elle s'était donné deux jours avant sa première séance de photos et elle alla voir Mark Webber dès le lendemain. Sa visite le surprit. Elle ne venait jamais sans prévenir. En la voyant, il comprit que quelque chose clochait. Il la fit entrer dans son bureau et ferma la porte derrière lui. Elle s'assit en face de lui et le fixa, les yeux pleins d'inquiétude.

— Qu'est-ce qui se passe ? demanda-t-il.

Mark ne tournait jamais autour du pot et Hope non plus.

— Finn ne m'a rien dit sur le procès intenté par son éditeur et le contrat annulé. En fait, il m'a affirmé qu'il venait de signer un nouveau contrat, ce qui est apparemment totalement faux. Je pense qu'il a honte de me l'apprendre, mais je n'aime pas les gens qui se conduisent de cette façon.

En l'écoutant, Mark sentit un malaise l'envahir. Il avait toujours eu des doutes au sujet de Finn. Les rares fois où il l'avait rencontré, l'écrivain. Finn s'était montré charmant mais Mark avait eu l'impression qu'il n'était pas franc.

— Je n'ai jamais rien fait de pareil dans ma vie, reprit Hope, mais pourrais-tu mener une sorte d'enquête sur lui, sur son passé, sur le présent ? Tout ne me regarde pas, mais au moins je saurais ce qui est vrai et ce qui ne l'est pas. Peut-être m'a-t-il caché d'autres choses. Je veux en avoir le cœur net.

Mark hocha la tête, soulagé de la demande de Hope. En fait, il avait songé à lui suggérer ce genre d'enquête dès qu'elle lui avait dit qu'elle était amoureuse de Finn et qu'ils pensaient se marier. A son avis, il y avait des cas où il était bon de s'informer sur les gens, et dans le sien, cela s'imposait.

— Ecoute, Hope, tu n'as pas à te justifier, la rassurat-il. Tu n'agis pas par curiosité malsaine mais par bon sens. Tu es très riche et ce type est peut-être charmant, mais tu es une cible parfaite. Voyons dans quelle situation il se trouve et quel genre de vie il a mené.

— Il n'a pas d'argent, dit Hope. Du moins, je le crois. Je veux tout savoir. Il m'a dit qu'il a grandi à New York, sur Park Avenue, et que ses parents possédaient une maison à Southampton. Par la suite, il est parti à Londres. Il s'est installé en Irlande il y a deux ans, dans la maison qui avait appartenu à ses ancêtres. Il s'est marié il y a environ vingt et un ans. C'est l'âge de son fils, Michael. Sa femme est morte quand Michael avait sept ans. C'est à peu près tout ce que je sais. Oh ! Et ses parents étaient irlandais. Son père était médecin.

Elle donna à Mark la date de naissance de Finn.

— Tu connais quelqu'un qui pourrait vérifier tout ça discrètement, sans que personne ne l'apprenne ?

Elle se sentait gênée de fouiller dans la vie et le passé de celui qu'elle aimait, mais ses mensonges répétés avaient sapé la confiance qu'elle avait en lui. Finn avait beau avoir toujours une explication, elle n'en était pas moins perturbée.

— Je connais exactement la personne qu'il te faut. Je vais l'appeler tout de suite, répondit Mark calmement.

— Merci, murmura Hope.

Elle sortit du bureau quelques instants plus tard, en proie à un affreux sentiment de culpabilité qui la poursuivit toute la journée, surtout lorsque Finn lui téléphona pour lui dire qu'il l'aimait et qu'elle lui manquait. Il lui affirma qu'il avait envie de sauter dans le premier avion pour New York, mais elle lui rappela gentiment qu'elle devait travailler. Tenaillée par le remords après sa discussion avec Mark, elle se montra encore plus tendre qu'à l'habitude. Mais son agent avait raison. Elle n'agissait que par bon sens. Si, à part ce procès, ils ne trouvaient pas d'autres délits, Hope serait tranquillisée et saurait qu'elle pouvait épouser Finn en toute confiance. Car la date approchait. Ils avaient décidé de se marier la veille du jour de l'an, dans moins de deux mois. Auparavant, elle voulait être certaine que tout était en ordre, ce qui n'était pas le cas actuellement. Son instinct lui hurlait de se méfier, et elle se sentait si stressée qu'elle en était presque malade.

Le lendemain, la séance de photos fut un véritable calvaire. Nerveuse et distraite, elle eut toutes les peines du monde à faire correctement son travail, ce qui était exceptionnel pour elle. Enfin, au prix d'un effort immense, elle réussit à se concentrer et à mener la séance à bien, mais ce ne fut pas un bon jour. Maintenant qu'elle savait que quelqu'un se renseignait sur Finn, elle avait hâte d'obtenir les informations, pour agir en conséquence et mettre tout cela derrière elle. L'attente était insupportable. De toutes ses forces, elle voulait être rassurée.

Ce week-end-là, elle alla voir Paul à Boston. Il était hospitalisé, car il avait contracté une mauvaise grippe sur son yacht et les médecins redoutaient une pneumonie. Heureusement, le capitaine du bateau avait pu rapidement le faire rapatrier par avion sanitaire, ce qui lui avait sans doute sauvé la vie.

Paul n'allait pas bien et dormit durant presque toute la visite de Hope. Elle resta à son chevet, à lui tenir la main. Il ouvrait les yeux de temps en temps et lui souriait. Cela lui faisait mal de voir cet homme si dynamique, si brillant, être devenu ce frêle vieillard alors qu'il n'avait que soixante et un ans. Il n'arrêtait pas de trembler. A un moment donné, il la regarda et secoua la tête.

— J'avais raison, murmura-t-il. Tu n'aurais pas voulu être mariée à l'épave que je suis.

Les larmes montèrent aux yeux de Hope. Elle déposa un baiser sur sa joue.

— Si, et tu le sais. Tu as été bête de divorcer et cela t'a coûté bien trop cher, ajouta-t-elle d'un ton taquin.

— Tu auras le reste bientôt.

Il avait du mal à parler et elle fronça les sourcils.

— Ne dis pas des choses pareilles. Tu vas te rétablir.

Il ne répondit pas, se contentant de secouer la tête de nouveau. Puis ses paupières se fermèrent et il se rendormit. Elle resta des heures à son chevet, avant de reprendre l'avion pour New York. C'était la première fois qu'elle se sentait aussi seule depuis la mort de Mimi. Et, à l'époque, elle l'avait, lui. Maintenant, elle n'avait personne à part Finn. C'est ce qu'elle tenta de lui expliquer le lendemain au téléphone.

— C'était affreux de le voir dans cet état, expliqua-t-elle d'une voix tremblante alors que les larmes roulaient sur ses joues. Il est très malade.

— Tu l'aimes toujours ? demanda Finn froidement.

A l'autre bout du fil, Hope ferma les yeux, accablée.

— Comment peux-tu dire cela ? Pour l'amour du ciel, Finn ! Nous avons été mariés pendant vingt ans. Il est ma seule famille. Et il n'a que moi.

— Tu m'as, moi, répondit Finn.

Il ne pensait qu'à lui.

— C'est différent, protesta-t-elle. Je t'aime, mais Paul et moi avons un passé et une fille en commun, même si elle n'est plus là.

— Notre enfant non plus, grâce à toi.

C'était une remarque cruelle, mais il était jaloux de Paul et tous les moyens étaient bons pour la faire souffrir. C'était un aspect de la personnalité de Finn qu'elle déplorait et qui le lui faisait paraître méchant, bien qu'il ait beaucoup d'autres côtés qu'elle appréciait.

— Il faut que j'aille travailler, dit-elle pour couper court à la conversation.

Elle ne voulait pas recommencer à discuter de sa fausse couche et de ses rapports avec Paul. Surtout maintenant. S'il était incapable de prendre de la hauteur, c'était son problème, pas le sien. Mais elle était très déçue de l'entendre parler ainsi.

— Et si j'étais malade, tu serais là pour moi aussi ?

On aurait dit un enfant.

— Bien sûr, s'exclama-t-elle avec lassitude.

Parfois, son besoin d'attention était comme un gouffre sans fond, impossible à combler. C'était le sentiment qu'elle avait à cet instant précis.

— Comment puis-je en être sûr ?

— Je serais là, c'est tout. Je t'appellerai ce soir, promit-elle en jetant un coup d'œil à sa montre.

Elle avait un rendez-vous une demi-heure plus tard.

Ce fut une autre longue journée, aussi épuisante que la veille. Elle était d'une humeur épouvantable. Finn semblait constamment lui en vouloir, ces temps-ci. Il était mécontent qu'elle soit absente et lui avait dit que son livre n'avançait pas. De son côté, elle attendait des nouvelles de l'enquêteur que Mark avait engagé et appréhendait les informations qu'il allait lui donner. Elle espérait ne pas avoir de mauvaises surprises. Cela ne compenserait pas le fait que Finn lui mentait sur sa situation actuelle, mais si tout le reste était normal, cela signifierait simplement qu'il réagissait mal face à un problème imprévu, ce qui au moins serait pardonnable.

Mark ne la rappela qu'en fin de semaine. L'enquêteur venait de lui transmettre les résultats de ses recherches. Sa voix était sombre et il demanda à Hope si elle pouvait venir à son bureau. Nerveuse et angoissée, elle s'y précipita. Mark l'accueillit aussitôt, le visage impassible. Lorsqu'ils furent assis, il ouvrit le dossier posé devant lui et en tira une petite photo fripée.

Hope la prit et regarda les quatre petits garçons qui figuraient sur le cliché jauni.

— Qui sont-ils ?

— Finn est l'un d'entre eux.

Elle retourna la photo et vit quatre noms écrits au dos. Finn, Joey, Paul et Steve.

— Je ne sais pas lequel, ajouta-t-il. C'est lui avec ses trois frères.

Tous les quatre portaient un chapeau de cow-boy et semblaient avoir à peu près le même âge.

Hope secoua la tête.

— Il doit y avoir une erreur. Finn est fils unique. Ce doit être un autre O'Neill. C'est un nom courant.

Mark se contenta de la fixer. Son expression était devenue grave. Il se mit alors à lire un extrait du dossier.

— Finn est le dernier de quatre garçons. Joey est allé en prison pour avoir détourné un avion. Avant cela, il avait déjà été condamné pour avoir cambriolé une banque. Charmant enfant. Steve est mort renversé par un chauffard à l'âge de quatorze ans. L'aîné, Paul, est policier dans la brigade des stupéfiants. C'est lui qui a remis cette photo au détective, en lui faisant promettre de la lui rendre. Leur père est mort lors d'une rixe dans un bar quand Finn avait trois ans. Il faisait un peu tous les métiers. D'après Paul, leur mère était domestique chez des gens huppés de Park Avenue, et elle vivait avec ses quatre garçons dans un deux-pièces. Ils dormaient dans la chambre et elle sur un canapé dans la pièce principale. Elle s'appelait Lizzie. Elle est morte d'un cancer il y a trente ans, quand les gamins étaient encore tout jeunes. Après, les choses sont allées de mal en pis. Finn et un de ses frères ont été placés dans une famille d'accueil, d'où Finn s'est sauvé. Il s'est mis à travailler comme débardeur. Il devait avoir dix-sept ans à l'époque. D'après son frère, il avait l'esprit vif et un talent de conteur. Il s'en est servi et en a bien vécu, jusqu'à récemment.

Mark se tut et regarda le dossier d'un air ouvertement désapprobateur tandis que Hope écoutait, consternée. Elle sentait qu'il aurait préféré ne pas lui donner de telles informations, mais elle les avait demandées, et maintenant elle les avait. Il n'y avait pratiquement rien de vrai dans ce que Finn lui avait dit sur son enfance.

Une fois de plus, il avait dû avoir honte de ses origines humbles et de ses débuts difficiles, très différents des siens. Hope ne lui en voulait pas. Elle éprouvait au contraire une profonde compassion pour lui, et pour ce qu'il avait vécu dans sa jeunesse.

— Toujours d'après son frère, il a réussi à entrer à l'université et a alors coupé les ponts avec sa famille. Leur mère l'avait appelé Finn en hommage à un poète irlandais, ce qui était prophétique, j'imagine. Apparemment, c'était une grande rêveuse. Elle leur racontait des contes de fées pour qu'ils s'endorment, après quoi elle buvait pour oublier ses malheurs. Elle ne s'est jamais remariée. Sa vie n'a pas dû être bien gaie. Celle des enfants non plus, d'ailleurs.

Il lui tendit une photo de Finn à l'âge de quatorze ans. C'était un beau garçon et il n'avait guère changé.

— Ils n'avaient pas un sou. Finalement, leur mère a perdu son travail et elle a vécu d'allocations jusqu'au moment où Paul, l'aîné, a pu l'aider grâce à son salaire de policier. Mais ça n'a pas dû être facile pour lui, parce qu'il était marié et avait des enfants. Leur mère est morte à l'hôpital. Il n'y avait pas d'appartement sur Park Avenue, pas de maison à Southampton, pas de père médecin. Leurs parents étaient venus d'Irlande, mais Paul ne connaît aucun lien avec la maison où vous vivez et il doute fort qu'il y en ait un. Il dit que ses grands-parents et arrière-grands-parents étaient des paysans qui, comme beaucoup d'autres, avaient émigré durant la Grande Famine et qu'ils n'auraient jamais pu posséder une maison comme la vôtre. Après avoir été débardeur, Finn a fait des tas d'autres petits boulots : serveur, chauffeur, rabatteur dans une boîte de strip-tease. Il a aussi été routier, livreur de journaux. Je suppose qu'il a commencé à écrire assez jeune et qu'il a vendu ses histoires. Son frère ne sait pas grand-chose de ce qui lui est arrivé après l'université. Il croit qu'il a mis une fille enceinte et qu'il s'est marié, mais il ne sait pas qui elle était et il n'a jamais vu l'enfant. Il n'a plus de contact avec lui depuis des années. D'après le détective, Finn est plongé jusqu'au cou dans des problèmes financiers. Il croule sous les dettes, et les banques ne veulent plus rien lui prêter. C'est sans doute pour cette raison qu'il vit en Irlande. L'argent semble lui filer entre les doigts. Pourtant, il en a gagné pas mal ces dernières années. Maintenant qu'il s'est mis son éditeur à dos, il ne peut plus rien espérer de ce côté-là. Il a eu beaucoup de chance de tomber sur toi l'année dernière. Et il en aura encore plus si tu l'épouses. Mais je n'en dirais pas autant pour toi.

Mark leva les yeux vers elle.

— Et ce n'est pas parce qu'il a grandi dans la misère, reprit-il. Cela arrive à beaucoup et ils s'en sortent. Finn a eu ce mérite de s'en sortir. Et s'il a des problèmes financiers, ce n'est pas dramatique, si tu veux l'aider. Ce qui m'ennuie vraiment, c'est qu'il t'a menti quasiment sur toute la ligne. Il a peut-être honte de ses origines, et je le regrette pour lui. Mais t'épouser en prétendant qu'il est quelqu'un qu'il n'est pas ne témoigne pas d'une grande intégrité. Tes sentiments pour lui ne me regardent pas, mais je trouve que ça sent mauvais. Ce type n'est qu'un menteur. Il s'est inventé tout un passé, tout un monde de gens qui n'existent pas. Ou qui existent peut-être, mais sans qu'il soit apparenté à eux. Ça me fait peur.

Il lui tendit le dossier sans autre commentaire, Hope y jeta rapidement un coup d'œil avant de le refermer. Mark ajouta que le détective poursuivait ses recherches et qu'il lui donnerait d'autres informations dans les quinze jours. Hope avait la nausée. Pas parce qu'elle avait appris des choses terribles ou inacceptables, mais parce qu'elle savait à présent que Finn lui avait menti sur tout. Elle ne supportait pas qu'au lieu de lui faire confiance et de lui raconter ce qu'il avait vécu, il se soit inventé une mère issue de l'aristocratie irlandaise et un père médecin sur Park Avenue. Ce n'était pas étonnant qu'il se cramponne à elle comme un enfant perdu à chaque fois qu'elle faisait trois pas. Après une enfance pareille, qui n'en aurait pas fait autant ? Le problème, c'était qu'il lui avait menti sur trop de choses. Elle se demandait maintenant quels autres secrets il lui dissimulait. Il ne lui avait même pas dit que son éditeur l'avait lâché et lui intentait un procès. Là aussi, il continuait à lui mentir. Elle regarda Mark, les larmes aux yeux.

— Que vas-tu faire ? lui demanda-t-il doucement.

Il était navré pour elle. Après avoir connu un homme comme Paul, il était tragique qu'elle soit tombée entre les mains d'un individu tel que Finn O'Neill. Il savait qu'elle était amoureuse de lui et avait peur que Finn ne cache quelque chose de plus grave encore. Et Hope aussi le craignait. Elle avait passé onze mois absolument fabuleux avec lui, à l'exception de sa fausse couche et de la manière dont il s'était alors comporté. Mais à part cela, tout n'avait été que bonheur. Et maintenant, sa vie semblait se désintégrer, et Finn avec. Elle avait l'impression d'être au fond du désespoir.

— Je l'ignore, avoua-t-elle franchement. Il faut que je réfléchisse. Je ne sais pas s'il a honte d'avoir grandi dans la misère et essaie de sauver la face, ce qui n'est pas à son honneur mais que je pourrais accepter. Ou si c'est quelqu'un de profondément malhonnête.

Mark penchait pour la seconde hypothèse, le soupçonnant même d'être intéressé par son argent. Etant donné la situation dans laquelle il se trouvait, c'était une possibilité plus que plausible. Et Hope avait les mêmes craintes. Comme elle l'aimait, elle tenait à lui accorder le bénéfice du doute et à garder foi en lui. Mais elle ne voulait pas pour autant se montrer aveugle ou stupide. Elle avait demandé ces informations et, à présent qu'elle les avait, elle devait les digérer et parvenir à ses propres conclusions. Tant qu'elle n'aurait pas pris sa décision, elle n'en parlerait pas à Finn. Elle ne tenait pas à entendre d'autres mensonges. Cela ne ferait qu'aggraver la situation.

— Nous n'avons encore rien sur le mariage de Finn. Le détective connaît le nom de sa femme et les dates et circonstances semblent concorder avec ce que tu m'as donné. Peut-être t'a-t-il au moins dit la vérité sur ce sujet. Mon contact va se renseigner davantage sur les causes de sa mort. Il devrait avoir les détails la semaine prochaine ou, au pire, à Thanksgiving.

— Je serai repartie en Irlande d'ici là, remarqua-t-elle tristement.

— Sois prudente, Hope, l'avertit Mark. Fais attention à ce que tu lui dis. Même si tu l'aimes, il est possible que tu ne connaisses pas cet homme. Ce n'est peut-être qu'un très bon menteur, mais ce peut être aussi quelqu'un de bien pire. On ne sait jamais avec ces gens-là. Ne l'accule pas. Ne lui jette pas ses mensonges à la figure. Utilise ce que tu sais pour pouvoir prendre la bonne décision. Mais fais très attention. Ne réveille pas le démon qui sommeille en lui. Son frère prétend qu'il est psychopathe. Mais c'est un policier, pas un psy. Et personne n'a jamais fait la moindre remarque de ce genre sur Finn. Cependant, reste attentive. Ne laisse pas déraper la situation. Si tu l'humilies, il pourrait devenir dangereux.

Maintenant qu'il avait lu le dossier, Mark était vraiment inquiet pour elle. Finn O'Neill pouvait tout à fait être un malade qui cherchait à mettre le grappin sur sa fortune. Et elle était à sa merci en Irlande, seule avec lui dans une grande maison isolée à la campagne. Mark Webber n'aimait pas du tout cela.

— Le plus triste, c'est que personne n'a jamais été aussi gentil avec moi. Il s'est mis en colère une fois ou deux, mais sinon c'est l'être le plus doux au monde. Il est tendre, délicat, adorable.

— N'empêche que c'est un menteur pathologique. Si tu le mets au pied du mur, même sans le faire exprès, il ne sera peut-être plus aussi gentil.

Hope hocha la tête. Elle en était parfaitement consciente. Il avait été abominable après sa fausse couche. Pour une raison obscure, il avait vécu cet événement comme une attaque personnelle, comme si elle avait perdu le bébé exprès pour le faire souffrir. Etait-ce vraiment ce qu'il pensait ? En même temps, elle commençait à comprendre qu'avoir un enfant augmenterait le pouvoir de Finn sur elle. Elle ne savait plus quelles étaient ses motivations à présent, ni où était la vérité.

— J'aimerais te demander quelque chose, Hope. Le cabinet d'avocats avec qui nous travaillons possède des bureaux à Dublin.

Mark sourit.

— Tous les écrivains qui veulent éviter de payer des impôts s'installent en Irlande. C'est pourquoi ils ont ouvert une antenne là-bas, il y a une dizaine d'années. Je les ai contactés ce matin. Le directeur a longtemps travaillé pour nous ici, à New York. C'est quelqu'un de bien, et un excellent avocat. Il m'a donné son numéro de téléphone fixe et celui de son portable. Il est américain et s'appelle Robert Bartlett. Si tu as un problème, appelle-le, je t'en prie. Tu pourras toujours me joindre, bien sûr, mais je suis beaucoup plus loin, alors que lui, de Dublin, pourra venir aussitôt.

Hope secoua aussitôt la tête.

— Finn se douterait de quelque chose. Il est jaloux de tout le monde. Si ce directeur n'est pas un vieillard cacochyme, il piquera une crise.

Ses paroles furent loin de rassurer Mark. Il lui tendit le papier sur lequel figuraient les numéros.

— Je crois qu'il a une quarantaine d'années. Ce n'est donc ni un jeunot ni un vieillard. Il est sympathique, sensé et avisé. Tu auras peut-être besoin de son aide un de ces jours, même si je ne te le souhaite pas.

Hope acquiesça, espérant le contraire, et glissa le papier dans la poche intérieure de son sac à main.

Mark fut triste de la voir partir, surtout dans ces conditions. Elle se trouvait dans une situation délicate, liée à un homme malhonnête et imprévisible. Elle allait devoir prendre des décisions difficiles. D'après ce qu'elle lui avait dit, Finn O'Neill ne semblait pas dangereux, mais elle allait néanmoins passer des moments désagréables. Il détestait la savoir si loin.

— Tout ira bien, le rassura-t-elle avant d'ajouter : Fais attention si tu me téléphones. Je vais laisser ce dossier dans un tiroir fermé à clé de mon appartement. Je ne veux pas que Finn le trouve. Surtout n'en parle pas si tu appelles.

— Bien sûr que non.

Dans le taxi qui la ramenait chez elle, Hope ne cessa de pleurer. Elle était anéantie. Elle plaignait Finn du fond du cœur d'avoir eu une enfance si malheureuse. Mais il lui avait raconté tant de mensonges... Elle se demandait ce qu'elle allait faire.

16

Avant de repartir, Hope discuta une dernière fois avec Mark. Le détective n'avait pas d'autres informations à lui fournir pour le moment et elle avait terminé son travail à New York. Elle avait téléphoné tous les jours à Boston pour prendre des nouvelles de Paul. Son état était stationnaire et elle n'avait pu lui parler, car il dormait à chaque fois qu'elle appelait. Elle s'était entretenue avec son médecin, qui ne lui avait pas caché son inquiétude. Paul était très faible, et son déclin était inéluctable. Il lui avait promis de la prévenir si son état se dégradait subitement. Il savait qu'elle quitterait l'Irlande sur-le-champ. Il les connaissait depuis leur mariage et il avait été peiné de voir le sort s'acharner sur eux, avec la maladie de Paul, sa retraite forcée, puis la mort de leur fille et la décision que Paul avait prise de divorcer.

Avant de quitter New York, Hope téléphona à Finn pour lui annoncer son retour. Il fut ravi, mais sa joie ne fit qu'accroître la tristesse de Hope. Après les mensonges qu'elle venait de découvrir, elle avait l'impression que tout son univers s'écroulait. Elle espérait cependant qu'ils pourraient repartir sur de meilleures bases et oublier tout cela. Elle voulait trouver un moyen de le convaincre qu'il n'avait pas besoin de lui mentir sur son enfance, sa vie, ses problèmes avec son éditeur. Pour elle, ce n'était pas important. Ses mensonges, si. Elle était profondément troublée. Elle ne savait plus que croire, à quoi se fier. Elle voulait condamner sa conduite, et non l'homme. Elle était convaincue que Finn était quelqu'un de bien. Mais il ne lui avait toujours rien dit concernant sa rupture avec sa maison d'édition et elle avait du mal à l'accepter. Tout comme elle ne comprenait pas qu'il ait pu l'inviter à dîner pour fêter un contrat qu'il n'avait pas signé. Elle n'était pas en colère contre lui. Elle était profondément triste. Elle l'aimait et regrettait qu'il ait peur de lui dire la vérité.

— Il est grand temps que tu rentres à la maison, commenta-t-il d'une voix pâteuse comme s'il avait trop bu.

Il ajouta que le temps avait été épouvantable et qu'il avait été déprimé depuis son départ. Elle se demanda si le fait d'avoir des problèmes avec son éditeur le poussait sur une mauvaise pente.

— Moi aussi, répondit-elle doucement.

Son séjour à New York n'avait pas été agréable. Elle n'avait même pas pris plaisir à travailler. Elle avait passé les trois semaines à broyer du noir à cause de lui. Dans l'avion, elle se demanda quelle suite donner au rapport du détective. Elle ne pouvait pas remonter le temps. Et elle ne voulait pas humilier Finn en le confrontant à ses mensonges.

Lorsqu'elle le retrouva à l'aéroport, il lui parut fatigué, avec des cernes sous les yeux comme s'il n'avait pas dormi. Cette fois, elle n'éprouva aucune joie à revoir la maison. Il faisait un froid glacial et il avait oublié d'augmenter le chauffage. Quand elle monta au premier étage, elle remarqua qu'il n'y avait qu'une dizaine de feuillets sur son bureau. Il avait déclaré avoir écrit environ cent pages en son absence, et maintenant qu'elle était rentrée, elle voyait que c'était un mensonge de plus.

— Qu'as-tu fait pendant que j'étais partie ? demanda-t-elle alors qu'il la regardait défaire ses bagages.

Elle suspendit ses vêtements dans l'armoire, s'efforçant de parler d'un ton léger et détendu, mais il ne s'y trompa pas. Dès qu'elle était descendue de l'avion, il s'était rendu compte que quelque chose n'allait pas.

— Qu'y a-t-il, Hope ? demanda-t-il doucement en l'attirant sur le lit.

— Rien. J'ai de la peine parce que Paul va très mal.

Il ne parut guère satisfait de sa réponse, mais elle ne voyait pas quoi dire d'autre. Elle ne se sentait pas prête à lui avouer qu'elle savait désormais que ce qu'il lui avait raconté sur son enfance n'était que mensonges et que la propriété ancestrale qu'elle lui avait offerte n'avait jamais appartenu à sa famille. Quand elle revoyait ces quatre petits garçons coiffés de chapeaux de cow-boy, son cœur se gonflait de compassion. Il n'était même pas enfant unique comme il l'avait prétendu. Qui était-il vraiment ? Et que signifiaient toutes ces dissimulations ?

— Il va peut-être se rétablir, dit-il, s'efforçant d'être agréable, tout en glissant une main sous son pull pour la caresser.

Elle ne put s'empêcher de se demander si c'était tout ce qu'il y avait entre eux. Du sexe et des mensonges.

Elle n'avait pas envie de faire l'amour. Elle avait l'impression que sa vie s'écroulait, mais elle fit comme si de rien n'était. Elle n'arrivait toujours pas à comprendre qu'il ait inventé tant de choses sur ses parents, sa jeunesse, la maison de Southampton, ses années d'école, les gens qu'il avait rencontrés, même si c'était pour être accepté des autres et leur ressembler. S'obligeant à penser à autre chose, elle se laissa dévêtir et, malgré tout, sentit le désir monter en elle. Ses caresses étaient magiques. Mais elle avait beau l'aimer, cela ne suffisait pas. Elle devait aussi pouvoir lui faire confiance.

Après trois semaines de séparation, il sembla ne jamais pouvoir se rassasier d'elle ce soir-là. Comme un homme assoiffé, affamé, il voulait faire l'amour encore et encore.

Plus tard, quand il s'endormit enfin, elle se tourna sur le côté et pleura.

Le lendemain matin, au petit déjeuner, il lui demanda d'un ton dégagé quand ils allaient se marier. Avant son départ, ils avaient parlé de la veille du nouvel an. Mais, lorsqu'il lui posa la question, Hope se montra évasive. Avec tout ce qu'elle avait appris le concernant, elle avait besoin de réfléchir. D'autant plus qu'elle attendait d'en découvrir davantage. Elle ne voulait pas prendre de décision avant de tout savoir. Peut-être la suite serait-elle différente et plus proche de la version que Finn lui avait donnée.

— Qu'est-ce qui se passe ? demanda-t-il, l'air inquiet. Tu es tombée amoureuse d'un autre homme à New York ?

Il était clair qu'elle ne voulait pas aborder la question de leur mariage et qu'elle n'était plus prête à faire des projets ni à fixer une date.

— Bien sûr que non, rétorqua-t-elle. Simplement, ça me paraîtrait bizarre de me marier alors que Paul est si malade.

C'était la seule excuse qui lui était venue à l'esprit et elle ne plut pas à Finn. Il la trouvait absurde.

— Je ne vois pas le rapport ! Il est malade depuis des années, riposta-t-il avec colère.

— Son état s'est beaucoup dégradé, murmura-t-elle, abattue, repoussant les restes d'un œuf brouillé dans son assiette.

— Tu savais que ça arriverait.

— Oui, mais je ne me vois pas faire la fête alors qu'il est peut-être mourant.

La dernière fois qu'elle était allée à l'hôpital, il avait une mine affreuse et elle avait peur de ne jamais le revoir.

— Sans compter que ce serait vraiment triste de se marier sans personne. Je pense qu'il vaudrait mieux que ça se passe l'été prochain à Cape Cod. Nos agents pourraient venir et ce serait plus facile pour Michael que de faire le voyage jusqu'en Irlande.

Finn lui avait appris que son fils ne viendrait pas passer les fêtes avec eux cette année. Il avait prévu de se rendre à Aspen avec des amis.

— Tu as peur, Hope ? On dirait que tu as changé d'avis, commenta-t-il d'un air blessé.

— Pas du tout. Il me semble seulement que le moment est mal choisi, répondit-elle, les yeux rivés sur son assiette.

— Nous étions censés nous marier en octobre, lui rappela-t-il.

— Parce que je devais accoucher le mois suivant, remarqua-t-elle doucement en levant les yeux vers lui.

— Et nous savons l'un et l'autre pourquoi ce n'est pas arrivé, lança-t-il méchamment.

Il ne manquait jamais une occasion de lui donner des remords à ce sujet. Alors qu'il avait été tendre durant les six premiers mois, désormais, la plupart du temps, il semblait lui en vouloir. A moins qu'il ne soit fâché contre lui-même. Rien ne semblait aller à son idée. Cependant, il faisait de plus en plus pression sur elle et elle estimait que, compte tenu de ses mensonges, il n'avait pas le droit d'agir ainsi. Il ne se doutait pas une seconde qu'elle était au courant de ses tromperies. Sur ce terrain, ils étaient maintenant à égalité et Hope détestait ça. Elle était à peine capable de le regarder en face.

— Je suppose que tu as eu tes règles, à New York, fit-il soudain.

Hope hocha la tête en guise de réponse. Pendant un moment, il resta silencieux, mais quand elle se tourna vers lui, il souriait.

— Cela veut dire que ton ovulation a lieu ces jours-ci.

A ces mots, Hope faillit éclater en sanglots. Elle s'assit à la table et posa la tête sur ses bras.

— Pourquoi me harcèles-tu à ce sujet maintenant ? demanda-t-elle d'une voix étouffée, avant de lever vers lui des yeux troublés.

A peine avait-elle posé sa question qu'elle comprit que sa réponse serait un mensonge de plus. Elle ne pouvait plus imaginer qu'il lui dise la vérité. Tout était gâché entre eux. Mark avait raison. Finn était un menteur pathologique.

— Qu'est-ce qui t'arrive, Hope ? demanda-t-il avec douceur en s'asseyant près d'elle. Avant, tu voulais un bébé, tu avais hâte que nous soyons mariés.

Mais je ne savais pas que tu n'étais qu'un menteur, faillit-elle répondre.

— Je veux seulement un peu de temps pour réfléchir. J'ai perdu notre bébé il y a cinq mois. Et je ne veux pas me marier alors que mon ex-mari est peut-être sur le point de mourir.

— Ne me donne pas d'excuses aussi nulles.

Elle le regarda et sut qu'elle devait lui dire la vérité. Ou tout au moins une partie de la vérité.

— Parfois, j'ai l'impression que tu n'es pas franc avec moi, Finn. J'ai entendu des bruits à New York. On dit que ton éditeur te fait un procès et qu'il n'a pas voulu renouveler ton contrat parce que tu n'as pas terminé tes deux derniers romans. C'est quoi, cette histoire ? Je l'ai lu dans le *Wall Street Journal* et dans le *New York Times*. J'étais la seule à ne pas être au courant ! Pourquoi ne m'as-tu rien dit ? Pourquoi m'as-tu fait croire que tu avais signé un nouveau contrat ?

Elle le fixait, les yeux pleins de questions, et elle mourait d'envie de lui en poser d'autres. Ce n'était que le début. Finn parut furieux.

— Tu me racontes toutes tes affaires, Hope ? lança-t-il.

— A vrai dire, oui. Je te dis tout ce qui se passe dans ma vie.

— C'est parce que les musées et les galeries d'art veulent exposer tes photos ! Que les chefs d'Etat veulent que tu fasses leur portrait, que tous les magazines du monde veulent acheter ton travail ! De quoi pourrais-tu avoir honte ? J'ai eu un blocage pendant un certain temps, je n'ai pas livré deux putains de livres, et voilà que ces connards me réclament presque trois millions de dollars ! Tu crois que j'en suis fier ? J'ai la trouille, oui ! Pourquoi faudrait-il que je te le dise ? Pour que tu aies pitié de moi ou que tu me quittes parce que je suis fauché ?

— C'est ce que tu penses de moi ? demanda-t-elle avec tristesse. Je ne te quitterais pas pour ça. Mais j'estime avoir le droit de savoir, surtout des choses aussi importantes que celles-là. Je déteste que tu me mentes. Je n'ai pas envie d'entendre d'histoires. C'est la vérité que je veux.

— Pourquoi ? Pour que tu puisses me rabaisser, me raconter tes succès, me dire combien ton ex t'a donné ? Grand bien te fasse, mais je ne veux pas m'humilier pour te faire plaisir.

Elle avait l'impression d'être son ennemie. Cherchait-il à justifier tous ses mensonges ?

— Ça ne me ferait pas plaisir, murmura-t-elle, accablée. Je veux seulement avoir une relation franche avec toi. J'ai besoin de savoir que je peux te croire.

Elle faillit ajouter qu'elle savait tout de son enfance, mais elle se retint. Elle voulait d'abord connaître le rapport du détective. L'attaquer de front sur ses affabulations allait déclencher une tempête qui pouvait être lourde de conséquences. Elle n'était pas encore prête à l'affronter. Mais il lui en coûtait de se taire.

— Quelle différence cela fait-il ? D'ailleurs, je ne t'ai pas menti au sujet du procès. Je ne t'en ai pas parlé, c'est tout.

— Tu m'as dit que tu avais signé un nouveau contrat, et ce n'était pas vrai. Tu m'as dit que tu avais écrit cent pages pendant que j'étais à New York et tu n'en as écrit qu'une dizaine. Ne me mens pas, Finn. Je hais les mensonges. Je t'aime tel que tu es, même si tu ne signes plus jamais de contrat, que tu n'écris plus jamais de livre. Mais ne me dis pas des choses qui ne sont pas vraies. Je pourrais croire que tu m'as peut-être raconté d'autres histoires.

Elle se montrait aussi honnête que possible, sans dévoiler ce que l'enquête du détective lui avait appris.

— Par exemple ?

Il la mettait au défi de répondre, son visage tout près du sien.

— Je ne sais pas. A toi de me le dire. Tu sembles avoir pas mal d'imagination dans ce domaine.

— C'est censé vouloir dire quoi ?

— Seulement que je veux savoir si l'homme que j'épouse est un homme honnête.

— Je le suis ! rugit-il. Tu me traites de menteur ?

C'était ce qu'il tentait de lui faire dire et elle faillit céder à la provocation. Mais cela n'aurait fait qu'aggraver les choses.

— Parfois, je me demande qui tu es. Ne me mens pas, Finn. C'est tout. Je veux avoir confiance en toi. Je ne veux pas avoir à me poser de questions pour savoir si tu me dis la vérité.

— Peut-être que la vérité ne te regarde pas ! hurla-t-il en quittant la cuisine à grands pas.

Une minute plus tard, elle entendit claquer la porte d'entrée, le vit dévaler les marches du perron, monter dans sa voiture et démarrer. Cela commençait mal, mais elle devait en passer par là. Elle ne pouvait plus faire semblant de croire à tout ce qu'il disait. C'est alors qu'en sortant prendre l'air dans le jardin, elle songea aux paroles de Mark. Acculer Finn n'était pas une bonne idée. Cela ne ferait que créer des scènes comme celle qui venait de se produire. Et son seul souhait était qu'il lui dise la vérité, pour qu'elle puisse le croire de nouveau et qu'ils reprennent le cours normal de leur vie. Elle n'avait pas encore renoncé à l'espoir d'y parvenir. Mais elle avait besoin que Finn l'aide. Elle ne pourrait pas y arriver toute seule.

Elle remontait les marches, le cœur lourd, quand Finn revint. Il descendit de la voiture, l'air penaud. Il la rejoignit et la força à lui faire face.

— Je suis désolé, Hope. Je me suis conduit comme un imbécile. Mais parfois j'ai honte de ne pas être à la hauteur. Je veux que tout aille bien et quand ce n'est pas le cas, je fais semblant. Je le veux tellement que je mens, et je ne me supporte pas.

Touchée par son aveu, Hope se sentit rassérénée. Peut-être tout finirait-il par s'arranger. Levant les yeux vers lui, elle lui sourit tendrement. Finn l'entoura de ses bras et l'embrassa. Elle constata avec émotion qu'il avait les yeux humides. Il avait fait preuve d'humilité et elle pria pour que cela signifie qu'il ne recommencerait pas. Elle ne demandait que la vérité.

— Je t'aime, Finn, murmura-t-elle alors qu'ils rentraient dans la maison la main dans la main. Ne te sens jamais obligé d'enjoliver la vérité pour moi. Je t'aime tel que tu es. Que vas-tu faire concernant le procès ?

— Terminer les livres, si je peux. J'ai eu un mal de chien avec le dernier. J'ai été coincé pendant des mois. Mon agent essaie de gagner du temps. Ils viennent de m'accorder trois mois supplémentaires mais, s'ils ne m'offrent pas de nouveau contrat, je suis fichu. Je n'ai plus un rond. Heureusement que tu as acheté la maison. Si j'étais toujours en train de la louer, je serais à la rue. Et la maison de mon arrière-grand-père serait aux mains de quelqu'un d'autre.

Il venait de lâcher un autre mensonge, mais elle pouvait tolérer celui-là pour le moment. S'il voulait raconter des histoires pour embellir son enfance, elle était prête à le laisser faire pour ne pas blesser son amour-propre. Il avait trop honte de son véritable passé pour le lui révéler. Comparé à son enfance si heureuse dans le New Hampshire, il avait vécu un cauchemar. Ce qu'elle ne voulait plus, c'était qu'il lui mente sur le présent. Et elle était navrée d'apprendre qu'il manquait d'argent à ce point. Elle s'en était doutée lorsqu'il n'avait pas payé le loyer symbolique qu'il lui devait, car elle était certaine qu'il l'aurait fait s'il l'avait pu. Tous ses mensonges semblaient motivés par la honte.

— Tu n'as pas à t'inquiéter pour ça, répondit-elle doucement. Je peux prendre en charges toutes les dépenses, ici.

C'était déjà le cas.

— Et que suis-je censé faire ? demanda-t-il d'un air sombre alors qu'ils accrochaient leurs manteaux dans le placard de l'entrée. Te demander de l'argent lorsque je voudrai acheter le journal ?

Ils montèrent lentement l'escalier. Il paraissait amer, mais il n'était plus en colère contre elle. Les choses allaient un peu mieux.

Elle s'efforça de le rassurer.

— Si tu termines ton livre, tu signeras un nouveau contrat.

— J'ai deux livres en retard, Hope. Pas un.

Au moins était-il honnête à ce sujet, à présent.

— Comment est-ce arrivé ?

Il eut un sourire de regret et haussa les épaules.

— Je me suis trop amusé avant de te rencontrer. Et maintenant que je suis avec toi, je n'ai pas envie de travailler. Je voudrais être avec toi tout le temps.

Elle le savait, mais il venait de passer trois semaines seul et il n'avait pas travaillé pour autant. Il avait vraiment besoin de se reprendre en main. Pendant qu'elle s'était occupée de nettoyer sa maison, il n'avait rien fait.

— Il va falloir que tu t'y mettes, conseilla-t-elle doucement.

— Tu veux toujours m'épouser ? demanda-t-il.

Il ressemblait à un petit garçon apeuré. Elle hocha la tête et noua les bras autour de son cou.

— Oui. Je veux seulement être sûre que nous nous conduisons tous les deux en adultes et que nous sommes honnêtes l'un envers l'autre, Finn. Il le faut pour que les choses marchent entre nous.

— Je sais.

Toute sa colère s'était envolée. Il était si merveilleux par moments, et si déraisonnable à d'autres !

— Que dirais-tu d'une petite sieste ? suggéra-t-il d'un air espiègle.

Elle se mit à rire et grimpa les marches en courant derrière lui. Un instant plus tard, il refermait la porte de leur chambre, la soulevait dans ses bras et l'emmenait sur le lit. Il ne travailla pas cet après-midi-là, mais ils passèrent des moments délicieux et le fossé entre eux parut s'être comblé. Finn n'était pas plus honnête, mais il était toujours plein de charme et incroyablement sexy.

Le lendemain après-midi, Finn conduisit Hope à Dublin pour y acheter du tissu et diverses fournitures dont elle avait besoin pour la maison. Elle se sentait coupable de l'empêcher de travailler, mais elle avait encore peur de conduire en Irlande et Winfred était un très mauvais chauffeur. Tout se déroula bien et ils rentrèrent de très bonne humeur. Ils avaient trouvé tout ce qu'ils cherchaient et Hope était contente de voir Finn si bien disposé. Ce n'était plus toujours le cas et elle avait le sentiment qu'il buvait plus qu'avant. Elle en avait discrètement parlé à Katherine et celle-ci avait confirmé ses soupçons, mais Hope n'avait pas abordé le sujet avec Finn. Elle le savait préoccupé par le procès qu'on lui intentait à New York et deux livres à écrire.

— Tu sais, j'ai réfléchi, commença-t-il alors qu'ils roulaient en pleine campagne.

Même par une froide journée de novembre, le paysage possédait toujours une beauté de carte postale aux yeux de Hope.

— Ce serait beaucoup plus facile et moins humiliant pour moi si tu m'ouvrais un compte sur lequel je pourrais retirer de l'argent sans avoir à te le demander.

Hope fut interloquée. Ils n'étaient pas encore mariés et sa requête, même si elle pouvait avoir une certaine logique, lui paraissait pour le moins présomptueuse.

— Quel genre de compte ? demanda-t-elle prudemment. Quelle somme as-tu en tête ?

Sans doute songeait-il à quelques centaines de dollars pour couvrir ses dépenses courantes. Elle n'y voyait pas vraiment d'objection, même si elle trouvait gênant d'avoir cette discussion. Enfin, ils étaient presque mariés. Toutefois, elle comptait toujours le persuader d'attendre juin, bien qu'elle ne lui en ait pas reparlé depuis qu'il s'était mis dans tous ses états.

— Je ne sais pas. J'y réfléchissais hier. Rien d'excessif, assura-t-il tranquillement. Deux millions, peut-être. Ou cinq. Ainsi, cela me permettrait de voir venir, et je n'aurais pas à te demander l'aumône pour la moindre babiole.

A la manière dont il le dit, elle crut qu'il plaisantait et se mit à rire. Puis elle vit son expression et comprit qu'il était sérieux.

— Cinq millions ? répéta-t-elle incrédule. Tu plaisantes ? Qu'as-tu l'intention d'acheter ? La maison n'a coûté qu'un million et demi !

Et elle n'avait dépensé cette somme que dans le but de lui faire plaisir. Pour une propriété qui, en fait, n'avait jamais appartenu à sa famille !

— C'est précisément ce que je veux dire. Je ne veux pas avoir à quémander le moindre sou et devoir ensuite te rendre des comptes.

Il parlait comme si ce qu'il disait était normal. Elle le dévisagea avec consternation, l'estomac noué.

— Cinq millions de dollars sur un compte courant ? Mais, Finn, c'est insensé !

Elle n'était pas en colère, mais choquée. D'autant plus qu'il n'avait pas hésité à lui demander cette somme, comme s'il s'était agi d'un vulgaire billet de vingt dollars.

— Avec tout le fric que tu as ?

Brusquement, Finn paraissait furieux.

— C'est quoi, cette histoire ? Tu veux tenir les cordons de la bourse pour mieux me contrôler, c'est ça ? Cinq millions, c'est de la petite monnaie pour toi !

Il n'essayait même pas de se montrer gentil. C'était comme si tout avait changé entre eux. Il voulait de l'argent et, pour cela, il passait de la tendresse à la fureur et aux accusations. Ce n'était pas le Finn dont elle était tombée amoureuse, mais celui qui lui faisait souvent de la peine et qui ensuite redevenait brusquement tendre. Mais, pour l'instant, il ne l'était pas du tout, au contraire. Elle découvrait un Finn qui plongeait la main jusqu'au coude dans son porte-monnaie. Et le spectacle n'avait rien de plaisant.

— C'est une grosse somme pour n'importe qui, Finn, murmura-t-elle.

— Bon, disons quatre. Si je suis bientôt ton mari, tu ne peux pas me limiter à de l'argent de poche.

— Peut-être que non. Mais je ne vais pas te donner des millions non plus, sinon je ne tarderai pas à me retrouver dans la même situation que toi. Je préfère payer les factures, comme maintenant, et laisser quelques milliers de dollars sur un compte courant pour toi.

Elle n'irait pas plus loin. Elle n'était pas naïve. Depuis son divorce, elle avait appris à gérer sa fortune.

— Si je comprends bien, tu vas me tenir en laisse, s'écria-t-il d'un ton rageur, manquant de peu d'entrer en collision avec un camion à la sortie d'un virage.

Hope eut peur. La route était mouillée, la nuit tombait, et Finn roulait bien trop vite à son goût. Il bouillait de colère.

— Je n'arrive pas à croire que tu me demandes de mettre cinq millions sur un compte à ton nom, répondit-elle, feignant un calme qu'elle était loin d'éprouver.

— Je t'ai dit que quatre suffiraient, rétorqua-t-il, serrant les dents.

— Je sais que tu as des problèmes d'argent, mais c'est hors de question, Finn.

Elle était choquée de sa demande et plus encore qu'il continue à insister.

— Et nous nous marierons sous le régime de la séparation de biens.

En fait, elle en avait parlé à ses avocats à New York plusieurs mois auparavant. Une ébauche avait déjà été préparée. C'était relativement simple. En gros, tout ce qui appartenait à Finn continuerait à être à lui, et il en serait de même pour elle. Pour des raisons évidentes, elle ne voulait pas faire bourse commune avec lui. Elle ne voulait pas dilapider l'argent que Paul lui avait donné.

— Je ne me rendais pas compte que tu étais si mesquine, asséna-t-il avec mépris en prenant un nouveau virage à vive allure.

Hope était abasourdie. Comment pouvait-il lui dire une chose pareille après ce qu'elle avait fait pour la maison ? Il semblait avoir oublié la générosité dont elle avait fait preuve. Elle n'était pas mesquine, mais sensée. Surtout après avoir découvert ses talents de menteur. Il était hors de question qu'elle lui offre sa fortune, ou même une partie. Cinq millions de dollars représentaient dix pour cent de ce que Paul lui avait donné.

Ils firent le reste de la route dans un silence glacial. Quand il s'arrêta brutalement devant la maison, elle descendit et ouvrit la porte sans un mot. Elle lui en voulait de sa requête et lui encore plus de son refus. Il alla droit au bar et se servit un verre d'alcool. Elle en remarqua l'effet dès qu'il s'approcha d'elle. Sans doute en avait-il bu plus d'un.

— Alors, qu'est-ce qui serait raisonnable, d'après toi ? demanda-t-il en s'asseyant.

Elle le regarda, atterrée. Les choses allaient de mal en pis. D'abord il avait été obsédé par l'idée d'avoir un enfant, ensuite il avait menti et maintenant il exigeait une énorme somme d'argent. De jour en jour, il devenait quelqu'un d'autre. Par moments, elle apercevait le Finn d'avant, qui avait été si gentil avec elle, mais l'instant d'après il avait disparu. Il y avait quelque chose de fou là-dedans. Elle se souvint que le frère de Finn l'avait qualifié de psychopathe. Elle se demandait à présent s'il n'avait pas vu juste. Elle se souvenait aussi d'avoir lu un article sur des gens qui souffraient de troubles qui les rendaient tour à tour affectueux ou brutaux et qui étaient prêts à tout pour obtenir ce qu'ils voulaient. Elle avait le sentiment que c'était le cas de Finn et elle en avait le vertige. Il arrivait à la manipuler malgré elle. C'était comme si son masque tombait peu à peu, et ce qu'elle voyait derrière la terrifiait. Elle croyait toujours que le bon Finn était là, quelque part. Mais lequel des deux était réel ? L'ancien, le nouveau, ou les deux ?

— Je ne te donnerai pas d'argent, Finn, répondit-elle calmement.

Au même moment, elle vit qu'il avait apporté une bouteille de whisky. Il remplit son verre.

— Tu crois que tu peux te défiler, hein ? fit-il d'une voix mauvaise. Ton ex t'a fourgué cinquante millions et tu imagines que je vais attendre que tu me lances quelques pièces ?

Même s'il ne gagnait pas sa vie, contrairement à ce qu'il lui avait laissé entendre, il était hors de question qu'elle lui ouvre un compte avec des millions de dollars. Elle n'avait aucune envie de payer pour l'avoir, elle ne l'achèterait pas. Elle se souvint soudain qu'il s'était plaint du coût des études de Michael et se demanda brusquement s'il payait quoi que ce soit pour son fils ou si ce n'étaient pas plutôt les grands-parents de Michael qui réglaient toutes ses dépenses.

— Je ne cherche pas à me défiler, comme tu dis. Je ne veux pas acheter mon mari, ni embrouiller les choses entre nous. Je pense que ta demande n'est pas raisonnable et je refuse d'y accéder.

— Dans ce cas, tu devrais peut-être épouser Winfred. Si tu veux garder ton fric pour toi, c'est peut-être un domestique qu'il te faut, pas un mari.

— Je vais me coucher, répondit Hope, écœurée. Je ne veux pas discuter davantage avec toi.

— Tu t'attendais vraiment à m'épouser sans contrepartie ? Quel genre de mariage serait-ce ?

— Un mariage basé sur l'amour et non sur l'argent. Sur l'honnêteté et non sur le mensonge. Je ne vais faire aucun marché avec toi, pas plus que je ne vais te laisser me dicter de mettre cinq millions sur ton compte. C'est répugnant, Finn.

— Ce qui me paraît répugnant à moi, c'est que ton ex t'a donné cinquante millions et que tu veux tout garder pour toi. C'est sacrément égoïste.

C'était la première fois qu'il lui parlait ainsi et Hope était sous le choc. Elle n'avait guère apprécié qu'il lui suggère d'épouser Winfred. Finn se montrait vulgaire et grossier. Il abattait ses cartes et son jeu était effrayant.

Hope ne lui adressa plus un mot. Elle lui tourna le dos, gagna la chambre et se coucha. Ce soir-là, elle ne l'entendit pas entrer. Elle était restée longtemps éveillée, se demandant ce qui lui arrivait. Leur relation semblait se dégrader à toute vitesse, se désagréger de jour en jour. Il lui devenait de plus en plus difficile de croire que les choses pourraient s'améliorer. Elle s'endormit avec l'impression que son cœur se brisait.

17

A partir du jour où Finn lui demanda de l'argent, leur relation se détériora. Il régnait entre eux une tension insupportable. Il buvait de plus en plus et ramenait toujours la même conversation sur le tapis, provoquant des disputes continuelles. Il voulait toujours qu'elle lui donne cinq millions, et il exigeait même qu'elle lui en donne davantage après le mariage. Il lui demanda aussi de retourner voir la spécialiste de la fertilité, mais cette fois, elle refusa tout net.

Si Hope restait, c'était uniquement parce qu'elle se cramponnait aux tendres souvenirs des mois écoulés. Elle agissait comme si Finn avait temporairement perdu l'esprit comme s'il faisait un cauchemar et qu'elle attendait qu'il se réveille et redevienne lui-même. Jusque-là, cela ne s'était pas produit. Son comportement empirait, au contraire, tandis qu'elle s'accrochait à l'espoir de retrouver celui dont elle était tombée amoureuse. Certains jours, elle se demandait si l'homme qu'elle avait connu onze mois plus tôt était bien réel. Lorsque arriva Thanksgiving, elle commençait à douter qu'il ait jamais existé. Peut-être n'avait-il été qu'une façade, un leurre pour la séduire, et ce nouveau Finn était-il le vrai. Elle ne savait plus quoi penser. Elle se sentait perdue, désorientée, malheureuse.

Le jour de Thanksgiving, elle prépara la dinde traditionnelle, mais il gâcha la fête en lui cherchant querelle au milieu du repas. C'étaient encore les mêmes récriminations sur l'argent qu'il voulait et les raisons qui, d'après lui, justifiaient sa demande. Finalement, elle se leva de table et sortit sans avoir terminé. Cela lui donnait la nausée d'écouter Finn essayer de l'embobiner tout en fulminant et en l'insultant.

Ce soir-là, alors qu'elle était couchée et songeait à faire ses bagages pour rentrer à New York, Finn se tourna brusquement vers elle et redevint tendre. Il ne parla pas d'argent, la remercia d'avoir préparé un si bon repas et lui dit combien il l'aimait. Il se montra si tendre et si gentil qu'ils firent l'amour, ce qui ne s'était pas produit depuis des semaines. Plus tard, elle se demanda si elle ne devenait pas folle ; elle ne savait plus que croire ni ce qui était réel.

Il la réveilla au milieu de la nuit et revint à la charge, sur le même thème douloureux, jusqu'à ce qu'elle se rendorme épuisée. Le matin, il lui servit le petit déjeuner au lit, redevenu comme avant, tendre, attentionné, souriant. Elle avait l'impression de perdre la tête. L'un des deux était fou et elle commençait à ne plus savoir lequel. Quand elle lui reprocha de l'avoir réveillée en pleine nuit pour lui faire à nouveau une scène, il affirma que ce n'était pas vrai, si bien qu'elle se demanda si elle avait rêvé.

Elle avait besoin de parler à quelqu'un, d'essayer de comprendre ce qui se passait, mais elle n'avait personne vers qui se tourner. Elle n'avait pas d'amis en Irlande et elle ne voulait pas téléphoner à Mark et l'inquiéter. Elle ne tenait pas davantage à appeler l'avocat qu'il lui avait recommandé et qu'elle ne connaissait pas. Quant à Paul, il était trop malade. La seule personne à qui elle pouvait parler était Finn, et il assurait qu'elle se conduisait comme une folle. Elle avait vraiment peur que ce ne soit le cas.

Ce fut un appel du médecin de Paul qui la sauva, le lundi suivant Thanksgiving. Il lui expliqua que Paul avait contracté une pneumonie et qu'il redoutait le pire. Si Hope voulait le voir, elle devait se rendre à Boston dès que possible. Sans dire un mot à Finn, elle fit ses bagages. Elle était prête à partir lorsqu'il revint du village où il était allé faire quelques courses à la quincaillerie, un gros bouquet de fleurs pour elle à la main. Elle en fut touchée, même si ce cadeau inattendu ne faisait qu'accroître la confusion qui régnait dans son esprit.

Il fut stupéfait de la trouver en train de boucler sa valise.

— Qu'est-ce que tu fais ?

Il semblait paniqué. Elle lui expliqua que Paul était au plus mal. Voyant à quel point elle était bouleversée, il la prit dans ses bras et lui proposa de l'accompagner. Hope n'en avait aucune envie, mais elle ne voulut pas le blesser par un refus trop brusque.

— Ça ira, affirma-t-elle tristement. Je pense qu'il vaut mieux que j'y aille seule. C'est peut-être la fin.

Le médecin s'était montré franc au téléphone. Ils s'attendaient à cette issue depuis des années, mais elle n'en était pas moins très pénible pour Hope. Cependant elle ne voulait absolument pas de la présence de Finn. Elle avait besoin de prendre du recul et d'analyser ce qui lui arrivait. Elle ne savait plus qui il était. Tantôt il était odieux, tantôt il se montrait tendre, ou encore il exigeait de l'argent, la réveillait pour la harceler à ce sujet, puis affirmait que c'était elle qui l'avait réveillé quand elle se levait, épuisée, le lendemain. Elle le soupçonnait de vouloir semer le trouble et la confusion dans ses pensées, et il y réussissait, car elle ne savait plus du tout où elle en était. Lui, en revanche, paraissait en pleine forme, pas le moins du monde troublé.

Il l'emmena à l'aéroport, et elle le quitta rapidement après un dernier baiser. Une fois dans l'avion, elle éprouva un tel soulagement d'être séparée de lui qu'elle éclata en sanglots. Elle dormit durant tout le vol et se réveilla, la tête lourde, alors qu'ils atterrissaient à

Boston. Elle avait l'impression que sa vie avec Finn était devenue totalement surréaliste.

Le médecin de Paul l'attendait à l'hôpital. Elle l'avait prévenu de son arrivée. Il l'emmena dans la chambre de Paul et elle fut choquée en le voyant. Il avait beaucoup maigri depuis sa dernière visite. Ses joues étaient creuses, ses yeux enfoncés dans leurs orbites. Il respirait à l'aide d'un masque à oxygène. Elle crut d'abord qu'il ne l'avait pas reconnue, puis il hocha la tête et ferma paisiblement les yeux, comme réconforté par sa présence.

Elle resta deux jours à son chevet. Elle appela Finn une fois, en lui expliquant qu'elle ne pouvait pas être longue, car elle était près de Paul. Il se montra tendre et compréhensif, ce qui l'étonna, car il était le plus souvent méchant à présent. Elle appréhendait presque de lui parler, tant il était devenu imprévisible.

Elle téléphona à Mark pour lui dire qu'elle était à Boston et promit de le tenir au courant. Finalement, le troisième jour, Paul s'éteignit. Son départ se fit paisiblement. En pleurant, Hope lui affirma encore qu'elle l'aimait et lui demanda de prendre soin de Mimi, puis ce fut fini. Elle resta un long moment près de lui, gardant sa main dans la sienne, avant de quitter la pièce, le cœur brisé.

Paul avait laissé des instructions précises. Il voulait que son corps soit incinéré et ses cendres enterrées près de leur fille dans le New Hampshire, où se trouvaient aussi les parents de Hope, et elle respecta sa volonté. Le voir reposer près de Mimi la bouleversa. Jamais elle ne s'était sentie aussi seule. Elle n'avait plus personne désormais, hormis Finn. Depuis la mort de Paul, il se comportait merveilleusement au téléphone. Mais elle ne pouvait s'empêcher de se demander combien de temps cela durerait.

Après l'enterrement, elle regagna Boston en voiture, puis s'envola pour New York et retrouva enfin son appartement. Elle avait une impression de fin du monde. Elle resta seule des jours, sans appeler ni voir personne, mangeant à peine. Elle avait besoin de réfléchir à tout ce qui s'était passé et à la mort de Paul. Elle avait du mal à croire qu'il n'était plus là.

Elle rencontra les avocats de Paul. Son yacht avait été mis en vente et tout se passait normalement. Elle n'avait rien à faire. Elle se rendit ensuite au bureau de Mark. Elle se sentait vidée.

— Je suis désolé, Hope, dit-il simplement.

Il avait pleinement conscience de sa détresse. Paul représentait tout ce qui lui restait. Sa secrétaire leur apporta du thé, et ils bavardèrent un moment.

— Comment ça va en Irlande ?

Elle resta d'abord silencieuse, puis le regarda d'un air étrange.

— A vrai dire, je ne sais plus. Parfois il est adorable, et l'instant d'après il est épouvantable, puis redevient tendre. Il lui arrive de me réveiller la nuit pour me faire une scène et le lendemain il affirme qu'il n'a rien fait de tel. Je ne comprends pas ce qui se passe, avoua-t-elle, les yeux pleins de larmes. Il était fantastique au début et maintenant j'ai l'impression de vivre un cauchemar, et je ne sais même pas si ça vient de moi ou de lui.

Les paroles de Hope inquiétèrent Mark au plus haut point.

— Ce type est malade, Hope. Franchement, j'en suis de plus en plus persuadé. Je pense que son frère a raison et que c'est un psychopathe. Tu devrais le quitter. Le mieux serait même de ne pas y retourner.

— Je ne sais pas. J'ai besoin d'y réfléchir pendant que je suis ici. Quand il est gentil, je me sens idiote de me mettre dans tous mes états. Et puis il recommence et je suis prise de panique. En plus, il voudrait que je lui donne de l'argent.

Le malaise de Mark s'accentua encore.

— Combien ?

— Il voudrait cinq millions sur un compte propre, pour ses dépenses courantes.

— Il n'est pas fou ! rugit Mark, furieux. C'est ta fortune qu'il vise, Hope !

Il en était convaincu à présent.

— Je crois qu'il essaie de me rendre folle, ajouta Hope tout bas.

— C'est fort possible. Tu ne devrais pas retourner là-bas. Et si, malgré tout, tu y tiens, contacte l'avocat de Dublin dont je t'ai parlé. Tu dois pouvoir compter sur quelqu'un qui ne soit pas trop loin.

— Je le ferai, promit-elle, mais d'abord je vais encore rester quelques jours ici.

Elle était encore bouleversée par la disparition de Paul et ne se sentait pas prête à repartir. Son séjour à New York lui faisait du bien. Chaque jour, ses idées redevenaient plus claires, la confusion dont l'enveloppait Finn se dissipait peu à peu. Il l'appelait souvent, mais la plupart du temps elle ne répondait pas. Et lorsqu'ils se parlaient, il lui demandait où elle était allée et avec qui. En général, elle lui répondait qu'elle avait dormi. Parfois, elle sortait en laissant son téléphone portable dans l'appartement.

Mark la rappela deux jours plus tard. Sa voix était sombre. Il lui demanda s'il pouvait venir la voir et elle accepta aussitôt. Il arriva une demi-heure plus tard, une serviette à la main. Le détective venait de lui remettre son rapport, et il le lui tendit sans un mot, attendant qu'elle ait tout lu. Le document était long et détaillé. Hope pâlit en le découvrant. La réalité était complètement différente de ce que Finn lui avait raconté. Il lui avait tu des pans entiers de son existence.

Le rapport commençait là où le précédent s'était terminé. Il faisait état de son mariage avec la mère de Michael, un mannequin moyennement célèbre. Elle avait épousé Finn alors qu'elle avait vingt et un ans et lui vingt. Apparemment, le couple avait mené une vie de fêtards, se droguant et buvant beaucoup. Elle était tombée enceinte et ils s'étaient mariés cinq mois avant la naissance de Michael. Ensuite, ils s'étaient séparés à plusieurs reprises, se trompant mutuellement mais finissant toujours par se réconcilier. Une nuit, ils avaient eu un grave accident en revenant d'une réception à Long Island. Finn conduisait et il avait beaucoup bu. A un croisement, leur voiture était entrée en collision avec un poids lourd. La femme de Finn avait été grièvement blessée, le conducteur du camion tué sur le coup. Il n'y avait pas eu de témoins, et c'est un automobiliste qui passait qui avait alerté la police d'une cabine téléphonique située non loin de là et demandé des secours d'urgence. Lorsque la patrouille était arrivée, la femme de Finn était morte mais Finn était conscient et indemne. Il était ivre mais pas excessivement, et incapable d'expliquer pourquoi il n'était pas allé à la cabine appeler les secours. Pour être juste, le rapport expliquait qu'il avait subi un coup à la tête et qu'il était sous le choc. Il avait affirmé ne pas avoir voulu laisser sa femme blessée. L'accident avait eu lieu une demi-heure avant le passage de l'automobiliste. Les médecins légistes avaient conclu que l'épouse de Finn aurait peut-être survécu si elle avait été secourue plus tôt. Seulement, il n'avait rien fait pour lui sauver la vie.

L'enquête qui avait été menée avait établi que le mariage connaissait des difficultés. Finn avait demandé le divorce, mais sa femme avait refusé de le lui accorder. La question s'était posée de savoir s'il avait délibérément causé l'accident. Quoi qu'il en soit, il l'avait laissée mourir. Finn avait été condamné pour homicide involontaire du chauffeur et s'était vu infliger une peine de cinq ans avec sursis, cinq ans de mise à l'essai, et le retrait de son permis de conduire. En revanche, on avait conclu au décès accidentel de sa femme.

L'enquêteur avait contacté la famille de celle-ci. Ses parents, toujours amers, étaient persuadés que Finn avait tué leur fille dans l'espoir de toucher l'héritage. Le père était un riche agent de change de San Francisco. Sa femme et lui avaient élevé leur petit-fils, âgé de sept ans à l'époque des faits. D'après eux, Finn avait catégoriquement refusé la garde de l'enfant et n'avait revu son fils que deux fois avant que celui-ci entre à l'université. Ils affirmaient qu'il n'avait aucun rôle véritable dans la vie de leur petit-fils. Ils étaient au courant de son succès littéraire, mais le considéraient comme un individu dangereux, dénué de conscience, égoïste et uniquement intéressé par l'argent. Au début, il avait affirmé qu'il aimait leur fille et s'était montré charmant. Il avait beaucoup pleuré à ses obsèques. Mais ensuite, il avait essayé de leur extorquer de l'argent, menaçant de révéler à la presse qu'elle était droguée, alcoolique et dépravée. Ils avaient signalé l'affaire à la police sans toutefois porter plainte officiellement. Ils avaient seulement voulu qu'il sorte de leur vie et de celle de leur petit-fils.

Un dernier rapport était joint au dossier, celui d'un médecin. D'après lui, l'épouse de Finn serait morte de toute manière, qu'elle ait ou non été secourue. Ses blessures étaient trop graves.

Glacée, Hope leva les yeux vers Mark sans faire de commentaire. Même si la mort de sa femme avait été un accident, il n'avait pas levé le petit doigt pour l'aider. Une feuille séparée révélait qu'il avait cherché à s'approprier les biens de sa femme décédée et intenté un procès aux parents de celle-ci, alors qu'ils élevaient son fils. Heureusement, ses efforts pour leur soutirer de l'argent par tous les moyens, légaux ou illégaux, avaient échoué. Ce n'était pas beau à apprendre, mais cela n'en faisait pas non plus un meurtrier. Seulement un escroc ou un homme désespérément à court d'argent. Il avait également tenté de s'approprier des sommes que sa femme avait directement léguées à son fils. Les grands-parents avaient réussi à déjouer ses plans. Hope ne put s'empêcher de se demander si Michael était au courant de tout cela. Il savait que son père était un menteur, mais Finn était bien pire que cela. Il était totalement amoral.

Finn avait eu de nombreuses aventures avec des femmes très riches, et vécu avec certaines d'entre elles pendant un temps. La plupart lui avaient donné de l'argent et des cadeaux. En dépit de son succès littéraire, sa situation financière n'avait jamais été très stable et il avait apparemment de très gros besoins d'argent. Une autre partie du rapport évoquait le procès que son éditeur lui avait intenté, ainsi que d'autres qui lui avaient été faits et qui, la plupart du temps, n'avaient pas abouti. Une de ses compagnes l'avait notamment poursuivi pour cruauté mentale, sans obtenir gain de cause. De l'ensemble se dégageait le portrait d'un être qui exploitait les femmes, et que tous décrivaient comme un menteur pathologique. Deux témoins le qualifiaient de psychopathe. On l'accusait d'être peu fiable, indigne de confiance, immoral, incapable de se conformer aux moindres règles. Certains le disaient plein de charme mais prêt à tout pour parvenir à ses fins. Aucun commentaire n'était positif. Il se montrait toujours tendre et charmant au début, puis cruel et sans cœur par la suite. Hope en avait fait l'expérience tout en espérant se tromper, mais la lecture du rapport était sans appel.

Elle se laissa aller contre le dossier du canapé, songeant à la jeune fille dont Finn lui avait parlé, celle qui s'était suicidée à cause de lui. Indirectement, il avait donc causé la mort de deux femmes. Elle se souvint alors de la question qu'il lui avait posée lorsqu'elle avait trouvé la photo d'Audra. Il avait voulu savoir si elle envisagerait jamais de se tuer pour lui, et elle s'était demandé s'il ne considérait pas un tel geste comme une sorte de compliment. La scène prenait un sens nouveau à présent. Elle s'aperçut avec surprise qu'elle tremblait de tous ses membres. Elle était horrifiée que tous ces épisodes qui avaient jalonné sa vie aient pu passer inaperçus, disparaître au fil du temps. Le détective avait dû avoir du mal à déterrer tout cela.

— Pas très joli, n'est-ce pas ? commenta Mark, visiblement soucieux.

— Non, répondit-elle tristement. Que vais-je faire maintenant ?

La question semblait s'adresser à elle-même. Hope fixa la fenêtre d'un œil vide. Elle aurait tant voulu que Finn soit l'homme qu'il avait été au début.

— Je crois que tu ne devrais pas retourner là-bas, reprit Mark.

C'était un sage conseil. Elle y réfléchit longuement, se remémorant combien elle avait été troublée lors de son dernier séjour. Essaierait-il de la pousser au suicide après avoir obtenu les cinq millions ? Si elle l'épousait, il y gagnerait davantage. Et s'ils avaient un enfant, il pourrait vivre à ses crochets jusqu'à la fin de ses jours.

— Je pense qu'il faut que j'y retourne et que je règle tout ça. Dans ma tête au moins.

Il existait deux Finn. L'homme dont elle était tombée amoureuse et l'autre, celui décrit par le rapport. Elle ne pouvait s'empêcher de se demander si les parents de sa femme ne lui en voulaient pas parce qu'ils ne pouvaient accepter la mort de leur fille et qu'il leur fallait un bouc émissaire. Elle s'efforçait toujours d'accorder à Finn le bénéfice du doute, même si c'était de plus en plus difficile.

— Nous devions nous marier. Il faut que je sache ce qui est vrai dans tout ça, ne serait-ce que pour moi.

— Et s'il te tue ? demanda Mark sèchement.

— Il ne le fera pas. Il n'a pas tué sa femme. C'était un accident. Le rapport de police et celui du médecin légiste le confirment. Je crois qu'il veut seulement que je lui donne le maximum d'argent.

C'était suffisamment ignoble, mais elle avait encore besoin de croire qu'il l'aimait.

— J'appellerai ton avocat de Dublin avant de partir, ne t'inquiète pas.

Cela lui permettrait de contacter quelqu'un en cas de besoin. Elle se sentait trop seule en Irlande à présent qu'elle ne pouvait plus faire confiance à Finn. Mais curieusement, même maintenant, malgré son côté cruel, Hope n'avait pas peur de lui. Elle savait qu'il possédait aussi des qualités. Peut-être était-il malade ? Peut-être était-ce pour cette raison qu'il écrivait des livres si noirs ? Parce que ses sombres personnages vivaient dans sa tête et étaient des facettes de lui-même qu'il cherchait à cacher dans la réalité.

— Je ne risque rien. Il faut seulement que j'aille jusqu'au bout.

Elle tendit le document à Mark et le remercia.

— Je t'appellerai avant de partir.

Elle avait envie d'être seule, de pleurer l'homme qu'elle aimait, un homme qui n'existait pas et qui n'avait peut-être jamais existé.

Après le départ de Mark, le silence lui parut écrasant. Elle songeait aux mois merveilleux qu'elle avait passés avec Finn, à la foi qu'elle avait eue en lui, à l'amour total qu'elle lui avait porté. Tout lui avait paru si réel. Des larmes roulèrent sur ses joues à la pensée que tous ces moments avaient sans doute été des mensonges. Elle avait toujours du mal à le croire et plus encore à l'accepter. Le rêve qu'elle avait vécu n'avait peut-être jamais été que cela. Un rêve. Et il avait soudain viré au cauchemar. Elle ne savait plus qui était Finn. L'homme tendre dont elle était tombée amoureuse ou le triste individu dont elle venait de découvrir le passé ? Pour cela, elle devait rentrer en Irlande et le regarder dans les yeux. Alors seulement, elle connaîtrait la vérité.

18

Hope attendit 4 heures du matin pour téléphoner à l'avocat, sachant qu'il serait 9 heures à Dublin. Sa main tremblait en tenant le morceau de papier où figurait son numéro. Une standardiste décrocha et la pria de patienter. Après une légère attente, elle fut transférée à une secrétaire. Hope expliqua qu'elle appelait de New York et celle-ci lui passa Robert Bartlett. Il avait un accent américain et une voix agréable. Mark Webber lui avait envoyé un mail pour l'informer du possible appel de Hope. Avant d'être muté à Dublin, Robert Bartlett avait dirigé le cabinet d'avocats avec lequel Mark travaillait à New York. Après quelques années passées en Irlande, il était sur le point de rentrer aux Etats-Unis et le regrettait, car il avait apprécié son séjour en Irlande.

Il ignorait la nature du problème dont Hope voulait l'entretenir, mais il savait qu'elle était une cliente importante de Mark. Il était également conscient de l'heure qu'il était à New York. Sans connaître Hope, il décela aussitôt une tension dans sa voix lorsqu'elle se présenta.

— En quoi puis-je vous être utile, madame Dunne ? dit-il d'un ton rassurant. Il est très tard à New York.

— Il s'agit d'une situation compliquée et de nature personnelle, répondit-elle nerveusement.

Il semblait calme et détendu, et sa voix était étonnamment jeune. Elle ne savait pas ce qu'elle attendait de lui, ni même ce qu'elle allait faire au juste. Il était sans doute ridicule de solliciter les conseils d'un parfait inconnu. Il n'était ni garde du corps ni psychologue, à supposer qu'elle cherche l'un ou l'autre. Malgré tout, elle sentait qu'elle avait besoin d'aide ou qu'elle allait en avoir besoin et elle était soulagée à l'idée d'avoir un contact à Dublin. Elle ne pouvait retourner en Irlande sans avoir un soutien sur place, quel qu'il soit. Et elle n'avait que lui.

— A vrai dire, je ne sais pas si vous pourrez m'aider ni même si j'aurai besoin de vous. Mon agent, Mark Webber, m'a conseillé de vous téléphoner.

Après avoir examiné le rapport du détective, elle aussi pensait que c'était une bonne idée. Sa relation avec Finn risquait d'aboutir à des complications juridiques. Elle espérait que les choses allaient s'arranger entre eux mais n'en était pas certaine. Et après ce qu'elle avait lu, elle craignait le pire.

— Bien sûr. Je vous écoute, madame Dunne.

Sa voix était empreinte de gentillesse et d'intelligence. Il semblait patient. Elle se sentait un peu bête, car elle avait l'impression d'avoir à lui demander un conseil sentimental, et peut-être était-ce le cas en effet. Sauf qu'il s'agissait aussi d'évaluer les risques potentiels. A présent, elle ignorait qui était réellement Finn, ce qu'elle représentait pour lui, l'étendue de sa détresse financière et sa malhonnêteté. Il était clair que l'argent comptait beaucoup pour lui. Mais jusqu'à quel point ? Peut-être tenait-il sincèrement à elle, en dépit de tout ce qu'elle avait lu dans le rapport. Elle voulait encore le croire, aussi peu probable cela soit-il.

— Je me sens ridicule de vous raconter tout cela, expliqua-t-elle en se jetant à l'eau, mais je ne sais plus du tout où j'en suis.

L'appartement était plongé dans l'obscurité. Au cœur de la nuit, tout semble pire, le danger rôde, la terreur grandit et les fantômes sont là.

— J'ai une liaison depuis un an environ avec un homme qui vit en Irlande, entre Blessington et Russborough. Il possède aussi une maison à Londres. Il s'agit d'un auteur à succès très connu, mais qui se trouve actuellement dans une situation désastreuse tant sur le plan professionnel que financier. J'ai fait sa connaissance à Londres l'année dernière lors d'une séance photo. Pour être honnête, il m'a éblouie. Il est venu me voir à New York et est resté plusieurs semaines chez moi. Depuis, nous ne nous sommes pratiquement plus quittés. Je suis allée le retrouver dans sa maison en Irlande. Il m'avait affirmé en être propriétaire.

Robert Bartlett écoutait attentivement et l'encourageait à poursuivre, tout en prenant des notes.

— Il m'avait dit que c'était la maison de ses ancêtres et qu'il l'avait rachetée deux ans plus tôt, reprit-elle. Ce n'était pas vrai. Quand j'ai découvert qu'il la louait, je lui en ai parlé et il a reconnu avoir eu honte de m'avouer qu'il n'en était pas propriétaire. Pour tout vous dire, après neuf mois absolument idylliques, j'ai découvert qu'il m'avait menti sur trois points importants à peu près au même moment. Jamais je n'avais été aussi heureuse. Il était l'homme le plus tendre que j'aie connu.

La tristesse s'entendait dans sa voix.

— Comment avez-vous appris la vérité ? demanda-t-il, intrigué.

Elle semblait intelligente, pas particulièrement naïve, et il savait aussi qu'elle gérait très bien ses affaires. Si elle s'était laissé abuser, l'homme devait être charmeur et convaincant. Apparemment, elle n'avait eu aucune raison de douter de sa parole.

— Par hasard. Le deuxième mensonge concerne son fils. Finn m'avait dit qu'il l'avait élevé tout seul après la mort de sa femme. Mais quand Michael est venu nous voir en Irlande, il m'a révélé que ce n'était pas vrai.

Bartlett savait de qui elle parlait, mais s'abstint de tout commentaire. Elle n'avait pas choisi n'importe qui. En apparence, tout au moins, ils semblaient sur un pied d'égalité, même si la réalité était tout autre. Par conséquent, au début, tout avait dû aller de soi.

— Il m'a appris qu'il avait grandi avec ses grands-parents maternels en Californie, que petit il avait à peine connu son père et qu'il le voyait rarement. J'en ai parlé à Finn. Là encore, il a prétendu qu'il était gêné de me dire qu'il n'avait pas élevé son fils, mais il s'est gardé de m'avouer qu'il le connaissait à peine.

Elle marqua une courte pause.

— Pour revenir à la maison, lorsque j'ai découvert qu'il la louait, il a continué à affirmer qu'elle avait appartenu à ses ancêtres du côté maternel. Là aussi, c'était faux.

Bartlett écoutait avec attention cet incroyable récit.

— Mais je dois aussi vous dire que lorsqu'il m'a avoué qu'il avait honte de louer la maison, je l'ai achetée. C'était en avril et nous avions prévu de nous marier.

— C'était un cadeau ? Vous l'avez mise à son nom ?

Il n'y avait nul reproche, nulle critique dans sa question.

— C'était une sorte de futur cadeau. Elle est à mon nom, mais j'allais la lui offrir le jour de notre mariage. Pour le moment, je la lui loue pour une somme symbolique. Deux cents dollars par mois, afin que tout soit clair entre nous. Elle m'a coûté un million et demi de dollars et à peu près autant en travaux et en mobilier.

Avec le recul, elle se rendait compte qu'elle avait dépensé une fortune pour cette maison. Bien sûr, en théorie, elle en était propriétaire, mais elle n'avait fait tout cela que pour lui.

— Lors de l'achat, j'ai fait établir des papiers. Au cas où je mourrais avant lui, elle lui reviendra de plein droit, et si nous avons des enfants, ils se la partageront.

— Sait-il cela ?

— Je ne suis pas sûre, mais je crois le lui avoir dit. A l'époque, j'étais persuadée que c'était la maison de ses ancêtres. Il n'y a que quelques semaines que j'ai appris que c'était faux.

— Il semble très doué pour la comédie.

A chaque fois, il avait profité de sa compassion. Sa technique était tout à fait au point.

— Je lui ai aussi indiqué la somme que mon ex-mari m'avait versée lors de notre divorce. Je ne voulais pas avoir de secrets pour lui. Finn voulait la connaître et je la lui ai révélée. Cinquante millions de dollars, plus cinquante autres à la mort de Paul, poursuivit Hope.

— Espérons que cela n'arrivera pas avant longtemps, lança Robert Bartlett.

Il y eut un bref silence, et Hope prit une profonde inspiration.

— Il est décédé cette semaine. Il était malade depuis onze ans. C'est la raison pour laquelle il avait demandé le divorce. Il voulait m'épargner cette épreuve.

— Je suis désolé, murmura Bartlett avec douceur. Permettez-moi de revenir sur un point. Vous allez donc toucher prochainement cinquante millions. C'est bien ça ?

— Oui.

Il y eut un léger sifflement à l'autre bout du fil et elle sourit.

— C'est beaucoup, je sais. Paul avait investi dans une société qui fabrique des instruments chirurgicaux, et il a fait fortune lorsqu'il a vendu ses parts.

— Finn vous a-t-il jamais demandé de l'argent ?

Il ne devait pas avoir eu à le faire. Il avait déjà très bien tiré son épingle du jeu puisqu'elle avait promis de lui offrir la maison, lors de leur mariage ou à sa mort. Dans un cas comme dans l'autre, il était gagnant.

— Oui, récemment, avoua-t-elle. Il voulait cinq millions sur un compte courant. Et davantage, quand nous serions mariés. Cela s'est passé le mois dernier. Il n'en avait jamais été question auparavant. Il a des problèmes financiers et c'est à cette occasion que j'ai découvert son troisième mensonge. Il m'avait dit qu'il venait de signer un nouveau contrat avec son éditeur, pour une somme considérable, et nous avions d'ailleurs fêté cette bonne nouvelle. En réalité, il a deux livres en retard, son contrat a été résilié et sa maison d'édition lui réclame trois millions de dollars de dommages et intérêts.

— L'argent qu'il voulait était-il destiné à régler cette affaire ? S'agissait-il d'une sorte de prêt à ses yeux ?

— Je ne crois pas, répondit-elle après réflexion. Lorsqu'il m'a dit qu'il n'avait plus un sou, je lui ai proposé de l'aider et d'ouvrir un compte à son nom en y mettant un peu d'argent. De toute manière, c'est moi qui règle les factures. Mais il exige cinq millions et il ne veut pas avoir à me rendre de comptes. Ce serait un cadeau, en somme. Et plus après le mariage.

— Et le mariage était prévu pour quand ?

A en juger par ce qu'elle lui racontait, il ne pouvait qu'espérer que ce n'était pas pour tout de suite.

— A l'origine, il devait avoir lieu en octobre.

Elle ne parla pas du bébé qu'elle avait perdu. Il n'avait pas besoin de le savoir. C'était sans rapport avec son récit et le souvenir en était encore très douloureux.

— Nous l'avons reporté à la fin de ce mois-ci, la veille du jour de l'an. Mais récemment je lui ai dit que je voulais attendre le mois de juin. Il est furieux.

— Ça ne m'étonne guère, répondit Robert Bartlett, franchement inquiet à présent.

Toute cette histoire lui déplaisait de plus en plus.

— Il a beaucoup à gagner en vous épousant, madame Dunne. Une maison, de l'argent, des revenus réguliers, un certain standing. Il semble que vous ayez été extrêmement généreuse avec lui. De plus, il connaît votre situation financière. Il sait donc parfaitement ce qu'il fait.

— Appelez-moi Hope, je vous en prie. Oui, c'est vrai, murmura-t-elle, assise dans le noir.

Finn savait exactement ce qu'elle avait et ce qu'il voulait. Tout, peut-être.

— Vous dites que vous réglez les factures en ce moment. Contribue-t-il aux dépenses d'une manière ou d'une autre ?

— Non.

— L'a-t-il jamais fait ?

— Pas vraiment. Il achète les journaux, va de temps en temps à la quincaillerie. En général, il demande à ce que tout soit mis sur mon compte.

Bien sûr. Ce type a trouvé le filon, songea Bartlett, s'abstenant de tout commentaire.

— Il était censé me verser un loyer symbolique, mais je ne l'ai jamais touché. Je lui avais fait cette proposition pour ménager sa fierté.

A présent, Bartlett était convaincu que Finn en était totalement dépourvu. Sa seule motivation semblait être l'intérêt.

— De plus, il tient absolument à ce que nous ayons un enfant. Il voulait même que je suive un traitement. Il m'a emmenée voir une spécialiste à Londres.

— Et vous l'avez fait ? s'enquit Bartlett, tendu.

— Non... enfin, oui, mais j'ai perdu le bébé. Finn veut que nous recommencions, mais je n'y tiens pas, surtout maintenant.

— Soyez très prudente, Hope. Si vous aviez un enfant, ce type mettrait vraiment le grappin sur vous. Il sait exactement ce qu'il fait.

— J'ai appris qu'il avait essayé de soutirer de l'argent à sa belle-famille à la mort de sa femme, murmura Hope. Je ne suis pas sûre que son fils le sache. J'ai l'impression que non.

— Si cela ne vous ennuie pas, je vous conseille vraiment d'attendre avant d'essayer d'avoir un bébé.

Plus elle parlait avec lui, plus elle l'appréciait. Il semblait simple et honnête. Et leur conversation l'aidait à y voir plus clair.

— D'accord. Il y a encore autre chose. J'ai trouvé chez lui la photo d'une femme qu'il avait fréquentée étant jeune. Il m'a dit qu'elle s'était suicidée et il m'a alors demandé si je pourrais faire la même chose. J'ai eu une drôle d'impression, comme s'il pensait que le geste de cette femme était une sorte d'hommage envers lui et prouvait combien elle l'aimait.

Pour la première fois depuis qu'il écoutait Hope, Robert Bartlett eut peur. Petit à petit, le tableau se précisait, devenait à la fois familier et dangereux. Si on assemblait tous les morceaux du puzzle, on avait le portrait type du psychopathe. Hope était seule en Irlande, sans parents ni amis ; elle était amoureuse de lui ; elle avait de l'argent, beaucoup d'argent ; elle était une proie facile, et le serait bien plus encore s'ils se mariaient. Tout en se félicitant qu'elle lui ait téléphoné, il lui demanda si elle avait des enfants. Il y eut un autre bref silence à l'autre bout du fil.

— J'avais une fille. Elle est morte il y a quatre ans, d'une méningite. Elle était étudiante à Dartmouth.

— Je suis vraiment désolé.

Il était sincère, et Hope fut touchée.

— Je ne peux rien imaginer de pire, avoua-t-il. J'ai deux filles. Elles sont à l'université, et je me fais du souci rien qu'en pensant qu'elles sortent le soir en voiture !

— Je sais, affirma-t-elle doucement.

Robert Bartlett prit alors conscience que Hope était une victime idéale. Elle n'avait pas d'enfants susceptibles d'observer ce qui se passait et de la mettre en garde. Pire, il devinait qu'elle aimait peut-être encore cet homme. Il y avait dans son récit une espèce d'incrédulité, comme si elle s'attendait à ce qu'il la rassure et lui dise qu'il n'y avait aucune raison de s'inquiéter. C'était tout le contraire. Plus elle parlait, plus il avait peur pour elle. Et il sentait chez elle une innocence qui lui faisait craindre le pire. Il était convaincu qu'elle était réellement en danger. Finn O'Neill était à n'en pas douter un escroc de première catégorie. Et le suicide de sa première petite amie préoccupait Robert, tout comme son insistance à vouloir un enfant. Certes, pour le moment, il n'avait rien à gagner à la mort de Hope. Elle lui était plus utile en vie, mariée et enceinte. En revanche, si elle commençait à s'opposer à lui, à faire obstacle à ses projets, ce serait différent. Elle avait déjà reporté le mariage, refusé de lui verser de l'argent et ne souhaitait pas de nouvelle grossesse dans l'immédiat. Tout cela était de mauvais augure pour Finn O'Neill. Il allait donc être obligé de redoubler d'efforts pour la convaincre et, s'il n'y parvenait pas, elle courrait un sérieux danger. Car l'une des pires caractéristiques des psychopathes, Bartlett le savait, c'était qu'ils incitaient leurs victimes à s'autodétruire, sans avoir à se salir les mains. Comme la petite amie d'O'Neill. Heureusement, jusqu'à présent, Hope semblait lucide. Il se réjouit une fois de plus qu'elle l'ait contacté. Il avait connu des situations similaires par le passé, mais Finn O'Neill lui semblait particulièrement expert à ce jeu.

— Son dernier mensonge, poursuivit Hope, celui concernant son éditeur et le procès, m'a vraiment fait peur. Cette fois-là, il m'a dit qu'il avait eu honte de me dire la vérité parce que cela le mettait en situation d'échec par rapport à moi et à ma réussite. Il a toujours la même excuse à la bouche. En réalité, je crois qu'il ment. Tout allait bien entre nous jusqu'au mois de juin, quand j'ai perdu le bébé. Il a dit que c'était ma faute, que je n'avais pas fait suffisamment attention. Il était très déçu, très en colère et a été très méchant. Après, il a beaucoup insisté pour que je retombe enceinte tout de suite, mais mon médecin s'y est opposé. J'avais failli mourir.

A l'autre bout du fil, Bartlett fronça les sourcils.

— Jusqu'alors, il avait été merveilleux et était enchanté à l'idée d'avoir un bébé. D'ailleurs, à ce propos, je dois vous dire que nous n'avons pas suivi de traitement pour la fertilité. Il m'a enivrée et nous avons eu des relations sexuelles sans protection. Il savait ce qu'il faisait.

A ce stade, Bartlett n'en doutait plus. Elle prêchait un converti.

— Bref, ça a marché. Et pendant six mois, tout a été fantastique. Après la fausse couche, les choses se sont arrangées et l'été s'est bien passé. Mais maintenant, il est presque constamment en colère contre moi. Parfois, il redevient adorable, et puis il change du tout au tout. Il s'est mis à boire davantage. Il est très stressé à cause du procès et il n'écrit pas. Nous nous disputons sans arrêt, et il est toujours en train de faire pression sur moi pour une chose ou une autre. Il n'était pas comme ça avant. Il était parfait, merveilleux. Oh, ça lui arrive encore, mais à présent il y a plus de mauvais moments que de bons. Certains jours, il change si vite d'humeur que j'en ai le vertige. Quand j'ai quitté Dublin il y a une semaine, j'étais complètement déboussolée. Il n'arrêtait pas de me répéter que j'étais en train de devenir folle, et je commençais à le croire.

— C'est exactement ce qu'il veut vous faire croire, Hope. Vous n'êtes pas folle du tout. En revanche, je suis certain que lui l'est. Je ne suis pas psychiatre, mais il a le profil type d'un psychopathe. Il essaie de vous laver le cerveau, en quelque sorte, de vous embrouiller les idées. Quand vous a-t-il demandé de l'argent ?

— Il y a quelques semaines. J'ai dit non, et depuis nous nous querellons constamment. Pour tout vous dire, quand je suis allée à New York en novembre, j'étais si inquiète que j'ai chargé mon agent d'engager un détective privé pour se renseigner à son sujet.

Elle lui révéla alors le contenu du rapport.

— Son frère aussi pense qu'il est psychopathe. Même son enfance est une invention. Il prétend être fils unique, alors qu'il a trois frères. Sa mère était domestique et non aristocrate, son père n'était pas médecin et il est mort lors d'une altercation dans un bar. Il n'y a pas une once de vérité dans ce qu'il m'a dit sur son passé. Et tous ceux qui l'ont connu s'accordent à dire que c'est un menteur pathologique.

Après ce qu'elle lui avait confié jusque-là, Bartlett en était intimement persuadé.

— La dernière partie du rapport m'est parvenue hier, et elle n'est pas mieux que le reste. Sa femme est morte dans un accident de la route. Il était au volant, en état d'ivresse, alors qu'il m'avait dit qu'elle était seule dans la voiture. D'après le rapport, elle était blessée mais vivante après l'accident. Finn souffrait d'un traumatisme crânien, mais il était conscient. Pourtant, il n'a pas appelé les secours et elle est morte. Cela dit, le rapport d'autopsie affirme qu'elle aurait succombé de toute façon.

Encore maintenant, nota Robert Bartlett, elle essayait de se montrer compréhensive envers Finn. C'était mauvais signe. Cela signifiait qu'elle était toujours amoureuse de lui et qu'elle n'avait pas totalement assimilé les informations qu'on lui avait livrées. Sans doute étaient-elles trop choquantes, trop douloureuses à accepter.

— Il a été condamné avec sursis pour la mort de l'autre conducteur, poursuivit-elle. Et il y a d'autres points qui me gênent. Ses ex-beaux-parents sont convaincus qu'il est responsable de la mort de leur fille et qu'il voulait s'approprier sa fortune. Il a essayé de récupérer l'argent qu'elle avait légué à leur fils. Et maintenant, il veut le mien. Indirectement, il est responsable de la mort de deux femmes. Il m'a menti sur tous les plans. Je ne sais plus quoi penser.

Elle avait prononcé ces derniers mots d'une voix qui tremblait.

S'il n'avait déjà entendu semblable récit, Robert Bartlett aurait été stupéfié par tout ce qu'elle venait de lui révéler. Finn était l'exemple parfait du psychopathe. A force d'alterner cruauté calculée et marques de tendresse et d'attention, il finissait par paralyser sa victime, qui s'accrochait aux bons moments en dépit des mauvais. Mais, au fil du temps, celle-ci devenait plus difficile à berner. Hope en était là. Elle commençait à se réveiller et à voir Finn tel qu'il était réellement. Cependant, et c'était compréhensible, elle ne pouvait tout à fait s'y résigner. Elle avait du mal à accepter cela de quelqu'un qu'elle aimait et qui lui avait témoigné tant d'amour.

— Je ne veux pas que vous soyez sa prochaine victime, affirma Robert Bartlett d'un ton ferme, même s'il était conscient que par certains côtés, elle l'était déjà.

Mais surtout, il avait très peur que Finn ne la tue, ne la pousse au suicide ou ne provoque un accident si elle se rebellait trop ou cessait de lui être utile.

— Moi non plus, soupira-t-elle d'une voix accablée. C'est pour cette raison que je vous ai téléphoné.

— Vous savez, reprit-il, l'attitude qu'il a eue avec vous au début, quand il était si charmant, s'appelle l'effet miroir. Un psychopathe vous renvoie l'image de celui que vous recherchez et que vous voulez qu'il soit. C'est plus tard, beaucoup plus tard, que sa véritable personnalité se révèle. Qu'allez-vous faire, Hope ?

Il éprouvait une profonde compassion pour elle. Peut-être parce qu'il comprenait mieux que la plupart des gens combien il était difficile d'affronter ce type de situation et d'y réagir.

— Je l'ignore, avoua-t-elle, même si cela peut vous paraître fou. Tout a été si merveilleux pendant neuf mois, et maintenant tout devient si affreux que je me sens perdue. Personne n'a jamais été aussi gentil avec moi, aussi tendre. Je voudrais que les choses redeviennent telles qu'elles étaient au début.

C'était impossible et elle commençait à s'en rendre compte. Mais elle refusait de s'y résoudre. Pas encore. Elle voulait que Finn lui prouve le contraire. Elle aurait préféré ne jamais avoir lu le rapport du détective et pouvoir continuer à croire à son rêve. Mais il était trop tard à présent. Pourtant, elle voulait retourner voir Finn et en avoir le cœur net. En l'écoutant, n'importe qui aurait pensé qu'elle était folle. Mais pas Robert Bartlett. Elle avait eu de la chance de le trouver.

— Ce n'est pas possible, Hope, expliqua-t-il avec douceur. L'homme que vous avez connu au début, celui dont vous êtes tombée amoureuse, n'existe pas. Le véritable Finn est un monstre dépourvu de cœur et de conscience. Les premiers temps, il jouait un rôle pour vous séduire. Mais c'est terminé. Nous en sommes au dernier acte, celui où le méchant porte le coup fatal.

Il en allait ainsi dans tous les romans que Finn écrivait.

— Vous pouvez y retourner pour vous en assurer. Personne ne vous en empêchera, mais il est possible que vous couriez un risque. Un très gros risque, même. Si vous y allez, il faut que vous soyez prête à vous enfuir très vite, à prendre vos jambes à votre cou dès que vous sentirez un danger. Vous ne pourrez pas rester et négocier avec lui.

Il marqua une pause.

— Je suis bien placé pour le savoir, Hope. Je n'en parle pas souvent, mais je me suis trouvé dans la même situation. J'ai été marié à une Irlandaise, une femme très belle et adorable. Je croyais tout ce qu'elle me disait. Comme Finn, elle avait eu une enfance épouvantable. Ses parents étaient alcooliques et elle avait été placée dans des familles d'accueil où elle avait été victime de traitements abominables. C'est peut-être pourquoi elle avait le visage d'un ange et le cœur d'un démon. Je l'ai défendue peu après avoir terminé mes études alors qu'elle était accusée d'homicide involontaire. Elle avait tué son petit ami et affirmait qu'il avait tenté de la violer. Tout portait à la croire et j'étais convaincu de son innocence. J'ai réussi à obtenir son acquittement. Si c'était à refaire, je n'agirais pas de la même façon. Elle m'a détruit, m'a laissé sans un sou et m'a quitté en emmenant les enfants. Je l'avais épousée juste après le procès. Elle a même essayé de me tuer. Une nuit, elle est revenue et m'a poignardé, en essayant de faire croire à l'acte d'un cambrioleur. Malgré cela, je suis retourné vers elle, avec l'espoir que ça marcherait, refusant d'accepter l'évidence, en dépit de tout ce que je savais. Je l'aimais, je l'adorais et je ne voulais qu'une chose : sauver mon mariage et rester avec mes enfants. Il y a sept ans, elle les a enlevées et est venue se cacher en Irlande. Par miracle, le cabinet où je travaille cherchait un directeur pour l'antenne de Dublin et j'ai sauté sur l'occasion pour être plus près de mes filles. Je ne pouvais pas la forcer à les ramener aux Etats-Unis. Elle est très intelligente. Dieu merci, mes enfants vont bien. La plus jeune est partie étudier aux Etats-Unis il y a deux mois et je vais réintégrer mon poste à New York au printemps. Depuis, Nuala s'est remariée deux fois, à chaque fois par intérêt. Son premier mari est mort il y a deux ans après avoir pris un médicament auquel il était allergique et qu'elle lui avait fait avaler. Elle a réussi à persuader le juge de son innocence et elle a hérité de sa fortune. Et je suis sûr qu'un de ces jours elle va recommencer avec son mari actuel. Elle n'a pas la moindre conscience. Sa place est en prison, mais j'ignore si elle ira jamais. Elle est complètement malade et rien ne l'arrête. On dirait qu'elle veut se venger du monde entier pour ce qu'elle a subi. Par conséquent, je sais ce que vous ressentez. J'ai mis une éternité à comprendre que la douce Nuala n'était qu'une façade et qu'elle cachait parfaitement son jeu. Elle était si convaincante que je la croyais toujours, quels que soient ses mensonges et les abominations qu'elle avait commises. Au bout d'un certain temps, mes filles sont venues vivre avec moi, mais ça ne lui a rien fait. Elle ne les voit même plus à présent. Elle est trop occupée à dépenser l'argent de son défunt mari, celui qu'elle a assassiné en lui administrant le mauvais médicament. Elle savait pertinemment que ce serait fatal pour son cœur et elle a attendu une heure avant d'appeler les secours, prétextant qu'elle dormait quand il est mort et qu'elle n'avait pas su quoi faire en le trouvant. Le pire, c'est qu'on l'a crue. Elle a pleuré toutes les larmes de son corps à l'audience. Elle était inconsolable. Une fois de plus, elle a épousé l'avocat chargé de la défendre, et un de ces jours, il va connaître le même sort que le précédent. Tous les hommes qu'elle a quittés l'ont pleurée, moi le premier. Il m'a fallu des années pour m'en remettre, cesser de l'aimer et l'oublier. Auparavant, je suis retourné cent fois vers elle. Alors, je comprends. Si vous aussi éprouvez toujours le besoin de le retrouver malgré les preuves, personne ne peut vous en empêcher. Mais tenez-vous prête, Hope. Si vous sentez quelque chose, n'attendez pas, fuyez. C'est le meilleur conseil que je puisse vous donner. Soyez vigilante et fiez-vous à votre instinct. A la moindre inquiétude, partez. Immédiatement. Ne prenez même pas le temps de faire vos valises.

Hope resta silencieuse, stupéfaite. L'histoire de Robert Bartlett était terrifiante. Mais celle de Finn l'était tout autant.

— Je n'ai plus que lui, avoua-t-elle tristement, et il a été si gentil avec moi pendant les premiers mois. Paul n'est plus là et ma fille non plus.

Elle pleurait à présent.

— C'est comme ça que ces gens-là procèdent, Hope. Ils visent les naïfs, les innocents, ceux qui sont seuls et vulnérables. Leur pouvoir ne fonctionne pas sur des gens qui sont entourés. Ils isolent leurs victimes, comme il l'a fait avec vous, et ils les choisissent avec soin. Il savait que vous n'aviez que votre ex-mari et que celui-ci était très malade. Il vous a fait venir en Irlande où vous n'avez ni famille ni amis, personne pour veiller sur vous. Vous êtes une victime idéale. Il faut que vous en ayez conscience quand vous reviendrez. A propos, quand comptez-vous venir ?

Il savait que c'était ce qu'elle allait faire. Il devinait qu'elle n'était pas encore prête à tourner la page. Il avait

241

agi de la même façon, autrefois. Elle avait besoin que Finn se dévoile davantage et lui fasse subir un autre choc, pour lui faire oublier le gentil Finn. En montrant les deux facettes de sa personnalité en totale opposition l'une avec l'autre, jouant tantôt l'amour fou du début, tantôt la cruauté brutale, lorsque le masque tombait, Finn espérait amener Hope à croire qu'elle était folle. Nombre de psychopathes poussaient au suicide des gens tout à fait normaux, incapables de comprendre ce qui leur arrivait. Robert Bartlett ne voulait pas que Hope connaisse un tel sort. Il espérait être là pour la soutenir, l'aider à s'échapper et à s'extraire de la situation lorsqu'elle y serait prête.

Hope avait été profondément touchée par son récit, sa franchise, son honnêteté, et la compassion qu'il montrait face à ce qu'elle vivait. Elle n'arrivait pas à faire la part des choses vis-à-vis de Finn. Elle était prise entre sa tendresse du début, les sentiments qu'elle éprouvait pour lui, et le rapport accablant qui venait étayer ses doutes. Comme l'avait souligné Robert Bartlett, il était très difficile de saisir ce qui se passait à moins d'avoir connu une situation similaire. Mark, par exemple, n'avait absolument pas compris qu'elle veuille repartir pour l'Irlande.

— Merci de ne pas m'avoir dit que j'étais stupide de retourner le retrouver. Je ne peux pas m'empêcher d'espérer qu'il redeviendra comme avant.

— Quand on aime, il en est toujours ainsi. Et il est probable qu'il sera charmant l'espace d'une soirée ou de quelques heures. Mais cela ne durera pas. Il ne joue ce rôle que dans le but d'arriver à ses fins. Et si vous vous opposez à lui, si vous refusez de lui accorder ce qu'il demande, vous serez en danger, répéta-t-il, et il frappera très vite. Avec un peu de chance, il se contentera de vous faire très peur. Essayons d'éviter que ça n'aille plus loin.

C'était la seule chose qu'il pouvait faire pour elle. Hope s'accrochait encore à l'idée que Finn était l'homme qu'elle avait cru connaître, qu'il allait se reprendre et la traiter correctement. Robert Bartlett savait que cela n'arriverait pas, mais Hope devait en faire elle-même l'expérience. Et peut-être plusieurs fois. Elle était la victime idéale. Seule, perdue, vulnérable, espérant envers et contre tout, et refusant de voir l'évidence.

— Accepteriez-vous de passer par mon bureau avant de rentrer à Russborough ? suggéra-t-il. Je vous donnerai mes coordonnées, nous prendrons un café et ainsi vous pourrez retourner auprès de Jack l'Eventreur.

Son ton était taquin et elle ne put s'empêcher de rire. L'image n'était flatteuse ni pour Finn ni pour elle, mais il avait raison.

— Je vous proposerais bien de venir me rendre visite à la maison, mais j'imagine que cela vous vaudrait des ennuis. La plupart des psychopathes sont extrêmement jaloux.

— Il l'est. Au restaurant, il n'arrête pas de me reprocher de flirter avec les serveurs.

— Ça ne me surprend pas. Ma femme m'accusait toujours de coucher avec mes secrétaires, ou la jeune fille au pair, ou même des femmes que je n'avais jamais vues. J'étais constamment en train de me défendre et d'essayer de la convaincre de mon innocence. J'ai appris par la suite que c'était elle qui me trompait !

— Je ne crois pas que ce soit le cas de Finn, répondit Hope avec assurance. En revanche, il me soupçonne d'avoir des aventures avec tout le monde au village, y compris les artisans qui ont travaillé chez nous.

— Si vous le pouvez, essayez de ne pas lui donner de raisons de s'énerver. Je sais que c'est difficile. Les gens comme lui accusent sans cesse et sans raison.

Elle ne lui semblait pas du genre allumeuse. Au contraire, il avait l'impression qu'elle était honnête et droite. De son côté, Hope se sentait mieux après cette conversation. Elle ne craignait plus d'avoir perdu la raison.

— J'imagine qu'il va vous reparler d'argent. C'est son objectif principal, avec le mariage et peut-être un bébé.

Il s'abstint d'ajouter que la plupart des psychopathes avaient une sexualité très développée. C'était pour eux une façon de prendre le contrôle sur leurs victimes. Nuala avait été sensationnelle au lit. Elle s'en était servie pour le garder sous sa coupe et il avait eu beaucoup de mal à s'en libérer. Un bon psy et son propre bon sens l'avaient sauvé. Et bien que Hope soit toujours amoureuse de Finn et de l'idée qu'elle se faisait de lui, elle semblait très sensée. Elle faisait seulement preuve d'espoir, de naïveté, de foi et d'amour, aussi peu mérité soit-il.

Tout en lui parlant, Hope avait réfléchi. Elle avait décidé de repartir le lendemain, par le vol de nuit. Elle arriverait à Dublin de bonne heure et cela lui permettrait de faire sa connaissance avant de retourner à Blaxton House. Ils se fixèrent rendez-vous à 10 heures.

— C'est parfait. Je serai disponible, assura-t-il avant de lui poser une dernière question : Que comptez-vous faire de cette maison quand cette histoire sera terminée ?

Il ne s'agirait pas d'un divorce, et par conséquent elle n'aurait aucune obligation envers Finn.

— Je ne sais pas. J'y ai déjà songé, mais je ne vois aucune solution.

Elle espérait toujours avoir un avenir avec Finn, tout en ayant conscience à présent que leur histoire pourrait avoir une fin.

— Je pourrais continuer à la lui louer, mais je ne suis pas sûre de le vouloir. Ce serait garder un lien avec une période que je préférerai peut-être oublier. En même temps, je crois que je me sentirais coupable si je devais le jeter dehors.

C'était pourtant tout ce que ce type méritait, songea Robert, mais il était clair que Hope n'en était pas là. Il se rendait compte qu'elle espérait que cela ne se produirait pas.

— Vous n'avez pas besoin de vous inquiéter pour ça maintenant. Profitez bien de votre dernière journée à New York et à après-demain !

Elle le remercia et raccrocha. Il était 6 h 30 quand elle alla enfin se coucher. Elle se sentait plus calme qu'elle ne l'avait été depuis des mois. Au moins, elle avait à présent un soutien en Irlande. A en juger par son récit, Robert Bartlett avait vécu une expérience pire que la sienne, bien que Finn n'ait pas grand-chose à envier à son ex-épouse, avec une vie passée à mentir et deux femmes mortes à cause de lui. Hope était suffisamment lucide pour s'en rendre compte. Malheureusement, en dépit de tout ce qu'elle savait sur lui, elle l'aimait encore. Elle ne voulait pas renoncer à son rêve et lui était toujours profondément attachée, surtout maintenant que Paul n'était plus là. Finn était le seul soutien qui lui restait et c'est pourquoi il lui serait d'autant plus difficile de le quitter. Car, sans lui, elle serait totalement seule.

Pendant qu'elle dormait, Finn l'appela deux fois. A chaque fois, elle ouvrit les yeux, vit son numéro sur le cadran de son portable et se retourna sans répondre. Elle ne comptait pas l'avertir de son retour imminent. Elle lui ferait la surprise. Mais, auparavant, elle voulait passer quelques heures avec Robert Bartlett à Dublin.

19

Il se mit à neiger le soir où Hope devait quitter New York et son avion resta cloué au sol le temps que la tempête s'apaise. Il décolla avec quatre heures de retard et le vol fut long et agité. A Dublin, Hope mit une éternité à récupérer ses bagages. Au lieu d'être au cabinet de Robert Bartlett à 10 heures, elle y arriva à 14 h 30, fatiguée et mal coiffée, tirant sa valise derrière elle.

— Je suis vraiment désolée, s'excusa-t-elle alors qu'il venait l'accueillir.

C'était un homme de haute taille, mince, à l'air distingué et aux cheveux blonds grisonnants. Il avait de beaux yeux verts et une fossette au menton bien visible quand il souriait. Il semblait ouvert et chaleureux. Il proposa du thé à Hope tandis qu'elle prenait place dans un des fauteuils confortables. Le cabinet avait ses locaux dans un immeuble ancien situé dans le sud-est de Dublin, sur Merrion Square, près de Trinity College. Il était entouré de ravissantes maisons et proche d'un grand parc. Le plancher était vieux et les fenêtres fermaient mal, mais il y régnait une atmosphère de désordre sympathique. L'endroit était aux antipodes de leur siège new-yorkais, ultramoderne et impersonnel. Par certains côtés, Robert regrettait de repartir. Après sept ans à Dublin, il s'y sentait chez lui, et ses filles aussi. Mais à présent, elles étudiaient toutes les deux sur la côte est des Etats-Unis et il voulait se rapprocher d'elles, même si, expliqua-t-il à Hope, l'une d'elles envisageait de revenir en Irlande après ses études.

Hope et lui parlèrent très longtemps de Finn et des mensonges qu'il avait racontés. Il était clair qu'elle conservait l'espoir de voir la situation s'améliorer comme par enchantement. Robert ne tenta pas de l'en dissuader mais lui rappela qu'elle possédait un rapport accablant et qu'il était peu probable que Finn change, même si elle l'aimait. Robert Bartlett savait que le processus serait long avant qu'elle abandonne son rêve, et il espérait seulement que Finn ne lui ferait aucun mal d'ici là. Il lui conseilla à nouveau de se fier à son instinct et de ne pas hésiter à s'enfuir si elle se sentait menacée. Il tenait absolument à ce qu'elle suive ses recommandations. Il y allait de sa vie. Hope lui promit d'être vigilante, mais elle ne croyait pas que Finn puisse s'en prendre à elle physiquement. Il semblait préférer la torture psychologique. Elle ajouta qu'elle ne l'avait pas encore informé de son retour, et encore moins qu'elle rencontrait un avocat à Dublin.

La fin de l'après-midi approchait quand ils arrivèrent au bout de leur discussion. Robert Bartlett déclara qu'il n'aimait guère l'idée de la voir rentrer à Blaxton House le soir même. Elle devait louer une voiture. Elle lui avait confié qu'elle n'était pas sûre d'elle au volant en Irlande, surtout la nuit. De plus, Winfred et Katherine seraient rentrés chez eux et elle risquait de trouver Finn d'humeur maussade, peut-être même ivre. Tout cela déplaisait à Bartlett qui lui conseilla de passer la nuit à l'hôtel et de partir le lendemain matin, quand il ferait jour. Après avoir rapidement réfléchi, Hope suivit son conseil. Elle avait hâte de revoir Finn mais en même temps elle se sentait nerveuse, et arriver tard le soir n'était en effet pas prudent.

Robert lui recommanda un hôtel qu'il connaissait, et sa secrétaire se chargea de lui réserver une chambre. Comme il rentrait chez lui, il lui proposa de la déposer, ce qu'elle accepta avec reconnaissance. Bien que le sujet de leur discussion ait été grave et douloureux, elle avait passé un après-midi agréable avec lui. Elle se trouvait devant une situation horriblement décevante et pénible. Elle refusait toujours de voir Finn tel qu'il apparaissait dans le rapport, elle n'arrivait pas encore à croire à ce qu'elle avait appris à son sujet. Cependant, à présent, elle ne pouvait plus tergiverser, elle devait décider quoi faire. Cela lui brisait le cœur, car elle était toujours amoureuse. Elle était en plein marasme. Robert Bartlett lui avait affirmé que la situation finirait par se résoudre d'elle-même. C'était exactement ce que lui aurait dit son maître en Inde ou son moine au Tibet.

Une fois à l'hôtel, le portier se chargea de ses bagages. Robert Bartlett la regarda avec sollicitude. Il savait à quel point la période qu'elle traversait était éprouvante. Elle appréhendait ses retrouvailles avec Finn le lendemain. Serait-elle face au gentil ou au méchant Finn, à l'ancien ou au nouveau ? Elle lui avait avoué qu'elle se sentait stressée, surtout après les mises en garde qu'il lui avait prodiguées.

— Accepteriez-vous de dîner avec moi ce soir ? Dans un endroit tout simple ? Nous pourrions aller dans une pizzeria ou un chinois. Il y a aussi un très bon restaurant indien tout près d'ici, si vous préférez. J'ai une audience au tribunal demain matin et je sais que vous voulez partir de bonne heure. Je pourrais passer vous chercher dans une heure. Je n'habite pas très loin.

L'invitation de Robert Bartlett fit plaisir à Hope. C'était un homme sympathique, et elle pensait à tant de choses qu'elle n'avait pas envie de se retrouver seule dans sa chambre. Elle n'envisageait pas non plus de sortir seule à Dublin, ç'aurait été trop déprimant. Dîner avec lui serait agréable.

— J'en serais ravie, répondit-elle en souriant.

— Parfait. Je viendrai vous prendre dans une heure.

Hope monta dans sa chambre, qui était petite mais lumineuse. Elle n'avait rien à faire et s'allongea quelques minutes avant de prendre une douche, d'enfiler un jean et de se brosser les cheveux. Robert arriva une heure plus tard, comme promis. Elle le regarda tandis qu'ils roulaient vers le restaurant. Il était difficile de l'imaginer pris dans les griffes d'une femme, ou même sous son emprise. Il avait l'air calme et sensé. En jean, pull et caban, il faisait plus jeune que dans son costume. Il devait avoir à peu près le même âge que Finn. Il lui raconta qu'il était originaire de San Francisco. Il avait étudié à Stanford puis à Yale. Lorsqu'elle lui apprit que son père avait été professeur à Dartmouth, il s'exclama en riant qu'il avait battu leur équipe quand il jouait au football dans celle de Stanford. Il avait aussi pratiqué le hockey sur glace, à Yale, et semblait toujours en excellente forme physique, même s'il affirmait le contraire. En hiver, il adorait patiner avec ses filles, qui étaient toutes deux très sportives. Il avait hâte de les voir à Noël. Ils devaient se retrouver à New York pour les fêtes, et il en profiterait pour chercher un appartement puisqu'il devait rentrer en mars ou en avril.

Hope n'avait aucune idée de l'endroit où elle serait à ce moment-là. Soit à New York, le cœur brisé, soit en Irlande, si les choses s'arrangeaient avec Finn. Peut-être même seraient-ils mariés. Son espoir était palpable et Robert se contenta de hocher la tête sans faire de commentaire. Il en avait assez dit. Il ne pouvait rien faire de plus. Il était exclu d'intervenir pour l'instant. Il lui avait donné un papier où il avait inscrit son numéro de téléphone au bureau et à la maison, ainsi que son portable, en lui recommandant de le contacter sans hésiter en cas de besoin, quelle que soit l'heure. Il était là pour ça et il serait heureux de l'aider.

Tout en dégustant un curry, ils parlèrent des voyages que Hope avait faits. Robert était fasciné par ce qu'elle lui racontait et par son travail. Il n'était jamais allé

249

aussi loin. Hope fut frappée par la gentillesse de son regard.

Ils terminèrent leur repas de bonne heure et il la raccompagna à l'hôtel, lui souhaitant une bonne nuit et bonne chance pour le lendemain.

— Souvenez-vous que vous n'êtes plus seule. Je suis à une heure tout au plus de Blaxton House. Si les choses tournaient mal, appelez-moi et je ferais en sorte que les secours arrivent en quelques minutes. Ou prévenez la police. Ou enfuyez-vous, tout simplement.

Elle sourit. A l'entendre, c'était comme si une guerre se préparait. Elle ne pensait pas que Finn puisse jamais être violent ou dangereux vis-à-vis d'elle. Il pouvait avoir des paroles blessantes et lui chercher querelle, ou boire au-delà du raisonnable, mais elle n'imaginait pas que cela aille plus loin. Elle le connaissait bien et rassura Robert sur ce point. Sa femme avait été un cas exceptionnel.

A sa grande surprise, Hope dormit profondément cette nuit-là. Elle se sentait calme, en sécurité et rassurée de savoir qu'elle avait quelqu'un sur qui compter à Dublin. Sa conversation avec Robert lui avait donné le sentiment d'être moins seule. Le lendemain matin, avant de partir, elle téléphona à son cabinet pour lui laisser un message le remerciant du dîner. Elle quitta l'hôtel avant 9 heures pour se rendre à l'agence de location de voitures. Elle voulait être en route pour Russborough avant 9 h 30. Lorsqu'elle venait des Etats-Unis, ils arrivaient généralement à la maison vers 11 heures et elle avait prévu de dire à Finn qu'elle avait atterri le matin même pour lui faire une surprise. Elle lui avait envoyé un SMS la veille au soir, mais il ne lui avait pas répondu. Elle espérait qu'il était en train de travailler. Elle n'avait aucune intention de lui révéler qu'elle avait passé une nuit à Dublin. Il serait soupçonneux et forcément jaloux. Calme et reposée, elle prit la route de Blessington, puis celle de Russborough, et arriva à Blaxton

House avant 11 heures, exactement comme prévu. Il n'y avait personne dehors. C'était une froide matinée de décembre, et une mince pellicule de neige recouvrait le sol.

Laissant sa valise dans la voiture, elle grimpa les marches en courant et vit Winfred dès qu'elle entra dans la maison. Il parut ravi de son retour et lui sourit largement. Tandis qu'il allait chercher ses bagages, elle se hâta de monter dans leur chambre, tout excitée de retrouver Finn. Toutes les accusations portées contre lui n'existaient plus. Elles ne pouvaient être vraies. Elle l'aimait trop pour qu'elles le soient. C'était une erreur. Comment aurait-il pu en être autrement ?

Elle gagna la porte sur la pointe des pieds et l'ouvrit. Il faisait sombre dans la pièce. Finn dormait. Une bouteille de whisky vide était posée à côté du lit, ce qui expliquait pourquoi il n'avait pas répondu à son message la veille au soir. Il devait être ivre.

Elle se glissa à ses côtés, contempla longuement son beau visage et l'embrassa tendrement. Il lui avait suffi de le revoir pour retomber sous son charme. Il ne bougea que lorsqu'elle l'embrassa de nouveau. Là, il ouvrit un œil et tressaillit avant de lui décocher un grand sourire et de la serrer dans ses bras. Il sentait le whisky, mais elle s'en moquait. Elle se demanda si son roman avançait et s'il était sur le point de rendre au moins un des deux manuscrits en retard. Sa maison d'édition ne renoncerait pas au procès et elle ne voulait pas qu'il lui arrive une chose pareille.

— D'où viens-tu ? murmura-t-il avec un sourire ensommeillé.

— Je suis rentrée à la maison pour te voir, chuchota-t-elle tendrement alors qu'il l'attirait plus près.

Il s'étira, se tournant vers elle. Tous les bons conseils que Robert Barlett avait donnés à Hope étaient oubliés.

— Pourquoi ne m'as-tu pas téléphoné ? Je serais venu te chercher, lança-t-il en la déshabillant sans qu'elle émette la moindre protestation.

— Je voulais te faire une surprise, répondit-elle doucement.

Mais il n'écoutait plus. Il avait une bien meilleure surprise pour elle. Leur vie sexuelle était fantastique depuis le début et faisait partie du bonheur d'être avec lui. Il était irrésistible. Quelques minutes plus tard, ils faisaient passionnément l'amour, sans pouvoir se rassasier l'un de l'autre.

Ils ne se levèrent que dans l'après-midi. Ils prirent un bain et s'habillèrent. Finn était redevenu l'homme adorable qu'elle connaissait. Il était difficile de croire qu'il ait jamais pu mentir ou faire souffrir quelqu'un.

— Tu m'as tellement manqué, murmura-t-il.

Elle savait qu'il disait la vérité. Elle avait trouvé cinq bouteilles de whisky sous le lit. Il avait dû noyer son chagrin de la savoir loin, ou ses craintes vis-à-vis de son éditeur. Il manquait vraiment de maturité, parfois.

— Toi aussi, tu m'as manqué, dit-elle.

Ils descendirent et allèrent faire une promenade avant la tombée de la nuit. Il neigeait un peu et le paysage était superbe. Ils allaient passer Noël ici, seuls. Michael partait faire du ski à Aspen avec des amis. Et Hope n'avait plus personne à présent. Seulement Finn.

— Je suis désolé pour Paul. Ça a dû être dur pour toi.

Il semblait compatissant et elle acquiesça. Ils marchaient main dans la main. Elle s'efforça de ne pas penser à Paul, car elle redoutait de céder à la panique à la pensée qu'il n'était plus là.

— Qu'en est-il de l'héritage ? demanda soudain Finn.

Hope tressaillit, choquée par la brutalité de la question. D'ordinaire, il n'était pas si cru.

— Que veux-tu dire ?

252

— Tu sais bien. Qu'est-ce qui va se passer à présent ?
On va te donner l'argent ou devras-tu attendre que les
actions aient été vendues ou je ne sais quoi ?

— C'est une drôle de question. Quelle différence cela
fait-il ? Il faut un certain temps pour que tout soit réglé.
Des mois, un an. Je n'en sais rien. Je m'en moque.

En quoi cela pouvait-il l'intéresser ? Ils ne dépendaient
pas de l'argent de Paul. Elle possédait une fortune suffi-
sante, après ce qu'il lui avait laissé lors du divorce. Et
Finn le savait très bien.

— Il me manque, c'est tout, remarqua-t-elle avec tristesse, changeant de sujet.

Elle ne pouvait s'empêcher d'être gênée par l'intérêt
que Finn portait à son argent, et maintenant à celui de
Paul. La réalité s'imposait de nouveau à elle.

— Je sais, répondit-il avec gentillesse en passant un
bras autour de ses épaules et en l'attirant vers lui. Tu es
seule au monde désormais.

Pourquoi insistait-il là-dessus ? Elle en avait suffisamment conscience sans qu'il le lui fasse remarquer.

— Tu n'as que moi…

Elle hocha la tête sans rien dire, se demandant où il
voulait en venir.

— … et je n'ai que toi. C'est tout.

Elle songea à sa théorie sur la fusion. Il n'en avait pas
parlé depuis quelque temps.

— Tu as Michael, lui rappela-t-elle.

— Et Mimi n'est plus là, poursuivit-il doucement.

Ses paroles firent à Hope l'effet d'un violent coup de
poing. Le souffle coupé, elle tenta de se ressaisir. Il se
comportait fréquemment ainsi à présent. Il la déstabilisait, et la frappait quand elle s'y attendait le moins, de la
manière qui la faisait souffrir le plus.

— Il ne te reste que moi, insista-t-il.

Hope ne répondit pas, et ils continuèrent à marcher
sous les flocons. Mais le coup avait porté. Lorsqu'ils
rentrèrent, elle se sentait encore plus triste qu'avant. Il

lui avait cruellement rappelé qu'elle dépendait de lui maintenant, et que, sans lui, elle était complètement seule. Brusquement, elle se souvint des mises en garde de Robert. Ils étaient convenus qu'elle ne lui téléphonerait pas, de façon à ne pas éveiller les soupçons ou la colère de Finn. Mais si elle avait besoin de lui, elle savait où le joindre. Elle avait ses numéros dans son sac.

Ce soir-là, Finn et elle préparèrent le dîner ensemble. Il remonta travailler pendant qu'elle mettait la table, et il arborait une curieuse expression lorsqu'il redescendit dans la cuisine. Cette partie de la maison n'avait pas encore été restaurée et, bien que fonctionnelle, la pièce était un peu triste.

Comme ils prenaient place à la grande table de cuisine que les domestiques utilisaient autrefois, Finn se tourna vers elle, une étincelle de colère dans le regard. Elle se demanda s'il venait de boire. Il buvait beaucoup trop ces temps-ci. Il ne faisait jamais cela avant. Peut-être était-ce dû au procès qui pesait sur lui.

— Où étais-tu hier soir ? demanda-t-il d'un ton dégagé.

— Dans l'avion. Pourquoi ?

Le cœur battant à se rompre, elle lui servit des pâtes, s'efforçant de prendre un air perplexe.

— Tu en es sûre ? insista-t-il en la regardant dans les yeux.

— Evidemment. Ne sois pas ridicule. Où voulais-tu que je sois ? Je suis arrivée ce matin.

D'un geste brutal, il abattit son passeport et un bloc-notes sur la table.

— A toi de me le dire. J'ai plutôt l'impression que tu étais dans un hôtel à Dublin. J'ai trouvé ça dans ton sac pendant que je cherchais quelque chose. Je leur ai téléphoné. Tu y étais hier soir. Ton passeport indique que tu es arrivée hier. Pas ce matin.

Puis il tira de sa poche le papier où figuraient les numéros de Robert. Il n'avait écrit que son prénom.

Hope crut qu'elle allait avoir une attaque. Comment s'expliquer, à présent ? Elle avait pris machinalement le petit bloc-notes de l'hôtel et Finn l'avait trouvé. Il ne lui vint même pas à l'esprit de lui demander pourquoi il avait fouillé dans son sac. Elle était trop terrifiée pour cela.

Elle n'avait d'autre choix que celui d'être honnête avec lui. Elle l'avait toujours été jusque-là. C'était la première fois qu'elle lui mentait.

— Tu as raison. Je suis arrivée hier. Je voulais passer une soirée seule à Dublin. J'ai rencontré un représentant du cabinet qui s'occupe de mes affaires à New York. Mes avocats pensaient que je devais voir quelqu'un concernant les impôts ici, les questions de séjour, la maison. Je l'ai vu, j'ai passé la nuit à l'hôtel et j'ai pris la route ce matin. C'est tout. Je suis désolée de t'avoir menti, conclut-elle avec un air contrit.

Elle se garda de lui parler de son dîner avec Robert, sinon Finn risquait d'entrer dans une rage folle. Il refuserait de croire à son innocence. Il n'y croyait jamais. Malgré elle, Hope avait peur et tremblait.

— Qui est Robert ?

— L'avocat en question.

— Il t'a donné son numéro personnel et celui de son portable ? Tu l'as baisé à l'hôtel, hein, espèce de salope ! Et qui as-tu baisé à New York ? Ton agent ? Un type que tu as ramassé dans un bar ? Un routier sur la Dixième Avenue, pendant que tu le prenais en photo ?

Il savait qu'elle se rendait parfois dans des quartiers louches pour prendre des photos et à présent il s'en servait contre elle.

— Et sa bite, tu l'as photographiée aussi ?

Il lui avait craché les mots à la figure. Hope se mit à pleurer. Jamais il ne lui avait parlé ainsi. Jamais il n'avait été aussi grossier. Il commençait à franchir des limites qu'il n'avait jamais franchies jusque-là. Robert l'avait avertie que cela arriverait, mais elle n'avait pas voulu y croire.

— Et Robert ? Il était bon ? Pas aussi bon que moi, je parie.

Hope ne répondit pas. Elle se contenta de rester assise, clouée sur place, honteuse. Il lui donnait l'impression d'être une traînée alors qu'elle n'avait rien fait. Elle avait eu un rendez-vous avec un avocat et elle était sortie dîner. Jamais elle n'aurait songé à tromper Finn. Cela ne lui était jamais venu à l'esprit. Pourtant, il l'accusait, les yeux pleins de venin et du poison dans la bouche.

— Il ne s'est rien passé, Finn. J'ai vu un avocat, c'est tout.

— Pourquoi ne m'en as-tu pas parlé ?

— Parce que parfois, mes affaires ne regardent que moi.

Mais elle savait que même pour ses affaires, s'il l'avait appris, il aurait insisté pour venir. Il ne la laissait jamais rien faire seule. Il voulait l'accompagner partout. Il s'imposait. Il voulait la contrôler pour tout.

— C'était vraiment privé ? lança-t-il en la toisant.

Cette fois, elle eut la conviction qu'il avait bu. Ou alors, il était fou. Ou peut-être les deux. Il la foudroyait du regard comme un dément. Il se leva avec rage en renversant sa chaise et se mit à marcher de long en large dans la cuisine pendant qu'elle l'observait, s'efforçant de ne rien faire qui puisse alimenter sa colère. Elle resta immobile, priant pour qu'il s'apaise.

— Tu sais parfaitement que je ne ferais pas une chose pareille, murmura-t-elle, tentant de parler avec un calme qu'elle était loin d'éprouver.

— Je ne sais rien du tout sur toi, Hope, bordel. Et tu en sais encore moins sur moi.

C'était sûrement la chose la plus honnête qu'il lui ait jamais dite à son sujet, mais la manière dont il l'avait lancée n'était guère rassurante.

— Tu n'es qu'une pute qui suce tous les types que tu rencontres quand je ne suis pas là.

Elle qui avait rêvé de revoir le Finn d'autrefois retrouvait au contraire le nouveau Finn, et même un autre Finn encore plus terrifiant. Le vrai.

— Calme-toi, Finn. Si nous dînions ? Il ne s'est rien passé à Dublin. Je suis allée à l'hôtel. C'est tout.

Elle se tenait droite sur sa chaise, calme et digne. Mais avant qu'elle ait eu le temps de comprendre ce qui se passait, il la saisit par le bras et l'envoya promener avec une telle violence qu'elle alla heurter le mur, en laissant échapper un cri de douleur. Il s'approcha d'elle et se pencha, son visage tout contre le sien.

— Si tu baises un autre type, Hope, je te tue. Compris ? C'est clair pour toi ? Je ne tolèrerai pas ça. Fourre-toi bien ça dans le crâne !

Elle hocha la tête, incapable d'articuler un son, la gorge nouée par les larmes. Ses oreilles bourdonnaient à cause du choc et elle avait l'impression d'avoir le cœur brisé.

— Réponds ! Tu as compris ?

— Oui, murmura-t-elle.

Elle était sûre qu'il avait bu. Jamais il ne se serait conduit de la sorte si ça n'avait pas été le cas. Ils allaient devoir faire quelque chose à ce sujet. Enfin, lui. Il subissait une énorme pression avec la menace du procès et les livres qu'il devait écrire. Il était clair que cela affectait son équilibre. Et elle en subissait les conséquences.

Il la remit brutalement debout et l'obligea à se rasseoir sur sa chaise en la fixant méchamment. Elle ne le reconnaissait plus. Jamais elle ne l'avait vu dans cet état, et elle songea brusquement, alors qu'elle déplaçait ses pâtes dans son assiette, n'arrivant pas à manger, qu'elle était seule dans la maison avec lui. Winfred et Katherine rentraient chez eux le soir, et ne revenaient que le matin. Ce soir-là, pour la première fois, cela lui fit peur.

Il n'y eut pas d'autre éclat durant le dîner et il ne lui adressa plus la parole. Il prit la feuille de papier où étaient notés les numéros de Robert et la déchira en morceaux qu'il fourra dans la poche de son jean pour qu'elle ne puisse pas les récupérer. Le bloc-notes et le passeport restèrent sur la table. Puis, sans un mot, il sortit de la pièce, la laissant débarrasser. Elle resta assise un long moment, étouffée par les sanglots, les larmes ruisselant sur ses joues. Plus tôt, il lui avait rappelé qu'elle était seule au monde désormais et qu'elle n'avait plus que lui. Elle n'avait plus personne vers qui se tourner, plus personne pour l'aimer. Paul disparu, elle se retrouvait orpheline, et le prince charmant en qui elle croyait était en train de se transformer en ogre.

Il lui fallut une heure pour se calmer et ranger la cuisine. Elle pleurait sans bruit. Elle avait peur de monter dans la chambre, mais elle savait qu'il le fallait. En réfléchissant calmement, elle comprit que le fait qu'elle ait passé la nuit seule à Dublin pouvait paraître suspect, tout comme le papier où figuraient les numéros de Robert. Cela expliquait la colère de Finn, puisqu'elle lui avait menti. Elle se rendit compte qu'elle aurait dû le prévenir de son arrivée, mais dans ce cas-là elle n'aurait pas pu voir Robert et elle ne regrettait pas de l'avoir fait. Discuter avec lui avait été utile et elle avait été rassurée de savoir qu'elle pouvait faire appel à lui en cas de besoin. Au moins était-il tout près. Mais elle comprenait aussi que Finn lui en veuille de lui avoir menti sur la date de son arrivée. Elle avait beau être innocente, elle se sentait coupable. Et, d'une certaine façon, elle ne pouvait en vouloir à Finn.

Lorsqu'elle se résolut enfin à monter, elle constata avec surprise qu'il était assis dans le lit et l'attendait. Il semblait paisible, comme si la scène dans la cuisine n'avait jamais eu lieu. C'était effrayant de le voir passer d'un extrême à l'autre aussi vite. Il crachait le feu tel un dragon, et l'instant d'après il lui souriait. Elle se demanda s'il était fou ou si elle l'était, et resta immobile un moment, ne sachant quoi lui dire.

— Viens te coucher, Hope.

On aurait pu croire qu'ils avaient passé une soirée agréable et que rien ne s'était produit. En le voyant ainsi, image même de l'innocence, elle fut prise d'une nouvelle envie de pleurer.

Quelques minutes plus tard, après avoir enfilé sa chemise de nuit, elle se coucha et le regarda avec crainte.

— Tout va bien, affirma-t-il d'un ton réconfortant en passant un bras autour de ses épaules.

C'était presque pire que s'il avait continué à lui en vouloir. Elle se sentait perdue.

— J'étais en train de réfléchir, commença-t-il tranquillement.

Allongée à côté de lui, incapable de se détendre, elle attendit la suite.

— Je pense que nous devrions nous marier la semaine prochaine. Il n'y a aucune raison d'attendre. De toute manière, nous ne voulons pas de réception, et personne ne fera le voyage des Etats-Unis. Je ne veux plus attendre. Toi comme moi sommes seuls au monde, Hope. S'il arrivait quelque chose à l'un de nous deux, comme à Paul, nous devrions être mariés. Personne ne veut mourir seul.

— Paul a été malade pendant très longtemps. Et j'étais avec lui, affirma-t-elle d'une voix étranglée.

— Si l'un de nous deux avait un accident, l'autre ne pourrait pas prendre de décisions. Tu n'as pas d'enfants, pas de famille. Michael n'est pas là pour moi. Il n'y a que toi et moi.

C'était un thème récurrent ce soir-là chez lui. Il n'arrêtait pas de souligner la solitude de Hope et de lui rappeler qu'elle n'avait que lui.

— Je me sentirais mieux si nous étions unis légalement. Nous pourrons toujours organiser une fête plus tard, à Londres, New York ou Cape Cod. Il est temps,

Hope. Ça fait un an que nous sommes ensemble. Nous ne sommes plus des enfants. Nous nous aimons. Nous savons ce que nous voulons. Pourquoi attendre ? Et puis nous devons penser à avoir un bébé, conclut-il en souriant.

Une heure plus tôt, il la menaçait et la jetait contre un mur, et maintenant il voulait se marier la semaine d'après et lui faire un enfant. En l'écoutant, Hope avait l'impression de perdre la raison.

— Cela fait six mois que tu as perdu le bébé, lui rappela-t-il.

Pour une fois, il n'ajouta pas que c'était sa faute. C'était comme s'il s'était vidé de toute sa rage dans la cuisine et était redevenu l'homme qu'il était au début. Le gentil Finn était de retour, sauf qu'elle ne croyait plus à ce qu'il disait. Elle n'avait plus confiance en lui.

Et elle n'était absolument pas disposée à l'épouser, d'autant moins qu'elle avait la nette impression qu'il ne pensait qu'à l'argent. S'ils étaient mariés et qu'il lui arrivait quelque chose dans cette maison isolée de la campagne irlandaise, il hériterait de sa fortune et de celle de Paul lorsqu'elle la toucherait. Et si elle avait un enfant, elle pourrait encore moins se libérer. Robert avait longuement insisté sur ce point, et c'était une évidence pour elle aussi. Mais elle ne voulait pas ranimer la colère de Finn en lui disant qu'elle ne voulait pas l'épouser. Pas alors qu'elle était seule avec lui et qu'il risquait à nouveau de sortir de ses gonds. Elle serait plus à l'aise pour en parler le lendemain matin, quand Winfred et Katherine seraient là et qu'il ferait jour. Elle avait eu sa part d'émotions pour ce soir.

— Pouvons-nous en discuter demain ? demanda-t-elle d'un ton égal. Je suis exténuée.

La scène du dîner l'avait laissée sans forces. Pendant de longues minutes, elle avait été terrifiée. A présent, Finn semblait calme et même tendre, mais elle tremblait encore intérieurement, même si elle s'efforçait de ne pas le montrer.

— Qu'y a-t-il à discuter ? demanda-t-il en l'enlaçant. Marions-nous, c'est tout.

Elle devina qu'elle allait avoir droit à une autre grosse dispute.

— Nous n'allons pas prendre de décision ce soir, Finn, répondit-elle avec douceur. Il est l'heure de dormir.

Il n'était pas tard, mais elle était exténuée. Elle était trop blessée, trop peinée, trop déçue et trop effrayée pour avoir une discussion avec lui. Elle ne voulait qu'une chose : dormir, ou peut-être mourir. Subitement elle comprit que les choses n'allaient pas s'arranger, qu'une scène succéderait à l'autre. La crise durant le dîner lui avait ouvert les yeux. Même s'il se montrait adorable à présent, elle savait que sa gentillesse ne durerait pas.

— Tu m'aimes, n'est-ce pas ? demanda-t-il d'une voix de petit garçon.

Brusquement, il n'était plus l'homme qui l'avait terrorisée, mais un enfant malheureux qui ne demandait qu'à être aimé. Il se blottit contre elle et posa la tête sur son épaule. Elle lui caressa les cheveux en soupirant.

Elle l'aimait, mais leur relation l'épuisait. Il resta lové contre elle, et elle éteignit la lumière. Quelques instants plus tard, il remonta sa chemise de nuit et voulut faire l'amour. Elle était si bouleversée, si secouée, qu'elle n'en avait aucune envie, mais elle craignait qu'il ne lui fasse une nouvelle scène si elle refusait. Et il était un amant si exceptionnel qu'elle ne tarda pas à répondre à ses caresses. Le chaos régnait dans son cœur et dans son esprit, mais son corps continuait à désirer Finn. Il lui fit l'amour avec une tendresse infinie et tant de douceur qu'elle avait peine à croire que le même homme l'avait maltraitée plus tôt dans la soirée.

Elle resta éveillée une grande partie de la nuit tandis qu'il dormait profondément. Le jour pointait quand elle s'endormit enfin, totalement épuisée. Elle avait pleuré sans bruit toute la nuit et elle se sentait morte à l'intérieur. Il la tuait à petit feu. Mais elle ne le savait pas encore.

20

Le lendemain matin, Finn était déjà debout quand Hope se réveilla. Elle se leva avec l'impression d'être vidée, vaincue, d'humeur aussi triste que le temps. Son visage était pâle et las quand elle le rejoignit pour le petit déjeuner. Il semblait déborder d'énergie et d'enthousiasme, et lui murmura combien il était heureux qu'elle soit de retour. Il paraissait même croire à ce qu'il disait. Pour sa part, Hope ne savait plus où elle en était.

Elle buvait lentement son thé quand il aborda de nouveau le sujet du mariage. Il suggéra qu'ils aillent parler au révérend du village, puis qu'ils se rendent à l'ambassade des Etats-Unis à Dublin afin d'obtenir l'autorisation de se marier en Irlande. Il était citoyen irlandais, mais pas elle. Il avait déjà téléphoné à l'ambassade pour se renseigner sur les démarches nécessaires. Elle comprit alors qu'elle devait réagir, même s'il était hors de question qu'elle lui expose ses véritables raisons.

Elle posa sa tasse et le regarda.

— Je ne peux pas, annonça-t-elle d'un ton morne. Paul vient de mourir. Je ne veux pas commencer une nouvelle vie si tôt après un événement aussi triste.

C'était un prétexte qui lui paraissait plausible, mais Finn ne l'entendit pas de cette oreille.

— Vous étiez divorcés, rétorqua-t-il d'un air vaguement irrité. Tu n'es pas sa veuve. Et personne ne s'en offusquera.

263

— Moi si, murmura-t-elle.

— Y a-t-il une raison pour laquelle tu ne veux pas m'épouser ? demanda-t-il, visiblement blessé.

A vrai dire, il y en avait plus d'une, mais elle ne voulait pas en parler. Elle était marquée par tous ses mensonges, le rapport du détective, ses récentes exigences en matière d'argent, et sa violence de la veille. Elle préférait réfléchir avant de l'épouser. Mais alors, pourquoi restait-elle ? Leur relation n'était plus comme avant, même dans leurs meilleurs moments il y avait toujours une tension sous-jacente, l'impression d'un décalage. Les choses n'étaient plus normales entre eux depuis au moins un mois, depuis qu'il lui avait demandé de l'argent.

— Ce n'est pas si simple, exposa-t-elle patiemment. Il faut établir un contrat, signer des papiers, parler aux avocats. Je leur en ai touché deux mots, mais il faut plus de quelques jours. Et je préférerais vraiment me marier à New York.

— Très bien.

Elle ne s'attendait pas à ce qu'il accepte si facilement, et l'espace d'un instant, elle fut soulagée.

— Dans ce cas, que dirais-tu de m'ouvrir le compte dont nous avons déjà parlé ? Nous pourrions alors attendre l'été pour nous marier.

Il revenait à la charge, une fois de plus. C'était toujours la même rengaine.

— De quoi parles-tu, Finn ?

Elle se souvenait des sommes en question, mais se demandait s'il avait changé d'avis.

— Je t'avais dit que je me contenterais de quatre millions, bien que je préfère cinq. Mais c'était avant la mort de Paul. Etant donné ce qu'il te lègue, je crois vraiment que ça devrait être dix.

Hope laissa échapper un soupir. Ces conversations étaient épuisantes. Sans doute s'était-il toujours intéressé uniquement à sa fortune. Elle avait l'impression de lutter pour sa survie, du matin au soir.

— Je sais que tu n'as pas encore touché l'argent de Paul. Alors, disons cinq tout de suite, et cinq quand il t'aura été versé.

Apparemment, cela lui semblait tout aussi naturel que s'il lui demandait de s'arrêter à la quincaillerie pour acheter des fournitures. Il était sûr de lui, comme s'il s'attendait à ce qu'elle obéisse sans discuter.

— Tu en veux cinq maintenant et cinq plus tard, répéta-t-elle avec la sensation de parler comme un robot. Et quel genre d'arrangement voudras-tu quand nous serons mariés ?

Autant tout mettre à plat maintenant plutôt que d'attendre sa prochaine exigence.

— Je peux demander à mon avocat d'en discuter avec le tien, répondit-il, conciliant. Je crois qu'il serait juste d'envisager une somme annuelle, et peut-être un bonus pour le mariage.

Il arbora un grand sourire.

— Et je suppose que, de nos jours, on négocie à l'avance les termes d'un divorce et d'une pension, au cas où.

Tout se présentait très bien pour lui, et il ne voyait rien de choquant à sa proposition.

— Regardons les choses en face, Hope. Je suis beaucoup plus célèbre que toi, et une aubaine pour toi quel qu'en soit le prix. Tu sais bien qu'à ton âge, les types dans mon genre ne se bousculent pas au portillon. Je suis peut-être ta dernière chance. Garde bien ça à l'esprit.

Elle leva les yeux vers lui, le souffle coupé. C'était la première fois qu'il faisait allusion à sa notoriété et qu'il rabaissait la sienne. Elle était surprise et choquée, mais jugea plus sage de ne pas faire de commentaire.

— Ça m'a l'air assez cher, murmura-t-elle en se servant une autre tasse de thé, encore interloquée par ce qu'il venait de dire.

— Mais je le vaux bien, tu ne crois pas ?

Finn se pencha pour l'embrasser tandis qu'elle sentait les larmes lui monter aux yeux. Il était fou. A présent, elle le savait.

— Quelque chose ne va pas ? demanda-t-il, visiblement étonné par son visage défait, ses épaules affaissées.

— Je trouve déprimant de parler d'argent au lieu d'amour, et de planifier divorce et pension plutôt que notre avenir ensemble. Cela me fait l'effet d'un contrat d'affaires, répondit-elle, abattue.

— Dans ce cas, marions-nous et laissons tomber le contrat.

C'était hors de question. Elle possédait une fortune considérable tandis que Finn n'avait que des dettes, des factures et un procès. Elle n'était pas irresponsable à ce point. Sans contrat, elle se retrouverait à son entière merci sur le plan financier, et il le savait. Toute cette conversation donnait la nausée à Hope. Elle n'avait plus la moindre intention de l'épouser. En revanche, Finn était d'excellente humeur. Il pensait l'avoir piégée.

En fin de compte, pour avoir la paix, Hope déclara qu'elle allait réfléchir à sa suggestion. Elle ne voulait pas le mettre en colère en lui disant qu'il était hors de question qu'il ait l'argent et même qu'ils se marient. Elle y songea toute la journée, alors qu'elle triait des photos et allait faire une promenade seule dans les bois. Elle ne revit Finn que tard dans l'après-midi. Il se montra plus amoureux que jamais. Le problème, c'était que Hope ne savait plus s'il s'agissait d'amour ou d'argent, et qu'elle ne le saurait plus jamais. Peu à peu, il la minait, la démoralisait, la déstabilisait. Ses exigences étaient à la fois insultantes et insensées. Elle s'efforçait de garder son calme, mais leurs incessantes disputes l'épuisaient. Il avait toujours une idée fixe dans la tête, qu'il s'agisse d'avoir un bébé, de se marier ou d'ouvrir un compte en banque réservé à son usage personnel. Hope était submergée de tristesse. Le rêve d'amour et de confiance qu'elle avait partagé avec lui s'évanouissait. Ils allaient d'un conflit à un autre, sans rien résoudre. A présent il ne s'agissait plus que d'argent. Il lui demandait de lui prouver son amour en mettant cinq millions de dollars sur un compte à son nom. C'était énorme. Et qu'envisageait-il de lui donner en retour, en dehors de son temps ? Hope avait parfaitement conscience qu'elle se faisait escroquer. Pire encore, elle avait le sentiment de se débattre dans une toile de mensonges, où Finn était l'araignée et elle la proie.

Ce soir-là, Finn l'invita à dîner à Blessington. Elle accepta, espérant oublier son chagrin. Pour une fois, aucun sujet délicat ne fut abordé. Ils ne parlèrent ni argent, ni bébé, ni mariage. D'abord déprimée, elle fut surprise de se rendre compte qu'ils passaient une bonne soirée, comme au début de leur relation. Elle se reprit alors à espérer. Désormais elle oscillait constamment entre espoir et désespoir. Mais à chaque fois qu'il la faisait tomber, elle avait de plus en plus de mal à se relever. Depuis la mort de Paul, elle se sentait fatiguée. Peu à peu, Finn venait à bout de sa résistance.

Les jours suivants, il y eut miraculeusement une embellie. Finn était gai. Il écrivait. Hope triait ses photos prises en Irlande et poursuivait les travaux qu'elle avait entrepris dans la maison. C'était un peu comme aux premiers temps, lorsqu'elle avait acheté la propriété. Elle essayait de chasser de ses pensées les paroles choquantes qu'il lui avait dites et l'argent qu'il avait exigé. Temporairement, tout au moins. Elle avait besoin de répit. Puis une lettre à l'intention de Finn arriva en recommandé de New York. Elle la lui apporta et le laissa. Quand il sortit de son bureau, il avait le visage sombre.

— Mauvaise nouvelle ? demanda-t-elle, inquiète.

En voyant son expression, il était difficile d'imaginer le contraire.

— Mon éditeur dit que même si je lui remets le manuscrit tout de suite, il refusera de le publier. Il va me faire un procès. Merde. C'est un de mes meilleurs bouquins.

— Dans ce cas, quelqu'un d'autre le publiera, et tu auras peut-être un meilleur contrat.

Elle avait voulu se montrer encourageante, mais cela parut l'exaspérer.

— Merci de ton optimisme. Seulement, on me réclame le remboursement de l'avance et je l'ai déjà dépensée.

Hope posa doucement la main sur son épaule tandis qu'il prenait un verre et buvait une longue gorgée. Il se sentait toujours mieux après un peu d'alcool.

— Si tu demandais à Mark Webber de s'occuper de cette affaire pour toi ? Il pourrait peut-être négocier un arrangement.

Finn la toisa, furieux.

— Pourquoi ne leur fais-tu pas un putain de chèque ?

Hope n'appréciait guère la manière dont il lui parlait, mais ne le lui reprocha pas et se refusa à employer le même ton. Elle ne voulait pas d'une nouvelle scène.

— Parce qu'un bon avocat peut souvent parvenir à un arrangement. Ensuite, nous aviserons.

Elle tentait de le rassurer, sans s'engager pour autant. Ces temps-ci, elle doutait que leur relation ait encore un avenir. Ses espoirs s'amenuisaient de jour en jour. Tout semblait tourner autour de l'argent. Il voulait faire main basse sur sa fortune et s'employait à cacher ses mensonges passés. Leur histoire était bâtie sur du sable.

— C'est un « nous » royal ? ironisa-t-il méchamment. Tu vas payer ou faut-il que je te supplie ? J'ai besoin d'argent et je veux mon propre compte.

Elle le savait. Il ne cessait de le répéter depuis des semaines.

— Mais nous ne savons pas de combien tu as besoin, murmura-t-elle.

— La question n'est pas là. Je ne veux pas avoir à te rendre des comptes. Mes dépenses ne regardent que moi.

C'était pourtant son argent qu'il voulait dépenser ! Son arrogance était sidérante.

— Soyons honnêtes, Hope. Tu as quarante-cinq ans. Tu es jolie, mais quarante-cinq ans, ce n'est ni vingt-cinq ni trente. Tu n'as personne au monde, ni frères ni sœurs, ni parents ni cousins. Ta fille unique est morte et la seule personne à laquelle tu te considérais liée est morte la semaine dernière. A ton avis, qui sera là s'il t'arrive quelque chose ? Tu sais, si jamais tu tombais malade ? Et que se passerait-il si je te quittais parce que j'ai trouvé une fille de vingt ans ? Qu'est-ce qui t'arriverait alors ? Tu serais toute seule, oui, et sans doute jusqu'à la fin de tes jours, et tu mourrais toute seule ! Penses-y, si tu ne veux pas mettre cet argent sur un compte pour moi. Pense à ce que ta vie sera dans dix ou vingt ans quand tu seras toute seule. Si tu regardes les choses sous cet angle, tu réfléchiras peut-être sérieusement et tu feras tout pour me garder.

Hope avait l'impression d'avoir été giflée.

— C'est censé être une déclaration d'amour ?

— Peut-être.

— Et si je te donne la somme que tu demandes, comment pourrai-je être sûre que tu resteras ? Admettons que j'accepte, que je te verse cinq ou dix millions, plus ce que tu voudras quand nous nous marierons, et qu'ensuite tu rencontres la fille de vingt ans idéale ?

— Bonne question, répondit-il en souriant.

Il avait l'air de savourer ce moment.

— Eh bien, tente ta chance, paye, et tu verras. Parce que, si tu refuses, quand une jolie fille de vingt ans se pointera, surtout si c'est une riche héritière, devine qui ne poussera pas ta chaise roulante quand tu seras vieille ?

Hope le voyait mal dans ce rôle de toute façon. La conversation qu'ils avaient lui semblait plus que répugnante. Elle était effondrée.

— Si je comprends bien, tu es en train de me demander de t'acheter, comme une sorte d'assurance pour mes vieux jours ?

— On peut voir ça comme ça, oui. Mais songe aux avantages que tu aurais et que tu as déjà. Du sexe à gogo, avec un peu de chance un bébé et peut-être même deux, si tu fais ce qu'il faut. Et je crois qu'on s'amuse pas mal ensemble.

— C'est drôle, rétorqua-t-elle, ses yeux violets lançant des éclairs, tu n'as pas mentionné le mot amour. Ça ne fait pas partie du contrat ?

Jamais de sa vie elle n'avait été humiliée à ce point. Elle était donc censée acheter son mari ? Apparemment, si elle voulait garder Finn, c'était la seule solution. Elle devait y mettre le prix.

Finn dut lire son expression, car il s'approcha et l'enlaça.

— Tu sais que je t'aime, mon bébé. Il faut juste que je pense un peu à moi. Je ne suis pas tout jeune non plus. Et je n'ai pas ta fortune. Il n'y a pas de Paul dans ma vie.

Mais Paul n'était plus dans la vie de Hope. Et il n'avait pas fait fortune pour que Finn puisse mener la belle vie. Le seul fait que Finn exige cet argent lui ôtait définitivement toutes ses chances de devenir son mari. Mais elle domina sa colère. Si elle explosait, il faudrait qu'elle aille jusqu'au bout et qu'elle rompe avec lui, et elle n'en avait pas la force. Elle se sentait détruite, paralysée par ses insultes.

— Je vais y réfléchir, répliqua-t-elle froidement, s'efforçant de gagner du temps. Je te donnerai ma réponse demain.

Mais elle savait que si elle ne lui donnait pas l'argent, il y aurait une scène épouvantable et tout serait fini. Elle était écœurée par ce qu'il avait dit, par ses menaces à peine voilées de la quitter pour une femme plus jeune, par le fait qu'il avait essayé de l'effrayer en lui disant qu'elle vieillirait seule, qu'il n'y aurait personne pour s'occuper d'elle si elle tombait malade. Mais était-elle prête à rester seule pour toujours ? Elle avait l'impression d'avoir à choisir entre Charybde et Scylla. Rompre ou rester. Au lieu de lui dire qu'il l'aimait et qu'il voulait être avec elle jusqu'à la fin de ses jours, il lui déclarait sans la moindre ambiguïté que, sans plusieurs millions de dollars à la clé, il la quitterait dès qu'une meilleure affaire se présenterait, et qu'elle avait donc intérêt à prendre les devants. Il avait été on ne peut plus clair. Et si elle n'avait aucun désir d'acheter un mari, elle n'était pas encore prête à le perdre. Elle passa la journée à errer dans la maison comme un zombie, totalement désemparée, contrairement à Finn qui se montra d'excellente humeur durant tout le reste de l'après-midi. Il avait transmis son message et était persuadé qu'il avait été reçu. Mais il ne connaissait pas Hope aussi bien qu'il l'avait cru.

Furieuse et déprimée, elle s'affaira à décaper et astiquer les salles de bains au deuxième étage pour oublier l'horrible situation dans laquelle elle se trouvait. Finn se montra charmant. Elle se demanda si sa vie ressemblerait à cela si elle acceptait de payer le prix qu'il exigeait, ce qu'elle n'était nullement disposée à faire. Et dans ce cas, serait-il toujours aussi tendre, aussi attentionné et aussi aimant qu'au début ? Ou serait-il encore jaloux, la menacerait-il quand l'envie lui en prendrait ? Lui imposerait-il de lui donner plus d'argent, sans qu'elle lui pose de questions, lorsqu'il aurait dilapidé les cinq ou dix millions de dollars ? Il était difficile de savoir ce qu'elle obtiendrait si elle cédait. Si quelqu'un lui avait dit quelques jours plus tôt qu'elle irait jusqu'à envisager cette éventualité, elle l'aurait accusé d'avoir perdu la tête. Elle voulait seulement retrouver l'ancien Finn, mais elle savait en son for intérieur que c'était impossible.

Cet après-midi-là, encore ébranlée par la conversation qu'ils avaient eue, elle partit faire une promenade seule pour s'éclaircir les idées. Finn la vit sortir et décida qu'il valait mieux la laisser tirer ses propres conclusions. A ses yeux, elle n'avait guère le choix. Il était sûr de lui. Hope allait payer. Elle ne voulait pas être seule. Il savait qu'elle l'aimait et qu'elle craignait de le perdre. Pour lui, la réponse ne faisait aucun doute et il était certain qu'il en serait de même pour elle. Il faudrait peut-être qu'il la bouscule encore un peu, qu'il lui rappelle ce qui l'attendait en cas de refus. Mais au bout du compte, à moins qu'elle ne soit prête à risquer d'être une petite vieille solitaire dans une maison de retraite, Finn était certain que le mieux qu'elle avait à faire était d'accepter sa proposition. Il n'avait pas le sentiment d'avoir été trop dur, loin de là. A son avis, il valait largement le montant qu'il demandait. Hope serait raisonnable, parce qu'elle aurait trop peur de le perdre. Assis à son bureau, il jubilait en la suivant des yeux tandis qu'elle marchait vers les collines. Il ne voyait pas les larmes qui roulaient sur ses joues.

Avant le dîner, Hope prit un bain chaud. Elle était toujours profondément abattue. Finn lui avait laissé voir combien son avenir serait sombre sans lui. Il avait raison. Elle n'avait personne au monde à part lui. Si elle le quittait, elle trouverait peut-être quelqu'un d'autre un jour, mais la question n'était pas là. Elle l'aimait. Assez pour avoir voulu l'épouser et avoir un enfant de lui, même si elle ne désirait plus rien de tout cela à présent. Aujourd'hui, elle voulait seulement retrouver son équilibre et une vie paisible.

Elle n'avait que Finn. Et le plus triste, c'était qu'elle l'avait aimé sincèrement, alors qu'il n'avait vu en elle qu'une source d'argent facile. Elle ne demandait que son cœur mais elle doutait à présent qu'il en ait un. A cette pensée, ses yeux s'emplirent de larmes. Elle l'avait trop aimé. Pourquoi fallait-il que les choses soient si compliquées ? Pourquoi fallait-il que tout cela arrive ? Elle savait qu'elle allait devoir faire face. Elle ne pouvait retarder l'échéance indéfiniment.

Elle décida néanmoins de faire bonne figure et de s'habiller pour le dîner. Elle se maquilla, coiffa ses cheveux en arrière, revêtit une jolie robe, chaussa des escarpins et mit des boucles d'oreilles. Quand elle descendit, Finn l'admira et la félicita. Il la prit dans ses bras et l'embrassa, comme s'il l'aimait réellement, mais comment savoir s'il était sincère à présent ?

Ils se contentèrent des sandwiches que Katherine avait préparés plutôt que de cuisiner un vrai repas. Finn se mit à parler du nouveau roman auquel il avait pensé cet après-midi-là. Le second livre prévu à son contrat. Il déclara avoir presque terminé le premier, mais elle se demandait si elle devait le croire.

Hope l'écouta raconter l'histoire. Il s'agissait d'un couple qui avait acheté un château en France. La femme était américaine et le héros français, séduisant et plus âgé qu'elle. Il avait déjà eu deux épouses qui avaient trouvé la mort dans des circonstances mystérieuses. Son désir le plus cher était d'avoir un enfant. L'intrigue commençait normalement, mais Hope se doutait qu'elle allait virer au genre de récit effrayant dont il avait le secret, peuplé de fantômes, d'assassins, de gens emprisonnés dans des sous-sols et de cadavres enterrés dans les bois. Elle se demandait toujours d'où venait son inspiration et se souvint que les critiques considéraient souvent ses romans comme le produit d'un esprit brillant mais dérangé. Au départ, compte tenu des histoires tourmentées qu'il concoctait, il lui avait paru étonnamment normal. Maintenant, elle n'en était plus aussi sûre.

— Et que se passe-t-il ensuite ? demanda-t-elle, s'efforçant de paraître intéressée.

C'était un sujet de conversation autre que l'argent, et elle en était soulagée.

— Elle tombe enceinte. Tout se passe bien, tout au moins durant les premiers mois. C'est une riche héritière et son père est enlevé plus tard dans le roman.

Hope sourit. L'histoire se compliquait.

— Il s'avère que son frère et elle escroquent leur père depuis des années. Son mari s'en aperçoit et la fait alors chanter. Il réclame dix millions de dollars. Elle en parle à son frère, et ils décident de lui tenir tête. Ils refusent de lui donner l'argent, poursuivit-il avec un petit sourire mauvais avant d'embrasser Hope dans le cou.

— Et alors ? demanda-t-elle, l'échine parcourue par un frisson.

— Il la tue, répondit Finn avec un plaisir visible. Il la tue et tue donc aussi le bébé, puisqu'elle est enceinte.

Elle se sentit glacée.

— C'est affreux. Comment peux-tu écrire des choses pareilles ?

Sa moue désapprobatrice parut amuser Finn.

— Comment la tue-t-il ? Dois-je le deviner ? interrogea-t-elle.

Certains de ses personnages commettaient des crimes abominables, d'une perversité insoutenable. Les intrigues étaient toujours bien construites, parfaitement documentées, mais les détails lui donnaient la nausée.

— Proprement. Il utilise un poison indétectable et il hérite de toute la fortune. Enfin, d'abord de la moitié, et ensuite, il élimine le frère. Plus tard, le père est enlevé, mais le héros ne paie pas la rançon, parce que le père s'est toujours montré odieux avec lui. Donc, il laisse les ravisseurs le tuer. Il se débarrasse ainsi de toute la famille, et il finit par avoir toute leur fortune. Pas mal pour un gamin issu de rien, hein ? Il s'achète même le titre qui va avec le château.

Hope avait l'impression d'entendre Finn parler de ses propres fantasmes.

— Et il reste seul ? demanda-t-elle innocemment.

— Bien sûr que non. Il épouse une jeune fille du village, dont il était amoureux depuis le début. Elle a vingt et un ans, et lui cinquante à la fin. Qu'en penses-tu ?

Il semblait très content de lui.

— Plutôt effrayant.

Elle sourit, songeant aux rebondissements de l'intrigue.

— Je crois que le meurtre de l'épouse enceinte risque de choquer tes lecteurs.

— Elle ne lui a pas donné l'argent, rétorqua Finn en la fixant. Le frère l'aurait fait, mais elle l'a persuadé de ne pas céder. En fin de compte, le héros a eu l'argent quand même, et bien plus qu'il n'avait demandé au départ. La morale de l'histoire, c'est qu'ils auraient dû le payer, avant qu'il ne les tue tous.

Il était doué pour les thrillers psychologiques, tordus et terrifiants, les sombres affaires de vengeance.

— Et ça te paraît juste ? riposta Hope en soutenant son regard.

— Tout à fait. Elle possédait une fortune. Pourquoi aurait-elle dû tout avoir et lui rien ? Finalement, le gamin pauvre tient sa revanche. Il a tout le fric.

— Et un sous-sol plein de cadavres.

— Oh, non ! répliqua-t-il, l'air offensé. Ils sont tous enterrés décemment. Même la police ne peut prouver les meurtres. Il y a bien un inspecteur plus malin que les autres qui a des soupçons, mais finalement François le tue aussi. François est mon héros. L'inspecteur s'appelle Robert. François enterre le corps dans les bois et il n'est jamais retrouvé.

Les derniers morceaux du puzzle se mettaient en place dans l'esprit de Hope. Ce n'était pas par hasard que la riche épouse était tuée, que le gamin pauvre triomphait et que l'inspecteur avait le nom qui figurait sur le papier que Finn avait trouvé dans son sac le jour où elle était rentrée de Dublin. La menace était on ne peut plus claire.

Elle planta son regard dans celui de Finn.

— Y a-t-il un message à mon intention là-dedans ?

Ni l'un ni l'autre ne détournèrent les yeux. Il haussa les épaules et se mit à rire.

— Pourquoi dis-tu une chose pareille ?

— Parce que certains épisodes de l'histoire me paraissent très familiers.

— Tous les auteurs s'inspirent en partie de la réalité, même s'ils refusent de l'admettre. Et il y a des différences. L'épouse qu'il tue est enceinte. Tu ne l'es pas. Tu n'as pas de frère. Ni de père. Tu es toute seule. Ce serait beaucoup plus effrayant, mais ennuyeux pour le lecteur. Pour que le récit fonctionne, il faut plusieurs personnages et des intrigues secondaires. J'ai trouvé intéressant ce qui arrive à la femme quand elle refuse de lui donner l'argent. Ça prouve que s'accrocher à son argent ne paie pas. On ne l'emporte pas dans la tombe.

Etant donné leur situation, ce qu'il disait était terrifiant. Mais il souriait et se moquait visiblement d'elle. Pourtant, le message était clair. *Tu paies ou tu meurs.*

Il ne parla plus de son livre et Hope mit leurs assiettes dans l'évier, s'efforçant de se comporter normalement. Ils commencèrent à discuter de Noël, qui approchait. Elle déclara qu'elle irait acheter un sapin à Russborough le lendemain, mais Finn répondit qu'il avait une hache dans l'écurie et qu'il préférait en abattre un lui-même. Cela ne fit qu'effrayer Hope davantage. Son récit l'avait rendue nerveuse et elle se doutait que c'était l'intention de Finn. Il savait exactement ce qu'il faisait. La veille au soir, il lui avait rappelé combien elle était seule et maintenant il lui racontait une histoire au sujet d'un homme qui tue sa femme quand elle refuse de lui donner sa fortune. Elle frissonnait en y repensant.

Ce soir-là, ils se couchèrent et lurent tranquillement l'un à côté de l'autre, se cramponnant à l'apparence de la normalité. Hope était cependant obsédée par le récit de Finn et ne pouvait se concentrer sur son livre. L'espace d'un moment, elle se demanda si elle devait prendre ses jambes à son cou, comme Robert le lui avait conseillé, ou céder et payer Finn. Si elle refusait, elle serait seule jusqu'à la fin de ses jours. Et si elle payait, que se passerait-il ? Serait-il de nouveau tendre et affectueux ? Peut-être que tout redeviendrait comme avant et qu'ils cesseraient de se disputer. Elle n'avait que lui au monde. L'idée de capituler lui répugnait, mais peut-être n'avait-elle pas le choix. Elle se sentait acculée, vaincue, piégée. Elle était lasse de lutter. Elle avait l'impression de se noyer. Finn était trop fort pour elle. Il essayait de la détruire et y avait presque réussi. Elle le sentait. Il gagnait la partie.

— Alors, que penses-tu de mon histoire ? demanda-t-il quand elle posa son livre, cessant de feindre de lire.

Elle le regarda, les yeux dépourvus de toute émotion.

— Pour être franche, je ne suis pas sûre qu'elle me plaise. Et j'ai compris le message. J'aurais préféré qu'ils se débarrassent de François. Je ne me sentirais pas si menacée.

— Ça ne marche pas comme ça, répondit-il aussitôt. Il est beaucoup plus intelligent qu'eux.

Et prêt à prendre tous les risques et à franchir toutes les limites.

— Je vais te donner l'argent, si c'est ce que tu veux savoir, lança-t-elle brusquement.

Elle n'avait plus d'illusions. Il s'agissait de survie. Il avait gagné. Elle avait l'impression d'être déjà morte.

— Je m'en doutais, approuva-t-il en souriant. Je pense que c'est une bonne décision.

Il se pencha alors vers elle et l'embrassa tendrement, sans qu'elle réagisse. Pour la première fois depuis qu'elle le connaissait, son contact lui fit horreur.

— Je te rendrai heureuse, Hope. Je te le promets.

Elle savait à quoi s'en tenir avec ses promesses et cela ne la faisait même plus souffrir. Elle vendait son âme et le faisait de son plein gré, car la perspective de se retrouver seule au monde lui semblait pire encore.

— Je t'aime, dit-il doucement, l'air satisfait.

Elle n'y croyait plus. Elle savait que pour arriver à ses fins il l'avait terrorisée. Et son plan avait fonctionné.

— Tu ne m'aimes pas ?

Il avait pris sa voix de petit garçon. A ce moment-là, elle le détesta et espéra qu'il allait la tuer. Ce serait tellement plus simple !

— Si, je t'aime, murmura-t-elle d'une voix sans timbre.

Il ignorait le sens du mot aimer. Elle ne pouvait plus faire marche arrière, après ce qu'il avait laissé entendre durant le dîner.

— Nous pouvons nous marier la semaine prochaine si tu veux, si l'ambassade peut nous fournir les papiers. J'appellerai l'avocat à Dublin pour le contrat.

Elle parlait comme un robot.

— N'y mets pas trop de conditions, avertit-il.

Il avait gagné et elle était seule avec lui dans la maison. Un vent violent soufflait et une tempête de neige était annoncée, mais elle s'en moquait. Tout lui était indifférent. Ce soir-là il avait tué en elle tout espoir d'être aimée. Elle achetait sa présence, pas son cœur. Quant au sien, il était brisé à jamais.

— Nous aurons de beaux bébés, je te le promets. Nous pourrons passer notre lune de miel à Londres et voir la spécialiste.

— Nous n'avons pas besoin d'aide, objecta-t-elle.

— Avec elle, tu pourrais avoir des jumeaux ou même des triplés.

Ses yeux bleus s'étaient illuminés, mais Hope frissonna. Elle avait assez souffert en donnant naissance à Mimi. Elle était menue. L'éventualité d'avoir des jumeaux ou des triplés la terrifiait. Elle regarda Finn. A présent, il la possédait. Elle avait vendu son âme au diable.

— Il la tue si elle a des jumeaux ? demanda-t-elle, les yeux agrandis par la peur.

Finn sourit.

— Non. Pas si elle lui donne l'argent.

Hope hocha la tête sans rien dire. Un peu plus tard, Finn voulut faire l'amour et elle ne résista pas. Dehors, le vent hurlait. Elle ferma les yeux, le laissant faire tout ce qu'il voulait, même les choses qu'elle ne l'avait jamais autorisé à faire avant, et elle en éprouva même du plaisir à certains moments. Ce qui s'était passé entre eux ce soir-là l'avait excité. Il la dominait. Elle s'était enfin rendue. Alors il la posséda encore et encore. Désormais, elle lui appartenait corps et âme. Il avait eu ce qu'il voulait. Hope était à lui.

21

Hope s'éveilla en sursaut à 5 heures. Une branche venait d'être projetée contre la maison par une violente rafale de vent. La tempête faisait rage dehors. Finn n'avait rien entendu et dormait. Dès qu'elle ouvrit les yeux, tout ce qui s'était passé la veille lui revint en mémoire. Elle avait l'impression qu'on lui avait arraché le cœur. Les paroles de Finn résonnaient dans son esprit. Chaque mot. Chaque son. Chaque sous-entendu. Chaque détail du scénario de son prochain livre avec la jeune mariée tuée par l'ex-gamin des rues. Elle en pesait toutes les conséquences, réalisait ce qu'elle avait accepté et ce qu'il lui avait fait, non seulement physiquement mais mentalement. Il lui avait lavé le cerveau. Et tout son être se révoltait. Elle avait vendu son âme au diable et il dormait à son côté. Il l'avait épuisée par des acrobaties sexuelles qui ne s'étaient achevées que deux heures plus tôt. Hope avait encore mal et savait que cela durerait pendant des jours. Elle comprit soudain que ce qu'elle avait accepté était infiniment pire que la solitude, aussi terrible que celle-ci puisse être un jour. La décision qu'elle venait de prendre, comme la vie qu'elle menait depuis quelques mois, était pire que la mort. Elle avait acheté son billet pour l'enfer. Les paroles de Robert Bartlett s'imposèrent brusquement à elle... *Fiez-vous à votre instinct... Quand vous saurez... fuyez, Hope, fuyez... Courez aussi vite que vous le pourrez...*

Hope sortit du lit, le plus doucement possible. Elle avait envie d'aller dans la salle de bains, mais elle n'osa pas. Elle ramassa ses vêtements sur le sol, la robe qu'elle portait la veille, un pull appartenant à Finn. Elle ne vit pas ses chaussures, mais attrapa son sac à main et se faufila par la porte entrebâillée. Pieds nus, elle descendit rapidement l'escalier, priant pour que les marches ne grincent pas, mais les hurlements du vent et les craquements des branches noyaient tous les autres bruits. Elle ne se retourna pas une seule fois, redoutant qu'il ne soit debout sur le seuil, prêt à la retenir. Mais personne ne l'arrêta. Finn dormait à poings fermés et ne se réveillerait sans doute pas avant plusieurs heures. Elle trouva un manteau accroché à côté de la porte de derrière et enfila les bottes qu'elle mettait pour aller dans le jardin. Elle ouvrit la porte et courut dans la nuit, inspirant de grandes bouffées d'air glacé. Elle avait froid et il était difficile de courir en bottes, mais elle s'en moquait. Elle faisait exactement ce que Robert lui avait conseillé de faire, elle courait pour sauver sa vie… vers la liberté… A l'instant où elle s'était réveillée, elle avait su que si elle restait, il la tuerait. Il l'avait clairement dit la veille au soir. Elle n'en doutait pas une seconde. Il avait causé la mort de deux femmes, elle en était certaine maintenant. Elle ne voulait pas être la troisième. Même si elle devait vivre seule jusqu'à la fin de ses jours. Cela ne lui importait plus à présent. Tout lui était indifférent. Hormis lui échapper.

Elle marcha très longtemps dans la tempête, la neige tombant sur ses épaules ; ses jambes étaient glacées sous sa robe mince, mais elle n'en avait cure. Ses cheveux lui collaient au front. Elle vit des maisons, une église, des fermes et des écuries. Un chien aboya quand elle passa en courant. Tantôt elle marchait, tantôt elle courait, trébuchant dans le noir. Elle ne savait pas quelle heure il était et il faisait toujours nuit quand elle atteignit un pub à l'entrée de Blessington. Il était fermé, mais un abri à bois se trouvait derrière. Elle y entra et referma la porte. Elle n'avait pas vu âme qui vive, pourtant elle s'attendait à tout instant à voir Finn surgir de l'obscurité pour la ramener à la maison et la tuer. Elle tremblait de tous ses membres, et pas seulement à cause du froid et de la tempête. Elle savait que seuls le ciel et le souvenir des paroles de Robert l'avaient arrachée aux griffes de la mort. Elle plongea la main dans son sac et entrouvrit légèrement le battant de la porte pour profiter de la clarté d'un réverbère. Elle trouva le petit bout de papier qu'elle cherchait. Finn avait déchiré celui où Robert Bartlett avait noté ses numéros, mais Mark les lui avait donnés à New York, avant qu'elle parte. Elle avait oublié qu'elle les avait jusqu'à cet instant. Les mains transies, engourdies, elle prit son téléphone portable et composa son numéro. L'appareil sonna, puis enfin, il répondit d'une voix ensommeillée. Hope claquait tellement des dents qu'elle pouvait à peine parler.

— Qui est-ce ? demanda-t-il d'une voix forte.

Il entendait le vent mugir dans l'écouteur et avait peur que l'appel ne vienne d'une de ses filles. Il était 6 heures en Irlande et un peu plus de 1 heure du matin sur la côte est des Etats-Unis où elles vivaient.

— C'est Hope, chuchota-t-elle, secouée de frissons.

Elle avait eu du mal à prononcer son propre nom et sa voix n'était qu'un murmure.

— Je suis partie…

Robert fut aussitôt réveillé. Elle semblait être en état de choc.

— Où êtes-vous ? Dites-le-moi et j'arrive aussi vite que possible, répondit-il, priant pour que Finn ne la trouve pas avant lui.

— Dans un pub qui s'appelle le White Horse, à Blessington, à l'entrée sud de la ville. Je suis dans l'abri à bois, murmura-t-elle avant de se mettre à pleurer.

— Tenez bon, Hope. Ça va aller. Tout ira bien. J'arrive.

Il s'habilla en hâte et, cinq minutes plus tard, il était au volant de sa voiture, roulant à toute allure. Il ne pensait qu'à Hope, à sa voix étranglée. Elle était dans le même état que lui le soir où Nuala l'avait poignardé. Ce soir-là, il avait ouvert les yeux et n'était jamais retourné vers elle. Il espérait que Hope n'était pas blessée. Heureusement, elle était vivante.

La chaussée était glissante et il lui fallut près d'une heure pour arriver. Il était 7 heures, et une aube grise se levait. La neige tombait toujours. En atteignant les faubourgs de Blessington, il chercha le White Horse et ne tarda pas à l'apercevoir. Il descendit de voiture, contourna le bâtiment et vit l'abri à l'arrière. Espérant de toutes ses forces qu'elle serait encore là, il s'approcha et ouvrit doucement la porte. Il ne vit personne. Puis il baissa les yeux. Hope était accroupie sur le sol, trempée jusqu'aux os, sa robe plaquée à ses jambes, le regard empli de terreur. En le voyant, elle ne se releva pas car elle n'en était pas capable, mais garda les yeux fixés sur lui. Il se pencha et, avec des gestes très doux, l'aida à se mettre debout. Elle éclata alors en sanglots, incapable d'articuler un mot tandis qu'il la couvrait de son manteau et la guidait vers la voiture. Elle était glacée jusqu'à la moelle.

Lorsqu'ils arrivèrent à Dublin une heure plus tard, elle pleurait toujours. Il se demandait s'il devait la conduire à l'hôpital pour la faire examiner ou la ramener chez lui et l'installer devant la cheminée, dans une couverture bien chaude. Elle semblait terrifiée et n'avait toujours pas parlé. Il n'avait pas la moindre idée de ce qui s'était passé, ni de ce que Finn lui avait fait. Elle n'avait pas de plaies ou de bleus visibles. Il savait qu'il lui faudrait du temps pour se reconstruire, mais il savait aussi, la connaissant un peu, qu'elle survivrait et qu'elle finirait par s'en sortir. Pour lui, il avait fallu des années.

Il demanda à Hope si elle voulait aller à l'hôpital, mais elle secoua la tête. Il la ramena donc chez lui. Là, il lui ôta ses vêtements comme il l'aurait fait avec une de ses filles, puis la frictionna avec des serviettes tandis qu'elle restait debout, sans bouger et en pleurs. Il lui donna ensuite un de ses pyjamas, l'enveloppa dans une couverture et la porta dans son lit. Plus tard dans la matinée, il fit venir un médecin. Ses yeux étaient encore terrifiés mais elle avait cessé de pleurer. Après le départ du docteur, elle se tourna vers lui.

— Ne le laissez pas me trouver, supplia-t-elle.

— Ne vous inquiétez pas, promit-il.

Elle avait suivi ses conseils, abandonnant tout derrière elle pour avoir la vie sauve, certaine que, si elle ne l'avait pas fait, elle serait morte tôt ou tard.

Robert attendit le lendemain pour la questionner. Elle lui raconta tout ce qui s'était passé, répétant mot pour mot ce que Finn avait dit, décrivant la pression qu'il avait exercée sur elle pour obtenir l'argent. Les sous-entendus de l'intrigue de son futur livre n'échappèrent pas à Robert non plus. Finn avait presque réussi à avoir ce qu'il voulait, mais la poule aux œufs d'or s'était envolée pendant la nuit. Il l'avait appelée sur son portable quelques heures après sa fuite. Il s'était réveillé tôt à cause de la tempête et avait découvert qu'elle était partie. Comme elle ne répondait pas au téléphone, il lui avait envoyé des SMS. Il lui répétait qu'il allait la trouver et qu'il voulait qu'elle rentre à la maison. Au début, il disait qu'il l'aimait. Devant son silence persistant, les mots tendres avaient cédé la place à des menaces à peine voilées. Finalement, Robert prit le portable de Hope pour qu'elle ne les lise pas. Elle était secouée de violents tremblements à chaque fois qu'elle recevait un nouveau SMS. Robert lui laissa sa chambre et dormit sur le canapé.

Le surlendemain, il lui demanda ce qu'elle voulait faire, où elle voulait aller et ce qu'elle envisageait concernant la maison. Elle y réfléchit longuement. Quelque part au fond d'elle, elle aimait encore le Finn du début. Elle

284

savait qu'il en serait ainsi encore longtemps. Ce n'était pas fini. Elle n'oublierait jamais l'homme qu'elle avait aimé pendant les neuf premiers mois, mais le démon qu'il était devenu avait failli avoir raison d'elle. Elle n'en doutait plus à présent.

— Je ne sais pas, avoua-t-elle avec tristesse.

Elle se sentait incapable de prendre la moindre décision. Elle était encore trop secouée par tout ce qui s'était passé.

Robert la regarda et comprit qu'elle avait besoin de quelqu'un pour la guider dans les moments sombres qu'elle traversait.

— Cet homme a menacé de vous tuer. Il ne s'agissait pas de l'intrigue d'un roman, mais d'un message qui vous était destiné.

— Je sais, dit-elle, les larmes aux yeux. Il a tué cette femme et le bébé qu'elle portait, pour mettre la main sur toute sa fortune.

Elle parlait d'eux comme s'ils étaient réels.

— A votre place, je lui donnerais trente jours pour faire ses valises et s'en aller. Les gens comme lui s'en sortent toujours. Ils sont très forts pour raconter des histoires et manipuler les gens, asura Robert. Qu'en dites-vous ? Un mois me paraît plus que suffisant pour qu'il prenne ses dispositions.

S'il n'avait tenu qu'à lui, il l'aurait jeté dehors en vingt-quatre heures, mais il savait que cela aurait été trop stressant pour Hope. Elle avait besoin de temps.

— D'accord, murmura-t-elle.

— J'irai là-bas cette semaine pour prendre vos affaires.

— Et s'il vous suit jusqu'ici ? s'écria-t-elle, visiblement terrorisée.

Finn n'avait ni le nom ni les coordonnées de Robert puisqu'il avait déchiré et jeté le papier. Il continuait à bombarder Hope de SMS. Lorsque Robert lui rendit son téléphone, plus tard dans la journée, il la vit lire tous les messages de Finn, puis éteindre l'appareil et se mettre à pleurer. C'était affreux de la voir dans cet état. Lui aussi était passé par là lorsqu'il avait enfin quitté sa femme. Il n'y avait pas d'autre solution. Les psychopathes étaient des êtres meurtris qui passaient leur temps à détruire d'autres vies. Des gens malades, dépourvus de cœur et de conscience.

Hope avait peur que Finn ne passe Dublin au crible pour la retrouver, et Robert ne négligeait pas cette éventualité. Bien souvent, un psychopathe était prêt à tout pour récupérer sa proie. Redoutant de sortir, elle indiqua sa taille à Robert et lui demanda d'aller lui acheter des vêtements. Il revint avec tout ce qu'il lui fallait pour quelques jours. Elle n'avait pas encore décidé où aller, mais elle savait que Finn risquait de la chercher à New York ou à Cape Cod et qu'il n'hésiterait pas à prendre l'avion pour la trouver. Ses messages se faisaient de plus en plus pressants, tour à tour désespérés, tendres ou menaçants. Robert n'en fut pas surpris. Hope lui avait échappé et Finn ne le supportait pas. Sa femme avait eu la même réaction, mais il avait tenu bon et il espérait qu'il en irait de même pour elle. C'est ce qu'elle lui avait affirmé. Elle savait qu'elle avait fait le bon choix. Elle s'en était tirée de justesse. S'il ne l'avait pas tuée, elle aurait fini par se suicider. Elle en était certaine. Elle se souvenait d'y avoir songé la dernière nuit. Elle n'aurait pas pu vivre en sachant qu'elle lui avait sacrifié son âme.

Ce soir-là, alors qu'ils dînaient dans la cuisine, Robert lui demanda si elle avait réfléchi à ce qu'elle comptait faire et où aller. Elle lui répondit qu'elle y avait pensé durant la journée et qu'elle avait trouvé la solution. Elle n'osait pas retourner à New York ou à Cape Cod tout de suite, et ne tenait pas davantage à se cacher dans une ville inconnue. Elle ne savait pas pendant combien de temps Finn la chercherait, ni quelle serait sa détermination. De plus, elle craignait de fléchir et d'avoir envie de le revoir. A chaque fois qu'elle relisait les messages emplis de tendresse où il la suppliait de revenir, son cœur saignait et elle se mettait à pleurer. Mais elle savait que celui qui les écrivait n'était pas l'homme qu'elle trouverait si elle cédait. Le masque était tombé. Comme l'avaient affirmé tous ceux qui l'avaient connu, Finn était un individu dangereux.

Elle demanda donc à la secrétaire de Robert de lui réserver un billet pour New Delhi. C'était le seul endroit où elle avait envie d'aller. Elle savait que là-bas elle redeviendrait elle-même, que son séjour lui serait aussi bénéfique qu'il l'avait été par le passé. Elle voulait se cacher, mais aussi se reconstruire. Elle tremblait encore violemment à chaque fois qu'elle entendait sonner le téléphone, et son cœur s'arrêtait lorsque la porte s'ouvrait et que Robert rentrait. Elle était toujours terrifiée à l'idée qu'il puisse s'agir de Finn.

Elle devait partir le lendemain soir. Deux jours s'étaient écoulés depuis qu'elle s'était enfuie et avait marché jusqu'à Blessington sous la neige. En écoutant Hope parler de l'ashram, Robert songea que c'était une bonne idée. Il préférait qu'elle soit aussi loin de Finn que possible. Après son départ, il irait à Blaxton House et remettrait à Finn les documents lui intimant de partir dans les trente jours. Après réflexion, Hope lui avait demandé de mettre la maison en vente. Elle ne voulait plus jamais la revoir. L'endroit était trop intimement lié à Finn. Elle devait définitivement clore ce chapitre de sa vie.

Le jour de son départ pour New Delhi, elle téléphona à Mark Webber pour l'avertir de ce qui s'était passé. Aussitôt, il voulut savoir si elle avait contacté Robert Bartlett. Elle lui expliqua alors qu'il l'hébergeait et qu'il avait été merveilleux avec elle. Soulagé d'apprendre qu'elle était en de bonnes mains, Mark approuva aussi sa décision de retourner en Inde. Son précédent séjour là-bas lui avait fait beaucoup de bien et les photos qu'elle y avait prises comptaient parmi les plus belles de sa carrière. Il lui demanda de donner de ses nouvelles, ce qu'elle promit de faire.

Enfin, en tremblant, elle composa le numéro de Finn. Elle voulait lui dire adieu et en finir. Elle ne pouvait pas s'en aller sans lui avoir parlé. Cela lui semblait indispensable.

— C'est à cause de l'argent, c'est ça ? demanda-t-il.

— Non, c'est à cause de tout le reste, répondit-elle, brisée.

Entendre sa voix lui déchirait le cœur et lui rappelait combien elle avait souffert à cause de lui.

— Ce n'était pas juste, Finn. Je ne pouvais pas faire ce que tu me demandais. Et tu m'as fait peur avec cette histoire le dernier soir.

— Je ne vois pas de quoi tu parles. Ce n'était qu'une idée de roman, bordel ! Tu le sais parfaitement. C'est quoi ton putain de problème ?

C'était de rester en vie. Elle l'avait compris, et maintenant, en l'entendant tout nier en bloc, elle sut qu'elle avait eu raison.

— Ce n'était pas un roman mais une menace, rétorqua-t-elle d'un ton plus ferme.

— Tu es malade. Tu as peur, tu es paranoïaque et névrosée, et tu finiras seule, menaça-t-il.

— Peut-être, admit-elle avant d'ajouter : Je suis désolée.

Cette fois, il décela dans sa voix quelque chose qui l'inquiéta. Il la connaissait bien. Il avait une excellente perception de la personnalité des gens et de leurs faiblesses, et cela lui permettait de les manipuler facilement. Elle semblait s'excuser.

— Que vas-tu faire pour la maison ?

— Tu as trente jours, dit-elle dans un murmure étranglé. Ensuite, je la vends.

Il n'y avait pas d'autre solution, à moins qu'il ne veuille l'acheter lui-même, et il ne le pouvait pas. Tous ses plans pour lui extorquer de l'argent avaient échoué. Il avait montré son jeu trop tôt et y était allé trop fort. Il avait été si arrogant qu'il avait été à l'origine de son échec.

— Je suis désolée, Finn, répéta-t-elle.

— Espèce de salope ! cria-t-il avant de raccrocher.

Ce furent les derniers mots que lui adressa Finn et, en un sens, ils facilitèrent son départ.

Ce soir-là, Robert la conduisit à l'aéroport, et elle le remercia de nouveau pour tout ce qu'il avait fait.

— J'ai été heureux de vous rencontrer, Hope, répondit-il avec chaleur.

C'était un homme bien, qui avait été un véritable ami pour elle. Elle n'oublierait jamais l'instant où elle avait rencontré son regard si doux, pas plus qu'il n'oublierait la vision de Hope dans l'abri à bois à Blessington.

— J'espère vous revoir un jour. Peut-être quand nous serons l'un et l'autre de retour à New York. Combien de temps comptez-vous rester en Inde ?

— Le temps qu'il faudra. La dernière fois, ce fut six mois. Je ne sais pas si je resterai plus longtemps cette fois-ci.

Pour l'instant, elle ne voulait plus jamais rentrer. Et ne plus jamais revoir l'Irlande. Elle risquait de faire des cauchemars durant de nombreuses années.

— Je suis sûr que tout se passera bien et que vous vous rétablirez rapidement.

Elle avait fait des progrès remarquables en trois jours. La femme qu'elle avait été semblait déjà émerger de la créature brisée qu'il avait ramenée chez lui. Elle était beaucoup plus forte qu'elle ne croyait l'être, et elle avait déjà traversé des épreuves pires que celle-là, même si aimer un psychopathe était un traumatisme qu'on n'oubliait jamais. Ces gens-là semblaient si humains et jouaient leur rôle avec tant d'habileté que lorsqu'on leur tendait la main, ils vous entraînaient dans leurs sables mouvants et vous noyaient. Robert se félicitait qu'elle parte à l'autre bout du monde. Elle serait à l'abri et l'ashram qu'elle avait décrit semblait être le lieu idéal. Il espérait qu'elle y trouverait la paix.

Ils se quittèrent devant le portique de sécurité. Elle n'avait qu'une petite valise contenant les vêtements qu'il lui avait achetés.

— Prenez bien soin de vous, Hope, dit-il avec émotion.

Elle le remercia et s'en alla, tandis qu'il retournait à sa voiture, certain que, quoi qu'il arrive, elle s'en tirerait. Il y avait en elle une force et une lumière que même un individu comme Finn O'Neill ne pouvait détruire.

Il était chez lui, assis devant la cheminée, songeant à elle et à sa propre expérience quand l'avion de Hope décolla. Elle ferma les yeux, posa la tête contre le dossier et remercia le ciel d'être en vie. Puis elle se demanda combien de temps il lui faudrait pour cesser d'aimer Finn. Elle n'avait pas la réponse mais elle savait que ce jour viendrait. Lorsque l'hôtesse lui tendit un journal, Hope fixa la date un long moment. Cela faisait exactement un an qu'elle avait rencontré Finn. Et maintenant c'était fini. Il y avait là une sorte de symétrie, de boucle parfaite. Comme une bulle qui flottait dans l'espace. Leur histoire commune était terminée. Cela avait été merveilleux au début, terrifiant à la fin. Alors qu'ils émergeaient des nuages au-dessus de Dublin, elle contempla le ciel et aperçut les premières étoiles. En les regardant, elle sut qu'elle avait retrouvé son âme. Aussi meurtrie fût-elle, un jour elle serait de nouveau entière.

22

Hope adora l'animation qui régnait à l'aéroport de New Delhi. Elle admira les saris des femmes, les bindis que certaines arboraient. Les bruits, les odeurs, les couleurs vibrantes qui l'entouraient étaient exactement ce qu'il lui fallait. Elle était aussi loin de l'Irlande qu'il était possible de l'être.

La secrétaire de Robert lui avait réservé une voiture avec chauffeur et c'est confortablement qu'elle fit le trajet de trois heures vers le nord et Rishikesh, jusqu'à l'ashram où elle avait déjà passé six mois. Elle avait l'impression de rentrer à la maison. Elle avait demandé à occuper une cellule individuelle et à suivre l'enseignement des swâmis et des moines afin de continuer la quête spirituelle commencée lors de son séjour précédent.

En route, ils passèrent devant plusieurs temples très anciens, et une joie profonde l'envahit lorsqu'elle aperçut le Gange et les contreforts de l'Himalaya où était construit l'ashram. Dès l'instant où Hope descendit de voiture, ce fut comme si tous les événements de l'année écoulée s'évanouissaient. La première fois qu'elle était venue, elle était anéantie par la mort de Mimi et son divorce. Cette fois, elle s'était sentie brisée en quittant Dublin mais, en entrant dans l'ashram, ce fut comme si elle se dépouillait du superflu et que sa vie même renaissait comme une flamme. Elle avait eu raison de venir.

Ce soir-là, elle jeûna afin de se purifier. Tôt le lendemain matin, elle fit des exercices de yoga. Ensuite, debout au bord du fleuve, elle demanda à son âme de laisser Finn s'en aller. Elle le renvoyait au Gange avec son amour et ses prières, elle se libérait de lui. Le lendemain, elle fit de même avec Paul, et elle n'eut plus peur d'être seule.

Elle était debout chaque matin à l'aube. Après sa séance de méditation et de yoga, elle retrouvait son maître. Celui-ci se mit à rire lorsqu'elle lui avoua qu'elle avait été brisée. Il affirma que c'était une bénédiction et que désormais elle serait plus forte. Elle savait qu'il avait raison. Elle passait autant d'heures avec lui qu'il le lui permettait, essayant de s'imprégner de sa sagesse.

— Maître, l'homme que j'aimais était totalement malhonnête, lui avoua-t-elle un jour qu'elle pensait à Finn.

Il avait occupé son esprit toute la matinée. Les fêtes de Noël étaient terminées. Elle n'y avait pas attaché d'importance cette année. On était en janvier et cela faisait un mois qu'elle était à l'ashram.

— S'il était malhonnête, il a été une leçon importante pour vous, répondit le swâmi après avoir longuement réfléchi. La peine infligée par ceux que nous aimons nous rend meilleurs et plus forts. Quand vous lui aurez pardonné, vos plaies se seront refermées.

Pour le moment, elles étaient encore vives et accompagnées de regrets. Une partie d'elle-même aimait toujours Finn. Le souvenir des premiers temps était vivace et elle ne pouvait s'en détacher. Il lui était plus facile d'oublier sa souffrance.

— Vous devez lui être reconnaissant de vous avoir fait souffrir. Profondément, sincèrement. Il vous a fait un immense cadeau, reprit le swâmi.

Hope avait du mal à voir les choses sous cet angle, mais elle espérait y parvenir un jour.

Elle songeait également beaucoup à Paul. Il lui manquait terriblement, tout comme les coups de fil qu'elle lui passait. Il était toujours présent dans ses pensées, avec leur fille, maintenant, et il commençait à appartenir au passé comme un doux souvenir.

Hope marchait dans les collines. Elle méditait deux fois par jour. Elle priait avec les moines et les autres résidents de l'ashram. Quand arriva la fin février, elle se sentait plus sereine qu'elle ne l'avait jamais été. Elle n'avait aucun contact avec le monde extérieur et cela ne lui manquait pas.

Aussi fut-elle stupéfaite de recevoir un appel de Robert Bartlett en mars. On la fit venir dans le bureau principal pour qu'elle prenne la communication. Robert s'excusa de la déranger à l'ashram, mais il avait besoin de son autorisation pour vendre la maison en Irlande. Quelqu'un en avait offert exactement la somme qu'elle l'avait payée, ce qui signifiait que les travaux effectués seraient à ses frais. Les acquéreurs étaient également prêts à acheter les meubles pour un prix correct, mais cela représentait là encore une perte pour Hope. D'après Robert, il s'agissait d'un jeune couple qui venait des Etats-Unis et qui était tombé amoureux de la maison. Il était architecte, elle artiste, et ils avaient trois jeunes enfants. La maison était idéale pour eux. Hope accepta. Peu lui importait de perdre de l'argent. Elle voulait se débarrasser de Blaxton House et se réjouissait de savoir que la demeure serait en de bonnes mains. Robert ajouta que Finn était parti après Noël, en déclarant qu'il allait en France. Quelqu'un lui avait prêté un château dans le Périgord.

— Vous a-t-il causé des difficultés ? demanda-t-elle prudemment.

Elle n'était pas sûre de vouloir le savoir. Elle avait mis si longtemps à le chasser de son esprit qu'elle répugnait à parler de lui, craignant qu'il n'empoisonne à nouveau ses pensées. Elle avait beaucoup travaillé pour guérir de ses blessures et ne voulait pas les rouvrir.

— Non, il a été correct. Un peu pompeux et pénible, mais il est parti sans faire d'histoires. Comment allez-vous, Hope ?

Il était heureux de lui parler. Il avait souvent pensé à elle et se souvenait du jour où il l'avait emmenée à l'aéroport. Elle paraissait si menue, si fragile, et pourtant si courageuse. Il avait énormément d'admiration pour elle. S'enfuir comme elle l'avait fait, en pleine nuit, sans rien emporter, exigeait beaucoup de courage.

— Je vais bien.

Elle semblait heureuse, libérée.

— C'est si beau ici. Je voudrais ne jamais repartir.

— Ce doit être splendide, dit-il avec une pointe de mélancolie.

— En effet.

Elle sourit, contemplant les collines par la fenêtre et regrettant qu'il ne puisse les voir. Elle était loin, très loin de Dublin, et espérait ne jamais y retourner. La ville était associée à trop d'horribles souvenirs. Hope était contente que Robert ait réussi à vendre la maison. Il lui avait précisé que les nouveaux propriétaires continueraient à employer Winfred et Katherine, ce dont elle se réjouissait. Elle leur avait écrit de l'ashram pour les remercier et s'excuser de ne pas leur avoir dit au revoir. Elle leur paierait leurs gages jusqu'à la vente de la maison.

— Quand quittez-vous Dublin ? demanda-t-elle, heureuse de discuter avec lui.

Il avait fait partie d'un épisode étrange de sa vie, et ses conseils l'avaient sauvée. Il avait été son swâmi, à Dublin. L'imaginer ainsi la fit sourire.

— Dans deux semaines. J'emmène mes filles en Jamaïque pour les vacances de printemps et ensuite je m'installe à New York. Dublin va me manquer. Je sais que vous n'en avez pas d'agréables souvenirs, mais j'ai aimé y travailler pendant toutes ces années. Je m'y sens chez moi, d'une certaine façon.

— Un peu comme moi ici.

— Quand rentrez-vous ? demanda-t-il.

— Je ne le sais pas encore. J'ai refusé pas mal d'engagements et je crois que Mark commence à m'en vouloir, mais je ne suis pas pressée de rentrer. Peut-être cet été, au moment où la mousson commence. J'irai sans doute à Cape Cod.

Elle lui avait parlé de la maison qu'elle possédait là-bas.

— Nous allons à Martha's Vineyard l'été. Nous pourrions peut-être venir vous voir en bateau.

— Ça me ferait plaisir.

Il lui avait parlé de ses filles. L'une était danseuse, comme Mimi, et l'autre voulait être médecin. Elle se souvenait de leurs conversations durant les jours qui avaient précédé son départ pour New Delhi. Cette période lui paraissait floue à présent. La seule chose qui lui semblait encore réelle était les premiers mois de bonheur avec Finn. Avant qu'il ne tourne au cauchemar, elle avait vraiment vécu un rêve. Elle se demanda qui seraient ses prochaines victimes, dans le Périgord ou ailleurs.

Robert promit de la tenir informée concernant la vente. Une semaine plus tard, elle reçut un fax. La maison venait d'être vendue. Blaxton House ne lui appartenait plus. Elle en éprouva un immense soulagement. Son dernier lien avec l'Irlande et Finn O'Neill était coupé. Elle était libre.

Hope resta à l'ashram jusqu'à la fin juin. La mousson arrivait et elle savoura les derniers jours comme un cadeau précieux. Elle avait un peu voyagé cette fois et découvert des endroits magnifiques. Elle était allée sur le Gange en bateau. Elle s'y était souvent baignée pour se purifier et elle avait fait des photos extraordinaires de l'ashram et du fleuve. Elle avait pris l'habitude de porter des saris. Ils lui allaient bien. Avec ses cheveux de jais, elle avait vraiment l'air d'une Indienne. Son maître lui avait offert un bindi qu'elle adorait. Elle se sentait chez elle. Elle avait le cœur lourd à l'idée de partir. Le dernier jour, elle passa de nombreuses heures avec son swâmi comme si elle voulait faire provision de sa connaissance et de sa sagesse pour les emporter avec elle.

— Vous reviendrez, Hope, dit-il sagement.

Elle espéra qu'il avait raison. L'ashram avait été un lieu de guérison pour elle durant ces six mois. Le temps avait filé à toute allure.

Le dernier matin, elle se leva bien avant le soleil pour prier et méditer. Elle savait qu'elle laissait un morceau de son âme ici, mais comme elle l'avait espéré, elle s'était retrouvée. Son maître avait eu raison. La douleur s'était dissipée plus vite qu'elle ne s'y était attendue. Elle se sentait de nouveau elle-même, mais meilleure, plus forte, plus sage, et pourtant plus humble. Sa retraite avait été une sorte de purification. Elle avait du mal à s'imaginer à New York et envisageait de passer deux mois à Cape Cod avant de recommencer à travailler en septembre.

En quittant l'ashram, ils traversèrent Rishikesh endormi. Elle s'efforça de fixer chaque image dans sa mémoire. Elle avait son appareil photo en bandoulière, mais elle ne s'en servit pas, se contentant de regarder défiler le paysage qu'elle aimait tant. Elle avait très peu de bagages hormis quelques saris, dont un rouge magnifique qu'elle avait acheté en prévision de son retour à New York. Il était plus joli que n'importe laquelle de ses robes. Robert lui avait envoyé son appareil photo lorsqu'il avait récupéré ses affaires à Blaxton House. A sa demande, il avait expédié tout le reste chez elle à New York. Elle n'en avait pas besoin à l'ashram.

Elle se sentait légère et libre en montant dans l'avion. Elle fit escale à Londres et acheta quelques babioles à l'aéroport. Le but de son voyage avait été de se retrouver et elle y était parvenue. Elle était enfin redevenue elle-même, plus forte qu'elle ne l'avait jamais été.

23

Pour son retour aux Etats-Unis, Hope avait préféré atterrir à Boston. Elle n'était pas encore prête à affronter New York. Comme elle le craignait, retrouver l'Amérique fut un choc. Tout lui parut triste. Il n'y avait pas de saris, pas de couleurs vives, pas de femmes extraordinairement belles. Pas de fleurs rose et orange partout. On ne voyait que des gens en jean et en tee-shirt, des femmes aux cheveux courts. Elle avait envie de mettre son sari et de porter son bindi. Elle loua une voiture en regrettant de ne plus être à New Delhi et roula jusqu'à Cape Cod, perdue dans ses pensées.

En arrivant, elle fit le tour de la maison et se souvint des moments qu'elle y avait passés avec Finn. Puis elle ouvrit les volets et le chassa de son esprit.

Dans l'après-midi, elle alla faire des courses et acheta des fleurs qu'elle disposa dans des vases un peu partout. Ensuite, elle se promena longuement sur la plage avec son appareil photo, sereine. Finn l'avait menacée de l'abandonner et de la laisser seule pour le restant de ses jours si elle ne lui donnait pas ce qu'il voulait et il avait failli réussir tant elle avait peur de la solitude, alors que maintenant elle l'appréciait et la recherchait. Elle se sentait calme et pleinement heureuse.

Elle revit de vieux amis et fut invitée à un pique-nique pour fêter le 4 Juillet. Chaque matin, elle continuait à méditer et à faire du yoga. La deuxième semaine de juillet, Robert Bartlett lui téléphona et elle fut contente d'avoir de ses nouvelles. Cela faisait trois semaines qu'elle était à Cape Cod. Elle s'était remise de la différence de culture entre l'Inde et les Etats-Unis, mais elle portait encore des saris le soir. C'était une façon de se remémorer son séjour à l'ashram. Aussitôt, un sentiment de paix l'envahissait.

— Alors, quel effet cela vous fait-il d'être de retour ? demanda-t-il.

— Un drôle d'effet, répondit-elle avec franchise.

Ils se mirent à rire tous les deux.

— Oui, ça me fait drôle à moi aussi, avoua-t-il. Je me demande tout le temps pourquoi les gens ne parlent pas avec l'accent irlandais !

— Et moi, je cherche des saris et des moines partout, renchérit Hope en souriant.

C'était agréable de lui parler. Il ne lui rappelait plus de pénibles souvenirs. Il était devenu un ami à présent. Elle l'invita à déjeuner avec ses filles le week-end suivant. Ils arriveraient en bateau de Martha's Vineyard, aussi lui expliqua-t-elle où accoster, promettant de venir les chercher en voiture au port.

Ce jour-là, il faisait un temps magnifique. Elle sourit en voyant ses filles sauter pieds nus sur le ponton, leurs sandales à la main. Robert était très mère poule, ce qui amusa Hope. Il leur demanda si elles avaient bien mis de la crème solaire et pris leurs chapeaux, leur conseilla de remettre leurs chaussures afin de ne pas se blesser en marchant sur le sol.

— Papa ! s'écria sa fille aînée.

Il les présenta à Hope. Elles s'appelaient Amanda et Brendan. Elles étaient très jolies et ressemblaient à leur père.

Sa maison leur plut. Ils furent sensibles à la paix et à la douceur qui s'en dégageaient. Dans l'après-midi, ils firent une longue promenade sur la plage. Les deux filles marchaient loin devant Robert et Hope.

— J'aime beaucoup vos filles, déclara Hope.

— Elles sont gentilles, répondit-il, heureux.

Il savait qu'elle avait perdu une fille à peu près de leur âge et lui demanda si ce n'était pas difficile d'être en leur compagnie. Elle répondit que non, et que cela lui rappelait au contraire d'heureux souvenirs. Elle semblait très différente de la pauvre créature qu'il avait secourue sept mois plus tôt dans l'abri à bois d'un pub de Blessington. Tous deux en reparlèrent. Jamais elle n'avait été aussi heureuse de voir quelqu'un. Et il s'était montré si gentil, l'emmenant chez lui, la faisant dormir dans son lit alors qu'il couchait sur le canapé.

— Vous vous êtes rétablie beaucoup plus vite que moi lorsque la même chose m'est arrivée, murmura-t-il.

Il l'admirait de s'être si bien sortie des épreuves qu'elle avait traversées.

— C'est grâce à mon séjour en Inde, expliqua-t-elle en souriant.

Elle était redevenue une femme libre.

Comme ils faisaient demi-tour pour regagner la maison, il eut une idée.

— Voudriez-vous venir à Martha's Vineyard avec nous ? Vous pourriez rester quelques jours.

Elle réfléchit un instant. Elle n'avait pas de projets et ce serait certainement amusant de faire de la voile avec eux.

— Vraiment ?

Elle ne voulait pas s'imposer. Elle savait combien il était heureux d'être avec ses filles, surtout maintenant qu'elles étaient à l'université. Il disait qu'elles lui manquaient. Pourtant, il insista pour qu'elle vienne, et ses filles aussi, affirmant qu'elle passerait un bon moment.

Elle accepta donc et Robert l'aida à fermer la maison. Elle avait préparé un petit sac de voyage et ils partirent tous ensemble au port, où elle gara sa voiture. Elle était ravie d'être avec eux. C'était comme si elle avait à nouveau une famille. Elle était habituée à la solitude à présent, mais se retrouver avec eux ne lui pesait pas et lui faisait au contraire prendre conscience de l'importance de leur amitié.

Elle les aida à larguer les amarres, puis resta à côté de Robert tandis qu'ils longeaient la côte. Pour une étrange raison, elle pensa à Finn qui lui avait brandi la menace de la solitude si elle ne cédait pas à ses exigences, répétant qu'elle serait toujours seule et qu'elle n'aurait plus jamais personne. Elle se tourna alors vers Robert qui lui sourit et passa un bras autour de ses épaules, ce qui lui parut naturel.

— Ça va ? demanda-t-il avec la même gentillesse dans les yeux que lorsqu'elle l'avait rencontré à Dublin.

Elle acquiesça en souriant.

— Oui. Très bien. Merci beaucoup de m'avoir invitée.

Comme elle, il s'était rendu compte à quel point tous les quatre s'entendaient bien. Le soleil se couchait quand Robert remonta les voiles avec Amanda. Hope et Brendan descendirent dans la cabine chercher de quoi grignoter. C'était un de ces moments parfaits où on aurait voulu arrêter le temps. De retour sur le pont, Hope prit des photos des filles et en fit une superbe de lui, de profil, avec les voiles en arrière-plan, les cheveux au vent. Sans un mot, il lui prit la main et la serra dans la sienne. Elle avait accompli un long chemin depuis le matin terrible où il l'avait retrouvée. Et alors qu'il la regardait et qu'ils se souriaient, elle songea que son maître avait eu raison. Ses plaies s'étaient refermées.

— Merci, chuchota-t-elle à Robert.

Il hocha la tête, lui rendit son sourire et tous deux regardèrent ses filles. Elles riaient de quelque chose que l'une avait dit à l'autre, et Robert et Hope se mirent à rire à leur tour. La journée avait été merveilleuse, la soirée était parfaite, Hope était avec ceux qui lui étaient destinés. C'était un instant à chérir, un sentiment de renouveau.

Vous avez aimé ce livre ?
Vous souhaitez en savoir plus sur Danielle STEEL ?
Devenez, gratuitement et sans engagement, membre du
CLUB DES AMIS DE DANIELLE STEEL
et recevez une photo en couleurs dédicacée.

Il vous suffit de renvoyer ce bon accompagné d'une
enveloppe timbrée à vos nom et adresse au *CLUB DES
AMIS DE DANIELLE STEEL – 12, avenue d'Italie –*
75627 PARIS CEDEX 13 ou de vous inscrire sur
le site www.danielle-steel.fr

CLUB DES AMIS DE DANIELLE STEEL
12, avenue d'Italie – 75627 Paris Cedex 13
Monsieur – Madame – Mademoiselle

NOM :
PRÉNOM :
ADRESSE :

CODE POSTAL :
VILLE :
Pays :

E-mail :
Téléphone :
Date de naissance :
Profession :

La liste de tous les romans de Danielle Steel publiés
aux Presses de la Cité se trouve au début de cet ouvrage.
Si un ou plusieurs titres vous manquent, commandez-les
à votre libraire. Au cas où celui-ci ne pourrait obtenir le
ou les livres que vous désirez, si vous résidez en France
métropolitaine, écrivez-nous pour le ou les acquérir par
l'intermédiaire du Club.

Composé par Nord Compo Multimédia
7, rue de Fives, 59650 Villeneuve-d'Ascq

Imprimé au Canada